La barbarie

LA BARBARIE

Alberto Vázquez-Figueroa

GRUPO ZETA

Barcelona • Madrid • Bogotá • Buenos Aires • Caracas • México D.F. • Miami • Montevideo • Santiago de Chile

1.ª edición: marzo 2016

© Alberto Vázquez-Figueroa, 2016
© Ediciones B, S. A., 2016
  Consell de Cent, 425-427 - 08009 Barcelona (España)
  www.edicionesb.com

Printed in Spain
ISBN: 978-84-666-5839-3
DL B 1140-2016

Impreso por Unigraf, S.L.
Avda. Cámara de la Industria n.º 38
Pol. Ind. Arroyomolinos n.º 1
28938 Móstoles, Madrid

Prólogo

Vivimos en unos tiempos en los que la realidad supera a la fantasía, y a la vista de ello no me siento capaz de determinar si he escrito una novela sobre la degradación política, un relato periodístico de dolorosa actualidad o un alegato contra la avaricia, la injusticia y el fanatismo.

Y es que todo cuanto hubiera podido imaginar se ve superado por unos acontecimientos que cada mañana producen asombro y cada noche insomnio.

Cuesta aceptarlo, pero estamos viendo como el inmenso árbol en que convivimos los humanos no va a ser destruido por un rayo divino, sino por la carcoma de gobernantes parasitarios que le roban la savia, locos extremistas que envenenan sus frutos y ratas especuladoras que roen sus raíces.

Quien me haya leído con alguna frecuencia advertirá que en algunas páginas me plagio a mí mismo, y se debe a que hace casi un cuarto de siglo publiqué una novela basada en la historia real de unos niños etíopes que huían de la guerra y, sinceramente, creo que cuanto están sufriendo en estos momentos los hijos de los refugiados supera lo que sufrieron ellos.

No me siento capaz de mejorar lo que entonces había escrito, por lo que agradezco a la editorial Ramdon House Mondadori que me haya autorizado a reutilizar páginas de *África llora*, pidiendo disculpas a quien pueda sentirse engañado y confiando en que cuando haya terminado de leer *La barbarie* lo haya entendido.

También espero que se entienda que toda la documentación que se adjunta (cartas, estudios, patentes, fechas e informes) demuestra que, por increíble que parezca, una gran parte de este relato está basado en hechos reales, que los culpables de tanta corrupción e iniquidad tienen nombre, y que algunos aún ocupan puestos de responsabilidad en la Administración.

Mientras sea así y continúen carcomiendo impunemente el árbol en que deberán vivir mis hijos, continuaré acusándoles aun a riesgo de parecer reiterativo.

I

Los dirigentes mundiales están demostrando que no saben defender a sus ciudadanos; son tan ineptos y corruptos que permiten que el fanatismo destruya la civilización occidental sin que de nada les sirvan las bombas, portaaviones o arsenales atómicos en que invirtieron millones.

Esta advertencia va dirigida a quienes intentan imponer por la fuerza sus creencias financiando al terrorismo islamista cuando deberían dedicar sus inmensos recursos a ayudar a los más débiles.

Ha llegado la hora de frenar tanta barbarie y obligarles a reflexionar sobre la vulnerabilidad de su Ciudad Santa, porque La Meca está situada muy cerca de un mar por el que circulan miles de navíos.

Y ya ardió una vez.

Deben ser los musulmanes sensatos los que hagan entrar en razón a los insensatos, porque únicamente insensatos que tienen el techo de cristal lanzan piedras sobre los de su vecino.

O cambian de actitud o arderá La Meca.

La inquietante e incisiva «advertencia» que se había propagado rápidamente por las redes sociales, saltando con rapidez a los medios de comunicación de «todo el mundo», tuvo la virtud de dejar estupefacto a «todo el mundo».

La primera reacción de quienes la leyeron —desde la más sofisticada agencia de inteligencia al más ignorante internauta— fue corroborar la veracidad de sus datos, con lo que no tardaron en comprobar que, efectivamente, La Meca se encontraba a menos de ochenta kilómetros de una de las vías marítimas más transitadas del planeta.

Por el mar Rojo circulaban cada año, tanto de día como de noche, veinte mil navíos, y entre ellos podían encontrarse gigantescos petroleros, grandes portacontenedores, lujosos cruceros, pequeños yates o diminutos pesqueros.

Y en el puerto de Yedda desembarcaban semanalmente millones de musulmanes ansiosos por visitar la Ciudad Santa, cuna del Profeta, siguiendo un multitudinario y milenario ritual que se había convertido en uno de los pilares básicos del islam.

Entre los que llegaban los había de todas las razas, continentes, nacionalidades, ideologías y clases sociales, pero desde que penetraban en la Ciudad Santa pasaban a ser considerados únicamente peregrinos.

Se apretujaban en el gigantesco patio principal de su majestuosa mezquita, bajo un sol abrasador y con un calor que en ocasiones superaba los cuarenta grados, marchando hombro con hombro durante siete vueltas con el fin de ir aproximándose poco a poco a la Kaaba y su Piedra Negra, un meteorito que había caído del cielo miles de años atrás.

La fe movía montañas y aquella era una montaña humana en movimiento en la que muchos se derrumbaban extenuados e incluso fallecían en el intento, pero nada conseguía detener a una fervorosa masa que rezaba y cantaba presa del éxtasis.

En 1990 se había producido una espontánea e injustificada estampida durante la que perecieron mil doscientas personas.

En 2015 otra en la que resultaron aplastadas setecientas.

En 1997 un comando de extremistas islámicos había disparado indiscriminadamente asesinando a ciento treinta peregrinos. Sesenta y ocho terroristas fueron ejecutados.

Una noche de abril de 1997 habían ardido setenta

mil tiendas de campaña y cuatrocientos de sus ocupantes perecieron calcinados.

En septiembre de 2015 el viento abatió una gigantesca grúa sobre el atestado patio aplastando a doscientas personas.

Evidentemente, quien había lanzado tan desconcertante mensaje estaba al tanto de la vulnerabilidad de cientos de miles de personas que a plena luz del día abarrotaban una inmensa explanada rodeada de altos muros que les impedían escapar y que por las noches tan solo se encontraban protegidos por frágiles techos de lona.

Un desorbitado y antinatural hacinamiento que en los momentos de máxima afluencia resultaba ya de por sí difícil de controlar, pasó a convertirse por culpa de aquella «primera advertencia» en un enorme caldero en el que bullían todos los miedos y se propagaban todos los rumores.

El lugar sagrado hacia el que se dirigían los ojos de millones de musulmanes a la hora de rezar sus oraciones podía acabar convirtiéndose en una trampa mortal.

De inmediato surgieron voces que proclamaban que tan satánica idea no podía haber nacido de la mente de personas cuerdas por grande que fuera su indignación y sin duda se trataba de otro tipo de fanáticos que en nada tenían que envidiar a los yihadistas.

La historia, ¡miles de años de historia!, demostraba que el extremismo era consustancial con algunos seres humanos y la mayoría solían buscar argumentos tras los que escudarse. A menudo alentaban a la pequeña violencia con el fin de poder responder con más violencia.

Y es que, al igual que ocurría con los peregrinos, existían extremistas de todas las razas, continentes, nacionalidades, clases sociales e ideologías.

Un influyente y sensato ulema iraní se atrevió a admitir que los yihadistas estaban destruyendo los cimientos del islam, ya que el Corán advertía claramente que debía ser una religión de paz y concordia por lo que «Matar a personas inocentes equivale a matar a toda la humanidad». Según él, quienes lo hacían estaban condenados a arder eternamente en el infierno, y eso era lo que esperaba a los terroristas y a cuantos les respaldaban de un modo u otro.

Pero las llamas de aquel infierno no parecían preocupar a quienes se inmolaban a diario en mercados abarrotados, estrellaban aviones contra edificios neoyorquinos o degollaban ante las cámaras a un pobre prisionero arrodillado.

Aunque algo esencial les diferenciaba; los primeros sacrificaban sus vidas mientras que los últimos tan solo sacrificaban vidas ajenas.

Ese «pequeño paso»; estar dispuesto o no a inmolarse era lo que convertía a los supuestos idealistas en auténticos asesinos.

Pese al atronador eco mediático y unos acalorados enfrentamientos dialécticos que propiciaban que los índices de audiencia de las denominadas «telebasuras» se dispararan a cotas inimaginables, la Interpol, el gobierno saudita y la mayor parte de los servicios secretos de las grandes potencias dictaminaron que se trataba de un estúpido disparate, la alucinación de unos lunáticos, o una broma de mal gusto merecedora de un castigo ejemplar.

Los mejores expertos en informática rastrearon las redes asegurando que no tardarían en averiguar de dónde había partido tan absurda y «contaminante» noticia, y lo bueno que tenían las noticias, por absurdas y contaminantes que fueran, era que siempre acababan muriendo a manos de otras noticias.

Empresas especializadas en inundar las redes sociales de información, cierta o falsa, y de borrar mensajes considerados dañinos para determinados intereses, ganaron mucho dinero procedente en su mayor parte de gobiernos del golfo Pérsico, «enterrando» bajo un aluvión de palabrería hueca el inquietante comunicado.

Gracias a ello, al cabo de dos semanas había pasado al olvido.

No obstante, una sofocante noche sin luna, cuando el millón y medio de habitantes de la Ciudad Santa se encontraban en sus casas y casi otro millón de peregrinos descansaban en cómodas tiendas de campaña, del cielo llegó una música que los fue despertando uno por uno.

Sus notas metálicas recorrían el valle como si se hubieran apoderado del espacio, y más que una amenaza constituían una nueva advertencia a cuantos alzaban el rostro dudando entre huir o convertirse en estatuas.

Y es que se trataba de un solo de trompeta, «El Toque de Silencio», que tenía la virtud de poner los vellos de punta.

Fueron unos angustiosos momentos de pánico e impotencia; una escena en cierto modo dantesca, y lo fue más aún cuando en tierra comenzaron a encenderse potentes focos que escudriñaban las tinieblas en busca de tan invisible enemigo.

No era invisible, pero nadie conseguía verle.

Tan solo se escuchaba.

La incansable trompeta repetía una y otra vez notas que iban *in crescendo* o se detenían de improviso, y milagro fue que nadie se cubriera los oídos con las manos y echara a correr desalentado.

Pasaron al menos tres minutos antes de que un nervioso soldado creyera haber distinguido algo en el cielo y comenzara a disparar.

Las balas subieron, subieron y subieron, parecieron alejarse hacia la nada, pero al poco perdieron inercia y cayeron, cayeron y cayeron atravesando los frágiles techos de lona e hiriendo a quince aterrorizados peregrinos.

El imprudente soldado estuvo a punto de provocar un desastre, pero un furibundo sargento le arrebató de inmediato el arma golpeándole las costillas con la culata.

Las electrizantes notas del «Toque de Silencio» aún sonaron unos instantes.

Luego sobrevino el auténtico silencio.

Aquel no podía considerarse un acto de terrorismo, sino de sofisticado terror, y sus consecuencias resultaban mucho más dañinas puesto que quienes lo habían sufrido no podían llorar sobre los cadáveres de sus seres queridos dando rienda suelta de una forma natural a sus emociones.

Esas emociones se habían quedado en la boca del estómago o resonando en los oídos porque quienes habían elegido la repetitiva e impactante melodía lo había hecho sabiendo que cada vez que se escuchaba permanecía en lo más intrincado de la mente, girando y volviendo a girar durante horas.

Y es que nadie podría determinar si se había escrito como definitiva orden de descanso o como bienvenida a la muerte.

Fuera como fuese demostraba que la brutalidad del tiro en la nuca, la bomba indiscriminada o la decapitación de un hombre arrodillado se enfrentaban a una forma diferente de provocar el pánico basado en un antiquísimo concepto: «Quien muere, solo muere una vez; quien cree que va a morir muere mil veces.»

Un misil lanzado por un acorazado desde el cercano mar Rojo hubiera hecho mucho ruido y derramado mucha sangre, pero no hubiera dejado de ser más que uno de los tantos misiles que se lanzaban casi a diario sobre gente indefensa.

Por desgracia, la piel de la humanidad se encontraba demasiado curtida y los muertos, los heridos o los desaparecidos tan solo se convertían en cifras que añadir a otras cifras que nadie se molestaba en contabilizar, por lo que los medios de comunicación ya apenas les prestaban atención.

Pero las fantasmagóricas imágenes de miles de peregrinos mirando al cielo y sus angustiosos relatos posteriores sobre el pavor que habían experimentado al escuchar una música que nacía de las estrellas, resultaban tan impactantes que conseguían que los espectadores permanecieran atónitos y como alucinados frente a las pantallas de sus televisores.

¡Aquella curiosa acción sí que constituía una fabulosa noticia...!

Y una noticia que prometía nuevas noticias.

Quien quiera que hubiera sido el ideólogo de tan pacífico pero efectivo ataque «terrorista» había conseguido ganar una primera batalla al demostrar que la inteligencia y la imaginación podían derrotar a la fuerza bruta.

Y sin matar a nadie.

El mundo pareció contener el aliento como si una bocanada de aire fresco o un ligero atisbo de esperanza hubiera iluminado las tinieblas de un futuro que parecía haber caído en manos de descerebrados que lo único que sabían hacer era asesinar inocentes o destruir monumentos que se habían convertido en patrimonio cultural de los seres humanos.

Y esos, los descerebrados que lo único que sabían hacer era matar y destruir, no tardaron en reaccionar tan estúpida y violentamente como acostumbraban, ya que uno de sus barbudos portavoces se apresuró a declarar que si lo que se pretendía era iniciar una espiral de violencia aceptaban el reto y que a partir de aquel momento se consideraría «Mártir de la causa islámica que volaría directamente al paraíso» a cualquier peregrino que muriera en La Meca fuera por la causa que fuese.

Pero aquel no parecía ser un argumento que convenciera a la inmensa mayoría de cuantos habían recorrido miles de kilómetros, padeciendo calor, sed e incomodidades por simple amor al Profeta.

Se les antojaba injusto puesto que desde niños les habían inculcado el deber de acudir a la Ciudad Santa con el fin de disfrutar de unos días de paz y serenidad lo más cerca posible de Alá antes de que llegara el momento de reencontrarse con él en la otra vida, y en el Corán no existía ninguna mención acerca de que tras tantos esfuerzos tuvieran que aceptar convertirse en corderos dispuestos a ser sacrificados en aras de los intereses de extremistas de uno u otro bando.

Las autoridades sauditas no compartían la idea de convertir su país en una especie de atajo al paraíso, por lo que comenzaron a desplegar sus recursos, que eran muchos, intentando averiguar quiénes podían ser los indeseables que habían perpetrado un irrespetuoso atentado que ponía en entredicho la seguridad nacional.

Su presupuesto de defensa alcanzaba cifras inimaginables, disponían de cuanto cachivache hubieran sido capaces de fabricar los expertos en matar, que eran muchos, derrochaban millones en material militar que acababa sus días pudriéndose bajo la arena del desierto, pero un ridículo avión de juguete que no habría costado ni mil dólares les había dejado en evidencia.

Una vez más, la piedra lanzada por la lejana onda de David había sobrepasado el escudo, la lanza y la espada de Goliat golpeándole justo en la frente.

¿Cómo era posible? ¿Quién había lanzado tan humillante piedra y desde dónde lo había hecho?

El «desde dónde» parecía claro; el quién, oscuro.

El único lugar desde el que podía haber despegado aquel diabólico artilugio no podía ser otro que alguno de los incontables navíos que surcaban aquella noche el mar Rojo.

Consultaron sus archivos, pusieron alerta a las patrullas costeras y despertaron a sus aliados del otro extremo del planeta recurriendo a sus satélites artificiales, pero al fin se vieron obligados a admitir que debían elegir entre tres petroleros, un crucero con dos mil turistas a bordo, seis cargueros, doce pesqueros y un sinfín de lujosos yates que se encontraban ya a cientos de millas de sus costas.

Un pastor había encontrado en un barranco los restos de un artefacto del que sobresalían hierros y cables, por lo que se apresuró a alejar de allí a sus cabras y correr a dar cuenta de su hallazgo.

Los expertos determinaron que se trataba de un dron alimentado con pilas de litio que le permitían volar casi en silencio durante un tiempo máximo de tres horas, y saltaba a la vista que no pertenecía al arsenal de ninguna potencia militar y podría considerarse un «arma casera».

Algunos príncipes y oficiales de alta graduación se indignaron, pero otros más cuerdos aceptaron que lle-

vaban años dejándose estafar por quienes les acoraza-
ban contra incontables enemigos pero jamás les habían advertido del peligro que corrían al contar con
un talón de Aquiles tan sumamente vulnerable.

—¡Un muerto!

Ajím, cuyo pupitre era el más cercano a la ventana, se puso en pie de un salto para volver a exclamar
señalando hacia fuera:

—¡Un muerto! ¡Allí hay un muerto!

La señorita Margaret estuvo a punto de expulsar-
le del aula temiendo que se tratara de una de sus estú-
pidas bromas, pero ante la terca insistencia prestó atención y tuvo que apoyarse en la pizarra al comprobar
que, efectivamente, el cadáver de un hombre descendía muy despacio por el centro del río.

Los muchachos abandonaron de inmediato las aulas
y se agolparon en la orilla con el fin de observar de cerca y en silencio cómo el agua arrastraba una masa os-
cura que flotaba boca abajo.

Aquel era, probablemente, el primer cadáver que
veían, pero apenas tuvieron tiempo de reflexionar sobre ello, puesto que de inmediato hizo su aparición
un segundo cuerpo, a este le siguió en procesión un
tercero, luego un cuarto, y en total fueron seis los soldados de uniforme verde oliva los que cruzaron fren-

te a la rústica escuela para continuar en pos del que parecía ser su jefe y que les iba marcando el rumbo. Era en verdad un macabro desfile, pero lo más sobrecogedor de tan deprimente espectáculo fue sin duda el angustioso silencio de unos testigos que parecían comprobar de improviso que la violencia de los fanáticos islamistas de que tanto oían hablar a sus padres acababa de irrumpir en sus vidas.

El mayor de los presentes, el espigado Menelik, aún no había cumplido diecisiete años, mientras que los más pequeños apenas levantaban un metro del suelo, pero todos recordarían aquella mañana de mediados de julio como el día en que concluyó su feliz infancia e iniciaron una acelerada marcha hacia una espantosa madurez.

Y es que cuando al fin el último de los malolientes cadáveres se perdió de vista tras los árboles, y el río volvió a ser el limpio y alegre río en que solían bañarse, la atribulada señorita Margaret les ordenó que regresaran a clase.

Apenas diez minutos más tarde resonó el primer disparo, y a este siguieron tantos y en tan inconcebible proporción que podría creerse que todos los terroristas del continente habían caído de improviso sobre el valle con la evidente intención de aniquilarlo.

A continuación llegaron las explosiones, los gritos, el humo de los incendios, y los cristales de la ventana estallaron de improviso hiriendo a varios críos y matando en el acto al travieso Mhemed.

—¡Al suelo, al suelo! —gritó de inmediato la señorita Margaret—. ¡Y salid por detrás!

La puerta posterior daba a las letrinas que habían sido excavadas a una veintena de metros en el interior del bosque, y fue la serenidad de la veterana maestra la que impidió que los chiquillos echaran a correr hacia el poblado, puesto que los empujó sin miramientos hacia lo más profundo de la espesura, allí donde ni las balas ni las explosiones pudieran alcanzarles.

Su joven subordinada, Abiba, también hacía cuanto estaba en su mano, pero pronto quedó muy claro que la señorita Margaret se había hecho con el control de la situación, y tomando en brazos a la histérica Reina Belkis, que no acertaba a dar un paso, arrastró por el cuello al hermano menor de Ajím.

—¡Los pequeños! ¡Coged a los pequeños! —gritaba a los alumnos de su clase—. ¡Menelik! ¡Comprueba que ninguno se quede atrás!

El aludido obedeció regresando a las aulas, en las que descubrió escondido bajo una mesa al tembloroso Askia, quien pese a que aún no había cumplido siete años se aferraba con tanta desesperación a una columna de madera que le resultaba imposible llevárselo.

Por suerte, a los pocos instantes el fornido Dudú

acudió en su ayuda, y entre ambos consiguieron abrirle las manos y cargárselo a la espalda pese a que chillaba y pataleaba como un cerdo camino del matadero.

Las explosiones, los alaridos y el repiquetear de las ametralladoras arreciaban, y cuando Menelik se volvió por última vez distinguió al otro lado del río la figura de un yihadista que aullaba como un poseso mientras disparaba contra un grupo de mujeres indefensas.

Acurrucados bajo una inmensa ceiba, a poco más de tres kilómetros de la escuela, once niños y dos maestras temblaron y lloraron durante horas.

Aún se escuchaban gritos lejanos y algún disparo aislado.

Aún era espeso el humo de los incendios e intenso el olor a carne achicharrada.

Aún la muerte seguía planeando sobre lo que había sido su pueblo al que habían llegado los fanáticos.

Nada había que alargara más una noche que el terror.

El terror compartido se multiplicaba a veces hasta convertirse en pánico, y si no ocurrió así bajo la ceiba fue gracias a la presencia de ánimo de la señorita Margaret, que pareció haberse convertido de improviso en la madre adoptiva de un puñado de desamparadas criaturas que sollozaban solicitando la presencia de sus verdaderos padres.

La desconcertada señorita Abiba, el obediente Menelik, el recio Dudú e incluso el díscolo Ajím, fueron de inestimable ayuda, pero quien depositó sobre sus frágiles hombros la pesadísima carga de calmar al resto de chiquillos fue aquella delicada mujer de inmensos ojos azules.

El negro cielo etíope aparecía enrojecido por el reflejo de las llamas que consumían docenas de hogares en los que generaciones de hombres y mujeres habían nacido, se habían amado y habían muerto, y el límpido aire, antaño perfumado por un denso olor a tierra húmeda, hedía a carne achicharrada mezclada con una acre pestilencia provocada por el espeso humo que surgía del almacén, en el que se amontonaban los centenares de recipientes de plástico que las mujeres utilizaban para recoger los granos de café cuando llegaba la cosecha.

La primera luz se filtró por entre miríadas de hojas que goteaban rocío como si pretendieran unirse al llanto de unos niños que empezaban a sospechar que habían perdido todo cuanto tenían desde el momento mismo en que Ajím vislumbró el primer cadáver.

Una hora más tarde la señorita Margaret hizo un leve gesto a Menelik:

—Ve a ver qué ha ocurrido —pidió—. Pero no te acerques.

—¡Yo voy con él!

La animosa mujer clavó sus clarísimos ojos en el decidido rostro de Ajím, y asintió con un gesto.

—¡Está bien! —replicó—. Pero tened cuidado.

Los dos muchachos se deslizaron por la espesura con el sigilo con que solían hacerlo cuando se adentraban en el bosque en busca de palomas torcaces, por lo que tardaron casi media hora en alcanzar la orilla desde la que se dominaba el rústico puente de madera y la suave ladera sobre la que el día anterior se alzaban un centenar de cuidadas cabañas de adobe y paja.

El puente había desaparecido y las cabañas tan solo eran renegridos muros de barro cuarteado que mostraban sin reparo los negros chorretones que la lluvia mezclada con cenizas había ido dejando al escurrir desde abrasados techos ya inexistentes.

Del gigantesco almacén de la colina no quedaban más que un revuelto montón de pavesas humeantes.

El resto eran cadáveres; docenas de cadáveres ferozmente mutilados, lo que venía a demostrar que los autores de tan salvaje masacre habían querido dejar claro que en el continente de la chapuza y la desidia los terroristas islámicos eran los únicos capaces de realizar su trabajo a conciencia.

Dos de ellos montaban guardia sobre lo que quedaba del secadero de café.

Durante un tiempo que se les antojó infinito, y nada más infinito podía existir que la contemplación del fin de su mundo y sus familias, Menelik y Ajím permanecieron muy quietos, cogidos de la mano para darse valor el uno al otro, observando el dantesco espectáculo que se les ofrecía.

Se mantenían absolutamente inmóviles aunque no podían evitar que un leve espasmo estremeciera sus cuerpos, y tan solo cuando abrigaron el total convencimiento de que, excepto los centinelas, no quedaba un solo ser humano vivo al otro lado del río, regresaron.

—¿Los han matado a todos?

—A todos.

—¿Y qué vamos a hacer ahora?

Menelik alzó el rostro hacia la balbuceante señorita Abiba, que era quien había hecho la pregunta, y se volvió luego a Ajím como pidiéndole que refrendara sus palabras.

—Huir —dijo al fin—. Si nos encuentran aquí nos matarán. Le han cortado la cabeza a mi primo Sajím, que solo tenía tres años.

Todos conocían al travieso Sajím, un mocoso mofletudo que se pasaba el día intentando orinar sobre las gallinas a las que perseguía riendo y alborotando, y el hecho de aceptar que había seres humanos capaces de cercenarle la cabeza a una criatura tan inofensiva, les obligó a comprender que, en efecto, debían alejarse de la zona.

—¿Y adónde iremos?

—Lejos...

«Lejos» era en verdad la única respuesta válida aunque ninguno de los presentes tenía una clara idea de lo que en verdad significaba, puesto que cuanto se encontrase más allá de las colinas constituía un universo en el que jamás habían deseado aventurarse.

Bestias salvajes, espíritus malignos, tribus cuya enemistad se remontaba al comienzo de los tiempos, terroristas e incluso traficantes de esclavos, pululaban allí donde concluían las fronteras de su mundo, y la sola idea de adentrarse en semejante ciénaga de peligros les cortaba el aliento.

La señorita Margaret, que sostenía sobre su regazo a la preciosa Reina Belkis, recorrió con la vista los angustiados rostros que parecían haber depositado en ella todas sus esperanzas, y al fin señaló en un vano intento de mostrarse animosa:

—Iremos al mar, porque por el mar pasan barcos que nos llevarán a Europa, donde se preocupan por los niños.

II

—Queridos amigos y enemigos, que aquí hay de todo porque no tener enemigos significa que no has llegado a nada en el mundo del cine. Me alegra comunicaros que a partir de hoy tal vez cuente con nuevos amigos, pero que mis enemigos se multiplicarán porque cuantos nos encontramos tras esta mesa, Berta Muller, Irina Barrow, Mark Reynols, Roman Askildsen y yo, aspiramos a convertirnos en los seres más perseguidos del planeta...

Hizo una bien estudiada pausa, consciente del efecto que habían producido sus palabras, aguardó a que cesaran los murmullos, y tan solo entonces señaló al grupo de azafatas que acababan de hacer su entrada en el amplio salón y que iban entregando sobres a los presentes.

—Os suplico que no lo abráis hasta que os lo indique... —añadió al poco—. Tiempo tendréis de estudiar su contenido, pero puedo adelantaros que se trata de un informe que se ha cobrado muchas vidas, y que se cobraría muchas más si se continuara ocultando como se ha hecho hasta ahora.

Bebió agua, respiró profundo, sonrió a quienes se encontraban a su lado, y al fin añadió como si se lanzara de cabeza al mar:

—Debido a ello, y aunque nos cueste la vida, vamos a hacer una película que demuestre que se está cometiendo un crimen contra la humanidad, y que aquellos que lo cometen están dispuestos a seguir haciéndolo...

Cuantos la escuchaban parecieron comprender que quien hablaba no tenía nada en común con la alocada Sandra Castelmare de siempre, ya que se la advertía sorprendentemente seria y segura de lo que estaba diciendo:

—Supongo que os preguntaréis por qué razón pretendemos hacer algo tan aparentemente banal como una película sobre algo que aseguro que se trata de casi un genocidio, pero la razón es muy simple; ese informe causará un gran revuelo pero muy pronto los implicados se ocuparán de silenciarlo. No obstante, una película, sobre todo si se trata de una buena película, se exhibirá cientos de veces en cientos de cadenas de televisión, y la prueba la tenéis en que estamos hartos de ver algunas que se rodaron mucho antes de que naciéramos y cuyos protagonistas murieron hace años. Cada vez que esa película se exhiba recordará a los espectadores que en las calles del mundo existen doscientos mil millones de filtros de colillas de cigarrillos de celulosa absolutamente indestructibles. No se pueden quemar o enterrar sin miedo a que contaminen la atmósfera o el suelo, crecen a un ritmo de seis mil millones anuales y juntos le darían la vuelta a la Tierra. Muchos van a parar a los ríos y al mar, algunos animales se los comen y de esa forman penetran en la cadena trófica conservando toda la nicotina, alquitrán y productos tóxicos que los fumadores han dejado en ellos durante cuarenta años.

Lanzó lo que parecía un suspiro de satisfacción por el trabajo bien hecho, antes de continuar:

—Uno de cada nueve retiene saliva de enfermos y en algunos países se fabrican con agua que contiene arsénico, por lo que los cánceres de pulmón han descendido pero se han centuplicado los de hígado, riñón, mama, estómago e intestinos. Y han aumentado las enfermedades infantiles porque los niños están en contacto con las colillas en los parques y las playas.

Aguardó un instante con el fin de comprobar el efecto de sus palabras antes de completar una larga parrafada que se había aprendido de memoria como si se tratara de un monólogo teatral a punto de concluir:

—Uno de cada dos niños que nazca en este momento morirá joven por culpa de un cáncer, por lo que debemos intentar atajar esa plaga volviendo al cigarrillo sin filtro y que cada fumador asuma los riesgos para su salud, porque sus colillas, un poco de papel y tabaco no contaminan, pero las tabacaleras no quieren renunciar al filtro que constituye la tercera parte del cigarrillo, ya que ese filtro les resulta veinticinco veces más barato que un tabaco que es necesario plantar, cultivar o recoger.

Tan prolija disertación, acompañada de copias del informe, había tenido lugar tres meses antes, su impacto mediático había conseguido que las ventas de cigarrillos con filtro hubieran disminuido en un doce por ciento, pero dicha disminución constituía una minucia en comparación con la magnitud de las multimillonarias pérdidas que tendrían que soportar las tabacaleras si los promotores de tan virulenta campaña conseguían que se prohibiese utilizar filtros de celulosa.

Convertir en chatarra una tecnología de última generación que había costado miles de millones y sustituirla por otra destinada a fabricar unos cigarrillos sin filtro que habían quedado obsoletos hacía tres décadas significaría un brutal mazazo económico a unas empresas que en los últimos tiempos habían sufrido tremendos mazazos, especialmente en los considerados «países del primer mundo».

En dichos países las leyes antitabaco habían reducido las ventas a casi la mitad, y un nuevo golpe de incalculables proporciones podría conseguir que se tambalearan los cimientos de lo que había sido durante siglos una de las industrias más poderosas del planeta.

Desde el día en que, al llegar a la isla de Cuba, los tripulantes de las naves de Colón fumaron por primera vez, y de eso hacía ya más de quinientos años, el tabaco se había convertido en un placer, un vicio, un problema sanitario e incluso un innegable peligro, puesto que causaba innumerables incendios.

Pero sobre todo se había convertido en un fabuloso negocio que no había parado de crecer y que pretendía seguir creciendo pesara a quien pesara debido a que la prodigiosa rentabilidad del humo estribaba en que solo duraba unos segundos, ni se conservaba ni se reciclaba, y quien quería más tenía que pagar más.

Sobre algo tan impalpable se habían levantado fabulosas fortunas, y al parecer cuantos «vivían del humo» no querían dejar de hacerlo.

Aunque impedir que se rodase una película no iba a resultar empresa fácil, especialmente si se encontraba implicada la desinhibida Sandra Castelmare, *La Divina*, como la denominaban muchos, puesto que no solo era increíblemente hermosa pese a que hubiera sobrepasado los cuarenta, sino porque siempre había demostrado ser inteligente, descarada, deslenguada y decididamente iconoclasta. Se la admiraba tanto por su belleza o su talento como por su impagable habilidad a la hora de hacer creer a los incautos que tan solo era una vulgar «pescadera» siciliana que había conseguido escalar peldaños con ayuda de su sugerente trasero y sus más que generosas tetas.

Se había hecho famosa la respuesta que le había dado a un imán extremista que en un popular programa de televisión la había acusado de lucirlas con excesiva generosidad.

—Tan solo hago lo que usted... —dijo con una deslumbrante sonrisa—. Prometer un paraíso de sexo y placer a quien se lo merezca. Y aprovecho la ocasión para hacerle una pregunta que siempre me ha intrigado: ¿de la unión entre los mártires del islam y de las vírgenes que les han prometido si se inmolan suelen nacer niños...?

—Nunca me lo he planteado —replicó visiblemente desconcertado el severo religioso.

—¡Lástima!

—¿Por qué? ¿Y a qué viene una pregunta tan improcedente?

—A que si no nacen niños resulta injusto que el esperma de tantos héroes se desperdicie cuando probablemente les gustaría tener descendencia. ¿O no les gustaría?

—Supongo que sí... —admitió su cada vez más confuso oponente—. Todo hombre desea tener descendencia.

—Pero si nacen es injusto que haya niños que nazcan en el paraíso mientras la mayoría lo hacen en el sangriento infierno en que los fanáticos como usted están convirtiendo este mundo.

En aquel justo momento se había acabado el programa.

El imán lanzaba espumarajos que le goteaban barba abajo, el presentador estaba a punto de comerse el micrófono y los técnicos se echaban las manos a la cabeza mientras la actriz se limitaba a sonreír con desconcertante desparpajo, como si la peliaguda pregunta sobre la supuesta fecundidad de terroristas y huríes fuera un tema que estaba en la calle y preocupara a un gran número de sus conciudadanos.

Amén de su justa fama de descarada y provocativa, Sandra Castelmare tenía fama de saberlo todo sobre una industria que movía enormes capitales, y por cuyos estudios y camerinos pululaban delincuentes de la peor calaña debido a que durante décadas había estado dominada por la inescrupulosa mafia que dejó una negativa huella que aún perduraba.

Según ella, el llamado «cine negro» tan solo era un borroso reflejo de lo negro que podía llegar a ser el cine; una de las pocas actividades en las que de la noche a la mañana un pelanas podía pasar a ser inmensamente rico y mundialmente famoso o viceversa.

Lo que apenas un siglo atrás había nacido como una muda e inocente forma de entretenimiento en la que reinaban las enloquecidas carreras, las caídas y los tartazos, había acabado convirtiéndose en una excesivamente ruidosa arma de poder y en una forma de propaganda política de innegable influencia entre las masas.

Sin los bien calculados primeros planos de sus incendiarios discursos, Adolf Hitler no habría conseguido enviar a la muerte con el brazo en alto a los millones de cretinos que jamás tuvieron la oportunidad de verle personalmente, sus furibundos noticieros se transformaron en la vanguardia de sus tanques y sus desmesuradas películas bélicas en la forma de engañar «industrialmente» a las masas.

Pero sobre todo el cine constituía un vehículo idóneo para que, en la magia de una sala a oscuras y viviendo sueños inalcanzables, millones de espectadores se acostumbraran a fumar, beber, vestirse, hablar, cantar, bailar e incluso matar, tal como lo hacían sus héroes de ficción en la pantalla.

A cambio de unas monedas, el más insignificante ser humano podía considerarse protagonista de una maravillosa aventura y dar por supuesto que por el mero hecho de detenerse en una esquina, encender un cigarrillo y lanzar una mirada de soslayo a la cimbreante rubia de largas piernas que cruzaba la calle, la deslumbrada criatura caería a sus pies.

Jamás sucedía, pero al iluso soñador aún le quedaban cigarrillos en la cajetilla.

Y en el estanco había más.

Lógicamente, a las empresas tabacaleras que se habían beneficiado de forma harto descarada de aquel medio, invirtiendo sumas fabulosas con el fin de que actores y actrices apareciesen fumando en infinidad de escenas, no les apetecía en absoluto que ahora ese cine se utilizara en su contra.

Y es que todo aquel que tuviera más de cincuenta años recordaba la mítica frase de una película ciertamente detestable pero que llegó a hacerse famosa: «Lo mejor de hacer el amor es el cigarrillo que enciendes al acabar.»

Incluso hubo quien llegó a considerarla una verdad indiscutible teniendo en cuenta que resultaba mucho más sencillo encender un cigarrillo que conseguir una nueva erección digna de ser tenida en cuenta.

Rígidas leyes habían puesto fin a la mitología del tabaco prohibiendo que continuaran enalteciéndose sus virtudes, pero al parecer los dardos de la por ahora misteriosa película no pretendían acabar con él, sino con sus más fieles aliados: los filtros de celulosa.

¿Cómo esperaban conseguirlo?

La respuesta no había que buscarla en Sandra Castelmare, que sin duda se limitaría a interpretar el papel que le asignaran, sino en otra de las protagonistas de la famosa rueda de prensa; la guionista que había demostrado poseer un fabuloso talento a la hora de contar historias de forma atractiva y coherente.

Irina Barrow sabía crear personajes creíbles y situaciones dramáticas que mantenían al espectador con el alma en un hilo, y sus historias eran siempre directas, sinceras, duras y convincentes.

Encerrada a solas con un lápiz y un bloc de papel amarillo, que era con lo único con lo que le gustaba trabajar, podía acabar costándole millones a las tabacaleras, por lo que resultaba en cierto modo irónico que tanto ella como la actriz estuvieran consideradas fumadoras empedernidas.

En la última entrevista que había concedido aparecía con el ceño fruncido bajo unas enormes gafas de montura de oro, su inseparable lápiz en una mano y un pitillo en la otra.

—Lo que yo gasto en lápices... —decía—. No es más que la millonésima parte de lo que se gastaría un productor a la hora de rodar una escena que no añadiera nada a la historia, porque hacer una película es como montar en bicicleta; si no avanzas, te caes. Berta Muller y Mark Reynols han invertido cuatrocientos millones en esa película, Roman Askildsen busca un director al que no le asusten las represalias de las compañías tabacaleras, y me consta que, como siempre, Sandra bordará su papel. O sea que el problema estriba en que yo sea capaz de hacer bien mi trabajo.

El abuelo de Suleimán Ibn Jiluy había sido uno de los treinta voluntarios que acompañaron al joven Abdul-Aziz Ibn Saud, primogénito de la casa de Saud, descendiente directo de una hija del santo Wahab, y nieto del glorioso rey del Nedjed, Saud el Grande, el día que decidió abandonar su destierro en Kuwait con el fin de intentar recuperar el trono que le había sido arrebatado por el traidor Mohamed Ibn Rashid con ayuda de los turcos.

Años más tarde el abuelo de Suleimán había perdido un ojo mientras luchaba junto al nuevo rey en su titánico esfuerzo por librar Arabia del yugo del Imperio otomano.

Como recompensa, Saud le casó con una de sus ex esposas y le concedió el honor, transmisible a sus herederos, de convertirse en uno de los protectores de la Ciudad Santa de La Meca, puntualizando que el valeroso tuerto siempre había demostrado ver más con un solo ojo que la mayoría de quienes contaban con dos.

El astuto Saud, uno de los hombres más inteligentes de su época, había comprendido que la única forma de unificar a la ingente y heterogénea cantidad de tribus nómadas que habitaban la desértica península arábiga era emparentarse con todas y cada una de ellas.

Su eficaz política se basó en casarse con las primogénitas de los respectivos jeques, dejarlas embarazadas y divorciarse dotándolas de una generosa dote y un nuevo marido de su absoluta confianza.

Con una altura de casi dos metros y una extraordinaria capacidad amatoria, había conseguido engendrar noventa y tres varones —nunca se contaron las hembras—, auténticos príncipes por cuyas venas corría su sangre.

El petróleo hizo el resto.

Ahora, un siglo después de que su abuelo perdiera el ojo, Suleimán Ibn Jiluy observaba desde el balcón de su palacete la larga hilera de peregrinos que se dirigían a la Gran Mezquita iluminada por los primeros rayos de un sol que acababa de hacer su aparición sobre la cima de la cadena montañosa que se alzaba a sus espaldas.

El ya lejano día en que cumplió treinta y dos años había visto cómo ardían setenta mil tiendas de campaña, y nueve noches antes unos misteriosos malnacidos le habían obligado a escuchar la casi electrizante música de una trompeta que parecía bailar en la oscuridad, por lo que en aquellos momentos no podía por menos que preguntarse qué decisión habría tomado el sabio Saud ante una situación tan novedosa y desconcertante.

O qué decisión hubiera tomado su abuelo.

Estaba asustado; no ya preocupado, sino sinceramente asustado puesto que tras tan traumática experiencia había leído y releído la dura «advertencia» que previamente habían hecho circular los agresores, y muy a su pesar se veía obligado a aceptar que una cierta razón les asistía.

Por parte de su abuela materna estaba emparentado con los Bin Laden, uno de cuyos miembros, el por fortuna ya difunto Osama, había sido el promotor del ataque a las Torres Gemelas de Nueva York, y de igual modo le unían lazos familiares con uno de los fundadores del llamado Estado Islámico, una pandilla de salvajes que trataban de imponer por la fuerza unas creencias que a su modo de entender no necesitaban de la violencia para ser aceptadas.

Desde que tenía memoria había asistido emocionado al maravilloso espectáculo de cientos de miles de fieles avanzando rebosantes de alegría, cantando y rezando hacia la meta final de un largo viaje que les llevaba casi a rozar a Dios, por lo que esos últimos metros, muy cerca de la puerta de su casa, parecían convertirse en un camino alfombrado de rosas.

El primer peldaño de una escalera que conducía al paraíso.

No obstante, ahora le asaltaba una amarga impresión; muchos de aquellos antaño fervientes y entusiastas peregrinos parecían amedrentados y de tanto en tanto alzaban la vista como si temieran que del cielo pudiera descender un ángel negro dispuesto a fulminarlos con una espada incandescente.

Y en cuanto cumplían las siete vueltas rituales se apresuraban a abandonar la ciudad buscando pasar la noche donde no volviera a sonar la demoníaca trompeta.

Dedicó varios días a meditar sobre lo que él mismo consideraba una opción disparatada e impropia de alguien de su rango, pero al advertir el temor y el desánimo con que se movían ahora los peregrinos comprendió que no podía continuar inactivo.

Tenía que respetar su condición de protector de la Ciudad Santa de La Meca pese a que ya aquella fuera tan solo una condición más honorífica que real, por lo que decidió hacer algunas llamadas y rellenar una bolsa de viaje con lo más imprescindible, de tal forma que al oscurecer ya se estaba embarcando en un discreto yate que le aguardaba en el puerto de Yedda.

Amanecía cuando fondearon casi a la vista de Acaba, y a los pocos minutos se aproximó una lancha que se arboló por la banda de estribor.

Un hombre enjuto, de ojos azules, cabello grisáceo y aspecto severo saltó a bordo, ordenó a la lancha que se alejara y, tras comprobar que sus ocupantes ya no podían verle, se encaminó a popa con el fin de saludar al árabe con un leve movimiento de cabeza.

—Le alegra mucho que haya aceptado venir... —fue lo primero que le dijo Suleimán Ibn Jiluy—. Sabe que corre un grave peligro.

—Los dos lo corremos —fue la áspera respuesta de quien visiblemente se encontraba a disgusto—. Y quiero suponer que me estoy arriesgando por algo que merezca la pena.

Quien le había citado en tan insólito lugar, casi equidistante de Arabia, Egipto, Israel y Jordania, tardó unos instantes en responder, como si hubiera vuelto a plantearse que lo que estaba haciendo era una soberana insensatez.

Había conocido a Menahen Fromm quince años atrás, y quince años atrás ya le habían comentado que tuviera cuidado con él porque probablemente se trataba de un miembro del Shin Bet.

Posteriormente se lo reencontró en tres ocasiones, siempre eventos internacionales; las sospechas de que pertenecía al temido servicio de seguridad interior israelí se confirmaron, pero sus informantes consideraban que por motivos de salud estaba a punto de retirarse del servicio activo.

Fuera cierto o no, siguiera en activo o le hubieran retirado, lo importante era que en aquellos momentos se encontraba sobre cubierta aguardando una respuesta convincente.

—Entiendo su preocupación puesto que podrían acusarnos de traición, pero antes de ir directamente al problema que me ha traído hasta aquí me gustaría contarle un vieja historia que escuché siendo niño... —Observó la reacción de quien parecía estar deseando marcharse cuanto antes y le indicó con un leve gesto de la mano que tuviera un poco de paciencia al tiempo que añadía—: Según parece, hace muchos años existían dos vecinos que se odiaban a muerte y que tan solo tenían una cosa en común: sus casas y sus campos se encontraban invadidos por enormes ratas que les hacían la vida imposible y acabarían por matarles de hambre. Pero cada vez que uno de ellos decidía exterminarlas renunciaba sabiendo que resultaba inútil puesto que al día siguiente le invadirían las de su vecino.

—Lógico... —fue el desganado comentario del evidentemente incómodo israelita.

—Muy lógico, desde luego. Pero al fin uno de ellos se armó de valor, citó al otro a mitad de camino y le dijo: «Acabaré con mis ratas si tu acabas con las tuyas. Mataré a la primera y tú tendrás que matar dos; al día siguiente traeré los cadáveres de tres, y al otro tendrás que mostrarme los cadáveres de cuatro. De ese modo espero que algún día podamos continuar siendo tan enemigos como siempre, pero sin ratas.»

—Interesante historia... —admitió de mala gana Menahen Fromm—. Digna de *Las mil y una noches*, pero mucho más interesante resultaría si tuviera la amabilidad de explicarme a qué demonios viene.

—Viene a que cuanto ha sucedido últimamente en la ciudad en que nació el Profeta, nació mi padre, nací yo, han nacido mis hijos y espero que nazcan mis nietos, me ha hecho aceptar al fin que efectivamente mi país está invadido por ratas que alientan y financian al terrorismo islámico.

—Sorprende que un árabe de tan alta estirpe, nieto de un héroe nacional, admita lo evidente.

—Lo admito porque estoy emparentado con algunos de esos miserables, he tenido que escuchar invitaciones para unirme a ellos e incluso presiones por parte de quienes pretenden hacer proselitismo llevando al islam por el peor de los senderos. ¡Son basura...! Recubierta de oro, pero basura.

—En eso estamos de acuerdo.

—¿Cómo puede nadie alardear de tener un centenar de coches de lujo, entre ellos uno de platino, mientras sus hermanos en la fe tienen que atravesar descalzos desiertos y montañas cuando acuden a La Meca?

—¿Siendo un jeque árabe?

—Siendo un descerebrado, presuntuoso y malnacido que por si fuera poco financia a terroristas, lo cual no tiene nada que ver con el rango o la nacionalidad.

—Conozco a varios.

—Pero no a todos, y además nunca conseguiría llegar hasta los más peligrosos, puesto que se ocultan en lugares a los que ningún judío podría aproximarse...

—... pero un árabe protector de La Meca, sí... —completó la frase su oponente.

—Un árabe protector de La Meca podría llegar a lugares a los que nunca llegaría un judío, de la misma manera que un judío miembro del Shin Bet podría llegar a lugares a los que nunca llegaría un árabe.

—Ya estoy jubilado.

—¿Recuerda cómo se llama?

—Menahen Fromm.

—¿Y yo?

—Suleimán Ibn Jiluy.

—¿Y en qué lugar nos encontramos?

—En el golfo de Acaba.

—Si sabe cómo nos llamamos y dónde nos encontramos significa que no tiene Alzheimer, y como me consta que el Shin Bet tan solo da de baja definitivamente a sus miembros cuando padecen senilidad o Alzheimer, deduzco que continúa en contacto con ellos y su gente puede llegar a donde nunca podría llegar la mía.

—¿Como por ejemplo...?

—Los guetos en que se ocultan terroristas ultraortodoxos que intentan derribar a su gobierno con el fin de sustituirlo por un reino teocrático donde imperen las leyes religiosas como en los tiempos del rey Salomón... —Miró directamente a los ojos a su interlocutor y ahora se le advertía seguro de lo que iba a decir—: ¿O pretende hacerme creer que no existen?

—Existen.

—Y aquellos que pretenden imponer la rígida *halajá* a los judíos no se diferencian de quienes pretenden imponer la *sharía* a los musulmanes; tan solo son fanáticos que se creen iluminados por una luz que en realidad les ciega, puesto que como dijera Saud el Grande: «Más se ve mirando al fondo de un pozo que mirando al sol, porque la oscuridad despierta los restantes sentidos mientras que el resplandor del sol los adormece.»

—Un hombre muy sabio, sin duda... —admitió el israelí—. ¡Lástima que entre tanto descendiente ninguno llegara a su altura!

—Es que no es fácil superar los dos metros.

—Me refería a otra clase de altura.

—Lo supongo... —admitió Suleimán Ibn Jiluy ensayando una leve sonrisa—. Mi padre, que lo conoció siendo niño, me contaba que cuando se le acercaba se sentía como si se le aproximara una estatua de bronce; un coloso que podía aplastarle el cráneo con un dedo. Le fascinaba, pero al mismo tiempo le aterrorizaba.

—El presidente Roosevelt aseguró que era el hombre que más le había impresionado en su vida, tanto por su aspecto físico como por su capacidad como estadista. Pero supongo que no estamos aquí para hablar de grandes hombres, en cualquiera de sus aspectos, sino de ratas.

—En efecto; lo que pretendo es hacerle comprender que después de décadas de mirar hacia otro lado con respecto a la violencia de los colonos radicales contra los palestinos, el Shin Bet ha comprendido que existe un enemigo interior que amenaza la seguridad de su país.

—No voy a negárselo dado que mi gobierno ya ha tomado medidas.

—Tristes medidas. Y muy escasas, por cierto; su jefe, Yuval Diskin, considera que el brote de extremismo radical entre los colonos no es un fenómeno limitado a jóvenes desengañados que no ven futuro en un país tan superpoblado, sino que se extiende una epidemia entre sectores ultranacionalistas.

—En ocasiones Yuval habla demasiado. Es su único defecto.

—Pero no duda en criticar la política gubernamental en los territorios ocupados, y afirma que está surgiendo un estado de facto en el que se desarrollan ideologías violentas y racistas que incitan a incendiar iglesias y mezquitas. En su opinión, existe un exceso de tolerancia por parte de las autoridades... ¿Usted qué opina?

—¿Y qué puede importar mi opinión?

—Importa porque estoy aquí para saber si mi vecino desea librarse realmente de las ratas o prefiere que acaben devorándolo pese a saber que algunos judíos financian a terroristas islámicos.

Guardó silencio mientras escrutaba el rostro de su interlocutor intentando descubrir la magnitud de su reacción ante tan demoledora revelación, pero al comprobar que ni se inmutaba, inquirió sorprendido:

—¿Ya estaba enterado...?

—¿Olvida que pertenezco al Shin Bet? —le hizo notar el otro—. Sabemos que entre nuestra gente hay quienes financian tanto a los palestinos como a los fanáticos islamistas porque su premisa es simple; si no hay enemigo no hay guerra, y si no hay guerra no hay beneficio. Para justificar la invasión de Irak los americanos mintieron al asegurar que Sadam Husein disponía de armas de destrucción masiva. Murieron miles de americanos, pero nadie se ha atrevido a castigar a los mentirosos. De igual modo nosotros tenemos las manos atadas a la hora de intentar castigar a nuestros culpables y ustedes a la hora de castigar a los suyos.

—Pues creo que ha llegado el momento de que yo corte sus ataduras y usted las mías. Castigaremos a «nuestros culpables» siempre que ustedes castiguen a los suyos.

—¿Asesinándolos?

—Si quien roba a un ladrón tiene cien años de perdón, quiero imaginar que quien asesina a un asesino debe tener mil.

Mark Reynols estudió con atención la tarjeta que el hombrecillo acababa de entregarle, y visto lo escueto de la información, «Rubén Pardo - Abogado», la hizo girar confiando en que la parte trasera pudiera aclararle algo acerca de la personalidad de aquel pintoresco bigotudo de largas patillas.

Pero estaba en blanco.

Tras unos instantes de justificada duda sobre las intenciones de su visitante, pero teniendo en cuenta la importancia de la persona que le había pedido que le recibiera, le rogó que tomara asiento.

—Usted dirá...

—Ante todo quiero agradecerle que haya aceptado recibirme con tanta premura —replicó el recién llegado ocupando el lugar que le habían señalado al otro lado de la amplia mesa de despacho—. Y como me consta que es un hombre muy ocupado iré directamente a lo que me ha traído a Londres; tengo entendido que está usted fabricando un nuevo tipo de barcos por los que estaría muy interesado uno de mis mejores clientes.

—¿Se dedica al salvamento marítimo?

—En absoluto.

—¿A la protección de la fauna submarina...?

—Tampoco, y para que no perdamos tiempo con engaños y absurdos rodeos le aclararé que se dedica al contrabando.

—¿Qué clase de contrabando?

—Un poco de todo.

—¿Drogas...?

—A veces, pero nunca heroína ni anfetaminas «matagente» —se apresuró a aclarar su desinhibido visitante—. Si lo hiciera me negaría a representarle y no le interesan ese tipo de consumidores porque suelen morir jóvenes, duran poco en el mercado, generan excesivos problemas y acaban cometiendo delitos violentos. Prefiere clientes tranquilos; empresarios, ejecutivos o políticos mucho más longevos, fiables y duraderos.

Siendo hijo, nieto y biznieto de los más inescrupulosos fabricantes de armas que hubieran existido durante el transcurso del último siglo, Mark Reynols había sido testigo de incontables situaciones inhabituales y confesiones de un descaro rayano en la desfachatez, pero evidentemente el abogado Rubén Pardo, que hablaba inglés con un marcado acento latino, parecía intentar batir todos los récords de «sinceridad».

Se sentía profundamente desconcertado y por unos instantes dudó entre el natural impulso de arrojarle el pisapapeles a la cabeza y arrastrarle fuera del despacho, dado que apenas debía pesar sesenta kilos, o el igualmente natural impulso de averiguar qué demonios pretendía.

Tal como siempre ocurre en estos casos venció la curiosidad, por lo que acabó por inquirir esforzándose por mantener la calma:

—¿Y qué es lo que pretende su «cliente»?

—Comprarle algunos de esos barcos.

—¿Cuántos?

—De momento, veinte; si funcionan como se supone, podrían llegar a cien.

—¿Me está pidiendo seriamente que fabrique un centenar de barcos destinados a salvar vidas para que los dediquen a transportar drogas?

—¡En absoluto! Le estoy diciendo que represento a un empresario que quiere comprarle barcos; lo que luego haga con ellos ya no es de su incumbencia... —El astuto picapleitos sonrió malignamente al inquirir—: ¿Si fabricara camiones se negaría a venderlos porque podría darse el caso de que se utilizaran para hacer contrabando?

—Supongo que no.

—¿Y si fabricara coches, trenes o aviones...?

—Tampoco, pero no es lo mismo; lo que yo fabrico son barcos diseñados para navegar sin tripulación tanto de día como de noche, con buen tiempo o sin él, en superficie o sumergidos.

—¿O sea que las patrullas costeras no pueden detectarlos...? Esa es la razón por la que a mi cliente le interesan tanto; se trata de drones marinos, y si los capturan nadie acaba en la cárcel puesto que no llevan tripulación.

—¡Pero es que yo los fabrico para ayudar a los náufragos! —se indignó Mark Reynols perdiendo por unos instantes su tradicional flema británica—. Mi idea es que los gobiernos los utilicen para evitar que los emigrantes continúen ahogándose. En lo que va de año se han contabilizado casi tres mil, la mayoría niños. Tan solo en el mes de octubre murieron noventa y dos, muchos de ellos bebés de menos de un año.

—¡Oh, sí, eso lo sé! —admitió con absoluta desvergüenza tan abominable huésped atusándose el espeso bigote—. Se habla mucho de ello, pero dígame, ¿cuántos ha salvado hasta el momento?

—Ninguno.

—¡También es mala suerte!

—No es mala suerte; es que aún no he conseguido instalarlos en el Mediterráneo, que es donde más se necesitan.

—Entiendo. ¿Y cuántos le han comprado los países del Mediterráneo, o esa hipócrita Unión Europea que hace años prometió que acabaría con «tan inmoral e inaceptable sangría».

—Ninguno.

—¡Qué pena...! —Rubén Pardo agitó la cabeza como si aquella fuera una triste noticia que le afectara profundamente, pero casi al instante añadió—: Aún no le han comprado ninguno, y apuesto que ni siquiera los aceptarían como regalo porque los gobiernos no desean que esas vidas se salven. En realidad lo que desean es que cuantos más inmigrantes, sean niños o no, se ahoguen, mejor... ¿O no?

Mark Reynols se negó a responder puesto que meses atrás aquellas habían sido sus propias palabras: «Los políticos europeos saben que la inmensa mayoría de esos inmigrantes son musulmanes y temen que la islamización de la ciudadanía les arrebate el poder, ya que en poco tiempo los votantes se radicalizarán y llegará un momento en que la mitad se inclinará por partidos islamistas y la otra mitad por partidos ultranacionalistas.»

Tras comprobar que aquel a quien iba dirigida la pregunta guardaba silencio, lo cual evidenciaba que compartía sus opiniones, el avieso picapleitos insistió:

—Nadie le comprará esos barcos, y si se los compran será para arrinconarlos. Ya ocurrió una vez y volverá a ocurrir porque un helicóptero de salvamento marítimo cuesta cincuenta veces más aunque sus resultados sean muy insatisfactorios. —El mexicano, que tal vez fuera panameño, venezolano o colombiano, lanzó un hondo suspiro, lo que parecía un sincero lamento al afirmar—: Pero los ministros y sus «asesores» reciben generosas comisiones cada vez que compran helicópteros, aunque sepan que con frecuencia sus tripulantes pierden la vida.

—Por desgracia está ocurriendo demasiado a menudo.

—Todo ello me obliga a considerar que tiene usted menos posibilidades de colocar esos barcos que yo de convertirme en gigoló. —El malintencionado hombrecillo alzó el dedo índice como si él tuviera la solución a todos los problemas del universo, al añadir—: A no ser que...

—A no ser que... ¿qué?

—A no ser que mi cliente los adquiriera, con lo que no tardaría en demostrar que funcionan y resultan de enorme utilidad.

—Para traficar con drogas... —puntualizó quisquillosamente el inglés.

—Lo importante no es «para qué funcionan», sino que funcionan incluso para aquello para lo que no han sido diseñados. —Rubén Pardo se tomó un tiempo para permitir que quien se encontraba al otro lado de la mesa asimilara lo que estaba diciendo antes de continuar—: Le prometo que mi cliente permitirá que capturen uno cuando regrese vacío y le garantizo que se organizará tal revuelo que, mal que les pese, los gobiernos tendrán que acabar comprándoselos.

—Empiezo a creer que es usted demasiado listo.

—En el ambiente en que me muevo nadie debe serlo porque si se pasa acaba con un tiro en la nuca.

El supuesto «abogado», que quizá realmente lo fuera aunque no se supiera por qué universidad ni de qué país, extrajo del bolsillo superior de la chaqueta un papel cuidadosamente doblado y lo dejó sobre la mesa.

—Diez millones —dijo—. ¿Bastaría para las primeras unidades?

—Sobraría, pero necesito pensarlo.

—Lo comprendo. Si dentro de una semana continúa sin decidirse, limítese a romper ese cheque y nadie tomará represalias, pero si entiende que vivimos en una sociedad en la que intentar ayudar a los demás siendo honrado constituye un error y se llega mucho más lejos asociándose con las personas adecuadas, cóbrelo y póngase a trabajar.

Estuviera o no colegiado, Rubén Pardo pensaba y se expresaba como un auténtico abogado de narcotraficantes, incluida la inquietante coletilla «nadie tomará represalias», por lo que cuando abandonó el despacho cerrando la puerta a sus espaldas, Mark Reynols permaneció inmóvil contemplando pensativo y casi como hipnotizado el tentador papelito.

Para alguien que había heredado una fortuna empapada en sangre, pero fortuna al fin y al cabo, y que acababa de invertir veinte veces más en una película sin título ni argumento, aquellos diez millones no significaban ni un suspiro desde el punto de vista económico, pero sí una galerna desde el punto de vista moral.

Habiendo crecido a la sombra de un padre al que cabría considerar el paradigma de la inmoralidad como resultado de la evolución de cuatro generaciones de avariciosos fabricantes de armas, desde niño su mayor ilusión había sido convertirse en el último eslabón de tan repugnante cadena, y llegar a viejo sabiendo que había sido una persona decente.

Pero empezaba a sospechar que ser una persona decente no resultaba tan sencillo como había imaginado.

La experiencia le estaba enseñando que en la sociedad actual tan solo se permitía ser decentes a aquellos que no molestaban a los poderosos, porque la honradez estaba bien vista y era digna de ser alabada siempre que no interfiriese en intereses ajenos.

Nadie le echaría en cara que decidiera repartir su fortuna entre los pobres, ya que de ese modo pondrían en circulación un dinero que siempre sería bien recibido y del cual las agencias tributarias, y de rebote los políticos, acabarían quedándose con la mayor parte.

¡Bendita fuera una generosidad que sería recompensada en la otra vida!

Eran muchos los filántropos que habían donado

ingentes sumas destinadas a paliar las necesidades de los menos afortunados, y la sociedad les aplaudía porque gracias a ellos y al esfuerzo de infinidad de cooperantes que se sacrificaban en todos los rincones del planeta, se mantenía la esperanza de volver a contar con un planeta habitable.

Solían proliferar los discursos, las medallas, las placas e incluso los nombramientos de hijos predilectos, casi siempre seguidas de deslumbrantes ceremonias que costaban poco y encantaban a las distinguidas damas puesto que les daban la oportunidad de lucir sus preciosas joyas.

Se agradecían especialmente las donaciones a escuelas, asilos, hospitales y obras de arte con destino a los museos, y las autoridades incitaban a llevarlas a cabo a base de aplicar ventajas fiscales e importantes descuentos a la hora de repartir herencias y dividendos.

Al fin y al cabo todo ello redundaba en beneficio del Estado.

Pero, evidentemente, a los Estados europeos no les beneficiaba en absoluto que un caprichoso multimillonario decidiera emplear su dinero en fabricar drones marinos destinados a abarrotar sus respectivos países de «indeseables» que tan solo traían problemas.

Dicha actitud no se les antojaba mínimamente correcta.

Incluso la compasión debía encontrarse regulada por una estricta legislación que le impidiera perjudicar al gobierno de turno.

Y es que los gobiernos habían dejado de representar al conjunto de los ciudadanos que compartían un determinado espacio, lengua o ideología, para pasar a convertirse en el selecto núcleo de empresarios y políticos que compartían unos determinados intereses, y para los que la compasión era el único lujo que no podían permitirse.

Tal como asegurara el injustamente olvidado *Manual de las derrotas*: «El tirano que muestra compasión ante sus súbditos, está mostrando debilidad ante sus enemigos.»

Su propio país, la supuestamente democrática Inglaterra, acababa de dejar bien clara su falta de compasión al declarar que multaría a todo aquel que alquilara una vivienda a un indocumentado. Un gobierno elegido por el pueblo decretaba que ese indocumentado debía ser arrojado a la calle, donde tal vez un camión de la basura se ocuparía de recogerlo y devolverlo a su lugar de origen pese a que se encontrara en guerra y tuviera muchas probabilidades de que lo mataran con excelentes armas fabricadas muy cerca de Manchester.

Mark Reynols, cuya familia había sido una de las principales proveedoras de dichas excelentes armas, se enfrentaba por tanto a un difícil dilema: continuar siendo considerado un respetable miembro de su comunidad o infringir las leyes sabiendo que se aliaba con traficantes de drogas.

III

—¿Cuándo empieza el rodaje?

—La semana próxima. Ya me siento totalmente identificada con Scarlett O'Hara porque se queda viuda otras dos veces, con lo que coge fama de gafe y nadie se acerca a ella ni con guantes. Tan altiva y frustrada como siempre, decide unirse a una caravana de cuáqueros que se dirige a Oregón, donde arruina todo lo que toca hasta que encuentra una cierta felicidad como tercera esposa del gran jefe Pequeño Coyote Aullador que, cada vez que repite aquella estúpida cantinela de «Lo pensaré mañana», le atiza un coscorrón con la pipa de la paz.

—Sabes muy bien que no me refiero al rodaje de *Lo que el viento nos dejó*, que ya sé cuándo empieza y por lo que he leído va en la línea de los disparates de Mel Brooks, sino a esa intrigante película sobre el tabaco y los filtros de celulosa.

—Cada película a su tiempo, mi querido Bob...
—fue la inmediata respuesta de una inmutable Sandra
Castelmare—. Tenemos el dinero, pero aún no tenemos título, ni guion, ni director, ni tan siquiera reparto. Es como si me preguntaras cuándo voy a dar a luz
a un hijo de George Clooney si todavía no he conseguido acostarme con él.

—¡Qué raro...!

—Es que está casado, y yo eso del matrimonio lo
respeto tanto que apenas lo he practicado.

—Te casaste una vez.

—Pero in artículo mortis. Y te aseguro que aunque
el moribundo era él, yo estaba más asustada porque le
adoraba.

—¿Es que nunca puedes hablar en serio?

—¿Y para qué, si me estás pidiendo que te conceda
una exclusiva por la que matarían la mitad de los repor-
teros de este oficio? —Alargó los labios en un gesto de
niña mimosa y quejica—: ¿Por qué me quieres tanto
mal? ¿Acaso pretendes que me busque su enemistad?

—Sabes que mi obligación es intentarlo.

—No, cielo. Tu obligación es preguntarle a las tabacaleras por qué guardan silencio cuando se les acusa de provocar millones de muertes con el uso de cigarrillos con filtro de celulosa.

—Se supone que quien calla otorga... —le hizo notar el periodista—. Y las tabacaleras callan.

—¡En efecto! Callan porque saben que los datos de ese informe son irrefutables, y en ese caso tu obligación es acudir a las autoridades sanitarias y preguntarles por qué no intervienen. ¿Tienes una idea de cuánto le cuestan a nuestro gobierno las enfermedades provocadas por el uso de esos filtros?

—Ni la más mínima, pero confío en que me lo digas.

—A su debido tiempo, también, querido Bob, a su debido tiempo. —Sandra Castelmare hizo una de aquellas pausas que conseguían que los espectadores no dejaran de mirarla, antes de remarcar—: Y también aclararemos cuánto les pagan a los políticos para que continúen permitiendo que se envenene a los ciudadanos.

—Supongo que resultará muy difícil demostrarlo.

—No tanto como imaginas, porque el pasado jueves el presidente de la primera tabacalera del país almorzó con el congresista de Kansas que había hecho una incómoda pregunta sobre la existencia de fábricas de filtros de celulosa en su estado. El lunes un banco panameño hizo una transferencia, y hoy ese mismo congresista es trescientos mil dólares más silencioso.

—Creo que te estás jugando demasiado —le hizo notar su interlocutor.

—Sabía en lo que me metía, y debemos hacer aquello en lo que creemos, puesto que a veces las consecuencias nos sorprenden... ¿Conoces la historia del hombre de la chaqueta?

—No.

—Pues es muy significativa; un día que hacía muchísimo frío un hombre se detuvo ante un semáforo en rojo, y al girar la cabeza advirtió que en la esquina había un anciano tiritando de frío. Sin pensárselo bajo del coche y le entregó su chaqueta. El vagabundo se negaba a aceptarla advirtiéndole que si se quedaba en mangas de camisa se helaría, pero el hombre le respondió que el vehículo disponía de calefacción y en diez minutos estaría en su casa, donde tenía más chaquetas. Le convenció, y al regresar descubrió que estaba interrumpiendo el tráfico y un policía tomaba nota de su matrícula, pero como se estaba congelando y no era cuestión de ponerse a discutir, arrancó y se fue. A los pocos meses cometió una pequeña infracción, un policía le detuvo, le pidió la documentación y comenzó a extender una multa, pero de pronto se detuvo, rompió el papel y se disculpó señalando que no podía sancionarle. Cuando preguntó la razón, la respuesta le emocionó: «El Ayuntamiento ha ordenado que jamás se le ponga una multa al hombre de la chaqueta...»

—Una historia impropia de nuestro tiempo —admitió quien había escuchado con especial atención—. Pero no me aclara por qué razón alguien como tú, que lo tiene todo, se arriesga a perderlo.

—Será porque alguien que lo tiene todo menos su propia estima no tiene nada. O será porque siempre me ha gustado tocar los cojones —fue la descarada respuesta—. Y no me refiero al hecho físico en sí, que es cosa sabida que me encanta.

—Sospecho que no te van a permitir rodar ni un solo plano de esa película... —sentenció el pesimista reportero con innegable tristeza pero convencido de lo que decía—. No deberías ser tan irresponsable.

La Divina Castelmare le dedicó a su preocupado interlocutor la más arrebatadora de sus sonrisas, se puso en pie, se colocó justamente ante el umbral de la puerta que se abría a la piscina y, sin volverse, en plan estrella del cine en blanco y negro, comentó:

—Yo puedo ser alocada, deslenguada y a menudo desmadrada, cielo, eso lo admito porque forma parte de mi carácter y mi papel fuera de la pantalla, pero no irresponsable... —Hizo de nuevo una de sus personalísimas pausas antes de volverse y añadir remarcando mucho las palabras—: O sea que lo que voy a decirte debe aparecer en primera página y con titulares a toda plana.

—¿A toda plana...? —repitió el otro asombrado.

—A toda plana... ¿Me lo prometes?

—Te lo prometo porque conociéndote supongo que será una de esas noticias que sueles sacarte de la manga y dejan estupefactos a los lectores.

—Lo es.

—¿Vas a presentar tu candidatura a la presidencia o te vas casar con el cretino de Donald Trump?

—Mejor que eso. Más impactante.

—¡Explícate!

—Todas mis escenas de la película sobre el tabaco ya han sido rodadas.

El sorprendido columnista del *Hollywood Reporter* enmudeció limitándose a observarla estupefacto y bajar de inmediato la cabeza con intención de comprobar que la grabadora seguía en marcha.

—¿Cómo has dicho? —acertó a balbucear.

—Que no soy ninguna estúpida a la que le apetezca que le corten el cuello, le metan la cabeza de un caballo en la cama o le desfiguren la cara.

—Eso lo entiendo, pero lo otro no lo tengo tan claro.

—¡Pues muy simple! Como a mucha gente muy poderosa no le gusta que desenterremos sus miles o millones de cadáveres, todas las escenas en las que debía intervenir ya han sido rodadas aquí, en mi propia casa.

—¡No es posible!

—Lo es. Y están listas para ser intercaladas en el lugar apropiado cuando llegue el momento.

—¡Menuda jugarreta...!

—Así es el cine, querido Bob; puro ilusionismo,

porque has asistido a docenas de rodajes y sabes que, según convenga, una película se puede empezar por el final, el principio o la mitad.

—*Don Quijote*, de Orson Welles, tardó casi treinta años en terminarse y fue otro director quien rodó las últimas escenas... —se vio obligado a admitir su interlocutor.

—Y Marlon Brando hizo de padre de Christopher Reeve en *Superman*, pero no le conoció hasta el día del estreno, mientras que el primer King Kong apenas medía un metro de altura... —La siciliana guiñó un ojo con picardía, como si se tratara de una infantil travesura muy propia de su carácter al insistir—: Como mi trabajo en la película ha terminado, si me mataran me convertirían en una especie de Cid Campeador, que por lo que cuentan ganaba batallas después de muerto.

—Que yo sepa solo ganó una.

—¿Y te parece poco para un muerto...? —fingió escandalizarse la actriz—. Un general que perdió cuatro, dos en Vietnam, una en Irak y otra en Afganistán, aún juega al golf con mi agente artístico, y por lo que me cuenta pateando la bolita sí que es bueno. Si se hubiera dedicado solo a eso, se habrían ahorrado muchas vidas. —Regresó a su sofá preferido, le arrancó el filtro a un cigarrillo, lo encendió y, tras lanzar una sucesión de anillos de humo, añadió—: Con ganar una batalla me conformo, y te juro por las tetas que Dios me ha dado, y que le ruego que conserve en su sitio aunque sea a base de silicona, que hemos rodado tantos primeros planos y he mascullado tantas insensateces sin apenas mover los labios que con un buen doblaje los espectadores acabarán por creer que le estoy jurando amor eterno al Pato Donald.

¡Qué truco tan sucio...!

La Divina Sandra Castelmare se limitó a indicar con un gesto de la barbilla el filtro que había dejado en el cenicero al puntualizar:

—No tanto como vender celulosa fabricada con arsénico a precio de tabaco de Virginia. Y nuestra película no matará a nadie; tal vez salve vidas.

—Eso lo entiendo. O al menos lo pretendo... —reconoció sin el menor reparo el cada vez más confuso periodista—. Pero lo que no consigo entender es cómo puedes haber rodado escenas si todavía no saben quiénes son los restantes protagonistas.

—¡Oh! Eso es muy fácil y se hace a menudo, querido. Me enfocan en primer plano, alguien me habla desde el otro lado de la cámara y yo respondo mientras bebo pensativa, fumo, me tapo la boca con la mano e incluso estornudo. No creo que me den un Oscar por eso, pero saldremos del paso, sobre todo si luego los contraplanos los rueda George Clooney, que a lo mejor para entonces se ha divorciado y me lo puedo llevar al catre.

Dos días más tarde, el *Hollywood Reporter* destacaba a cinco columnas la exclusiva y sorprendente noticia: por primera vez en la historia del cine se había rodado parte de una película que carecía de guion, título, director e incluso coprotagonistas.

Muchos críticos y algunos profesionales ponían en duda que algo así pudiera dar resultado, pero, fuera o no cierta, la astuta triquiñuela constituía un eficaz golpe de efecto que añadía interés y un cierto morbo a una historia ya de por sí bastante morbosa.

Se habían limitado a seguir el cauce, pero en lugar de ser como se suponía que debían ser todos los ríos, cada vez más anchos y caudalosos, aquel se volvía cada vez más estrecho y mustio hasta acabar por convertirse en un amarillento arroyuelo que parecía desangrarse como si la yerma tierra le fuese chupando la sangre gota a gota, derrochando un bien tan preciado de una forma dolorosamente estéril.

No crecía en aquellas márgenes rocosas ni una brizna de hierba que sirviera para alimentar a una mísera cabra, y el agua se filtraba sin provecho por entre negras lajas de piedra o columnas de basalto, por lo que el bravío caudal se había transformado en exangüe corriente y poco a poco la frágil balsa comenzó a rozar las piedras del fondo.

Luego, una triste mañana el hermoso río de su infancia, al que tan unidos se sentían por sus juegos y sus años de felicidad, amaneció muerto y enterrado bajo diminutos pies que chapoteaban en una interminable llanura fangosa que se iba resecando a medida que avanzaban hacia el oeste.

De las altas montañas que habían ido dejando atrás no se distinguía ni siquiera una sombra, mientras que el calor se iba haciendo cada vez más intenso.

El cordón umbilical que les unía a su pasado —el río de sus padres— se había cortado definitivamente, y podría creerse que acababan de nacer en un mundo hostil que observaban con la misma estupefacción con que pudieran haber observado los cráteres lunares.

Chapoteaban en un limo pastoso que les aferraba los tobillos, en busca de un suelo firme en el que cada paso no exigiese un esfuerzo inaudito o no invitase a dejarse caer para quedarse allí definitivamente.

Los más pequeños comenzaron a derrumbarse.

Menelik acomodó a la agotada Reina Belkis sobre sus hombros, y cada uno de los mayores hizo otro tanto con los más débiles, con lo cual, al aumentar su peso, aumentaban sus dificultades a la hora de sacar los pies del barro.

El esqueleto de un antílope de huesos calcinados destacaba sobre la parda llanura como advirtiéndoles de que la muerte acechaba en la gigantesca trampa de lodo, y cada vez que alguien caía, se necesitaba el esfuerzo de tres para ayudarle a seguir su camino.

Pronto ellos mismos no fueron más que barro.

Vistos desde lejos semejaban un ejército de estatuas a las que algún caprichoso duende hubiese dotado de vida; seres que poco o nada tenían de humanos bajo una costra que cada vez se endurecía más, y cuando el destrozado Menelik encontró al fin terreno firme y se volvió, lo que vio le obligó a lanzar un gemido, puesto que la mayoría de sus compañeros se encontraban desperdigados por el desesperante barrizal.

Uno tras otro fueron llegando en triste procesión, y uno tras otro se fueron dejando caer, para quedar allí, como si se tratara de un viejo cementerio en el que el viento hubiese derribado todas las estatuas.

Por suerte, un corto y violento chaparrón tropical les devolvió a la vida, al tiempo que les devolvía un aspecto medianamente humano, y cuando comenzaron a erguirse y se miraron, cada uno de ellos sintió lástima de los demás y de sí mismo, puesto que les costaba un gran esfuerzo reconocer en aquellos seres fantasmagóricos a sus amigos de siempre.

—Jamás imaginé que fuera así como mueren los ríos —musitó quedamente la espigada Nadim—. ¿Dónde está el mar?

¿Dónde estaba el mar, y en qué se parecía aquella

llanura fangosa o el angustioso pedregal que se perdía de vista en la distancia?

La noche fue aún peor, porque las llamas de la hoguera se reflejaban en los ojos de las hienas y los pequeños se apretujaron temblorosos, al tiempo que los mayores montaban guardia confiando en que aquellas hediondas alimañas nunca se atreverían a atacar a quien no se encontrara a punto de morir.

Pero aquellas sucias bestias debían tener mucha hambre puesto que se aproximaban a menos de diez metros gruñendo y enseñando sus afilados colmillos con la astuta intención de provocar una desbandada que les permitiera apoderarse de una de aquellas tiernas criaturas.

Los más pequeños sollozaban pese a que la señorita Margaret y la señorita Abiba los acunaran susurrando palabras de consuelo.

Fue una noche maldita que les dejó agotados, y cuando el ansiado sol hizo su aparición y las frustradas fieras se alejaron en busca de sus madrigueras, chicos y grandes dejaron pasar las horas sin moverse en un postrer intento por recuperar las fuerzas que hubieran debido recuperar durante la oscuridad.

Cerca ya del mediodía vieron venir a un grupo de pastores que evidenciaron su hostilidad amenazándoles con largas lanzas y guturales gritos, como si temieran que aquel inofensivo grupo de mujeres y niños pretendieran robarles sus esqueléticos cebúes de inmensos cuernos.

Eran muy altos y tan flacos que se podría pensar que la primera racha de viento los derribaría, pero avanzaban a largas zancadas y con tanta agilidad que, en cuestión de minutos, se perdieron de vista entre una nube de polvo dejándoles la extraña sensación de que nunca habían existido o se trataba de un espejismo fruto de sus mentes recalentadas por el sol.

—Son sudaneses... —señaló una atemorizada Zeudí.

Etíopes y sudaneses se aborrecían desde que —tres mil años atrás— el gran Menelik, hijo natural de la hermosísima Belkis, reina de Saba, y del sabio Salomón, rey de Israel, fundara un poderoso imperio en el corazón de las altas montañas abisinias. Y dicho rencor aumentó cuando con el paso de los siglos una gran parte de los etíopes se convirtieron al cristianismo llegado de Egipto, mientras los sudaneses se decantaban por el islamismo procedente de Arabia.

Mahometanos y coptos se odiaban casi con la misma intensidad con que ambos odiaban a los animistas del sur, y la señorita Margaret no pudo evitar preguntarse qué habría ocurrido si aquellos pastores sudaneses hubieran advertido que un puñado de niños y dos mujeres de sus aborrecidos vecinos habían caído en sus manos.

Afortunadamente, y tal como aseguraba una sentencia abisinia: «Los pastores odian menos que los agricultores; los agricultores, menos que los comerciantes; los comerciantes, menos que los gobernantes, y los gobernantes, menos que los militares. Gracias a ello de vez en cuando hay paz.»

Aquel fue un día de paz y al siguiente consiguieron llegar a un campo de refugiados, o a lo que más bien debería considerarse un depósito de cadáveres, puesto que quienes lo abarrotaban no eran ya más que cuarteados pedazos de negra y remendada piel cubriendo maltrechos esqueletos.

La mayoría ni tan siquiera tenía fuerza para moverse, tan famélicos que a los recién llegados les asaltó la sensación de haber penetrado en un monstruoso camposanto en el que se hubiera dado permiso a los difuntos para abandonar sus tumbas.

—¡Cielo santo! ¿Qué es esto?

—Una sucursal del infierno, señora —fue la respuesta del agotado doctor al que la señorita Margaret acudió a pedir ayuda—. Somalíes, etíopes, eritreos, sudaneses e incluso ruandeses que huyen del terrorismo islámico intentando pasar a Kenia. —Lanzó un reniego—. Aunque lo cierto es que la mayoría no conseguirían sobrevivir ni aunque atravesasen las fronteras del Edén. —Señaló a un hombre muy alto que aparecía tumbado en un camastro, y que pese a su estatura no pesaría más allá de treinta kilos—. ¡Mírelo! —pidió—. No tenemos con qué alimentarlo, pero si lo tuviera tampoco conseguiría salvarlo. ¿Qué importa entonces que se muera aquí o en Kenia?

Aquel holandés barbudo y harapiento que ofrecía todo el aspecto de no haber tenido tiempo de comer, bañarse o conciliar el sueño en meses, observó el grupo de recién llegados con ojos enrojecidos por la fatiga.

—Tal vez usted, su ayudante y esos tres muchachos tengan una oportunidad de cruzar la frontera, pero las autoridades se muestran muy estrictas en lo que se refiere a los pequeños —replicó con acritud—. Alguien ha dicho que la falta de alimentos les ha afectado el cerebro y en su mayoría son ya retrasados mentales sin remedio. Prefieren que desaparezcan con el fin de poder alimentar a la siguiente generación.

—Los míos están sanos.

—Eso parece, pero no creo que encuentre a un solo funcionario dispuesto a determinar qué niño tiene derecho a vivir y cuál no. Sus órdenes son muy estrictas... —Posó su gigantesca y sucia manaza sobre el antebrazo de la maestra al tiempo que señalaba—: Aunque sus chicos están agotados aún se mantienen en pie, pero mire a los que están aquí. No les queda la más mínima esperanza porque yihadistas, políticos corruptos y funcionarios desalmados nos roban las provisiones.

—¡Pero necesitamos descansar! —protestó ella.

—Aquí no hay más descanso que el eterno —fue la cruel respuesta—. ¡Márchense! —insistió amenazándola con el dedo—. Si no lo hace me veré obligado a echarles por su propio bien.

IV

—Te ves ridícula.

—Ten en cuenta que ahora se supone que soy la tercera esposa del gran jefe Pequeño Coyote Aullador y debo apañarme con lo que las otras dos me dejan. En *Lo que el viento se llevó* Scarlett O'Hara se hacía un traje con cortinas; yo tengo que arreglarme con alfombras.

—Bien pisoteadas, por cierto.

—Tanto como la propia Scarlett, a la que la vida le ha dado más palos que a una estera. Se esfuerza por mantener su dignidad, aunque se muerde los puños cada vez que su marido se acuesta con su primera esposa, que por cierto es una bruja que la trata a patadas.

—Nunca debiste aceptar ese papel. Es una parodia humillante.

—Quien no es capaz de interpretar a un personaje ridículo en una parodia humillante tampoco lo es de interpretar a un personaje heroico en una película épica. Un actor debe ser como un piano al que le suenen bien todas las teclas, y dudo que hayas viajado desde Luxemburgo, aunque sea en tu fastuoso *jet* privado, con la intención de criticar mi vestuario.

Berta Muller, directora general y principal accionista de uno de los laboratorios farmacéuticos más importantes del mundo, recorrió con la vista el precioso paisaje de montañas nevadas, tupidos bosques y transparentes riachuelos en que se había montado el decorado de un campamento de supuestos pieles rojas, y al centenar de técnicos que se afanaban preparando una violenta escena en la que los jinetes del famoso Séptimo de Caballería atacaban a tiros a unos indefensos nativos.

Al poco aceptó con un leve movimiento de cabeza:

—¡No! Naturalmente que no he hecho un viaje tan largo para hablar del sentido de la estética de las *sioux*.

—Comanches... —le corrigió su interlocutora.

—¡Lo que coño quiera que sean! —fue la áspera respuesta impropia de una mujer que solía codearse con la élite de la sociedad internacional—. No he venido a cotillear o a ver cómo se rueda una película, lo que por cierto resulta bastante aburrido porque hay que ver lo que se dilatan entre escena y escena.

—Es que el director es muy meticuloso y el que hace de Pequeño Coyote Aullador se parece a Montgomery Clift, pero es más tonto que George Bush hijo. Y hablando de Montgomery Clift, ¿has visto lo que ha ocurrido en La Meca?

—Naturalmente.

—En *De aquí a la eternidad* Montgomery Clift tocaba esa misma melodía porque Ernest Borgnine había asesinado a Frank Sinatra. El maldito era tan buen actor que en cuanto cogía la trompeta comprendías que pensaba cargarse a Borgnine pasara lo que pasara.

—¿Cómo puedes acordarte de tantísimas películas y de los nombres de los actores? —se asombró la luxemburguesa.

—Porque es mi oficio, bonita. Y porque trabajé con Borgnine, que aparte de ser un tipo encantador, aseguraba que le debía toda su carrera, incluido el Oscar que le dieron por *Marty*, a lo que le había enseñado Montgomery. Yo no llegué a conocerle, pero...

—¡Está bien...! Déjalo, porque contigo siempre se acaba hablando de otra cosa. Olvidándote de la dichosa trompeta. ¿Qué opinas sobre ese manifiesto amenazando a los que financian a los terroristas?

—Supongo que lo habrá emitido alguien a quien le hayan matado a un familiar, pero evito opinar de lo que no entiendo, a no ser que sea en público y me permita soltar algún disparate que haga reír a la gente. —La siciliana guiñó un ojo con un gesto muy suyo, de niña traviesa, al rematar la frase casi pontificando—: En privado procuro comportarme.

—¡Cualquiera lo diría...! —fue la sincera respuesta de quien estaba habituada a sus dislates tanto en público como en privado—. ¿De verdad no has sacado ninguna conclusión?

—Si supiéramos sacar conclusiones sobre todo lo que ocurre sería maravilloso, querida, pero por lo general, cuanto más vueltas le damos más nos enredamos. Ya tengo suficientes problemas con una película en la que caricaturizo a Scarlett O'Hara, que, aunque sea un personaje mítico en la historia del cine, como persona tiene tantos defectos que merece que se la ridiculice. Y además he rodado docenas de planos de otra película en la que aún no tengo ni puñetera idea sobre a quién demonios interpreto o qué diablos digo... —*La Divina* Castelmare sonrió de oreja a oreja y podría decirse que lo que iba a añadir era lo más importante que diría en años—: O sea que son dos papeles que tan solo me sirven para limpiarme los mocos y que luego los críticos me obliguen a tragármelos... *Capisci?*

—*Capisco*, pero tú siempre aseguras que el mundo del cine es tan increíblemente falso que es el único en el que pueden darse auténticos milagros. Estás fabulosa en un primer plano en el que se te ve fumando envuelta en humo y, tras apurar un coñac de un solo golpe, murmuras algo ininteligible mientras contemplas el fondo de la copa.

—Lo he visto e incluso a mí me resulta impactante; lo rodamos catorce veces y recuerdo que susurraba en un tono ciertamente transcendental: «Como lo volvamos a repetir me voy a pasar la noche meando.»

—¿Y eso...?

—Me daban té en lugar de coñac.

—¿Y si te hubieran dado auténtico coñac?

—Me hubiera pasado la noche vomitando, lo que es peor porque te deja ojeras que capta la cámara mientras que por fortuna la cámara nunca capta que te está escociendo la entrepierna... —Lanzó una larga mirada a su inesperada visitante e indicó al centenar de figurantes que comenzaban a pulular por el supuesto poblado comanche—: Y si quieres que hablemos en serio hazlo ya porque en diez minutos me llamarán para rodar.

—Pues te suplico que no me interrumpas porque tengo problemas y necesito que me aconsejes.

Sandra Castelmare observó con detenimiento a quien se había convertido en su mejor amiga, y se vio obligada a admitir que, en efecto, parecía estar necesitando ayuda pese a que se tratara de una de las multimillonarias más inteligentes y mejor preparada que hubiera conocido.

—¡De acuerdo! —admitió de mala gana—. Está visto que cuanto más dinero, más problemas. ¿De quién se trata?

—No es de quién, sino de qué.

—Pues en ese caso vamos de culo, querida —fue la rápida y vulgarísima respuesta—. Yo puedo aconsejarte respecto a hombres, puesto que de eso entiendo, pero los negocios se los dejo a mi agente.

—Tampoco se trata de negocios.

—¿Estás enferma...? ¿Es grave? —Ante el negativo gesto de cabeza la siciliana se rascó la ceja como si estuviera intentando buscar un nuevo camino—: ¡Pues vaya por Dios! Si no se trata de salud, dinero o amor... ¿qué diablos queda?

—Existen otras muchas cosas, aunque a ti te cueste creerlo... —Berta Muller hizo una pausa y respiró profundo el frío aire de la montaña antes de añadir—: Ante todo me gustaría aclararte que el campo en el que trabajo, los fármacos, es el de más futuro que existe, puesto que cada vez la esperanza de vida es mayor y las estadísticas indican que en Europa las mujeres viven ochenta y tres años de media, y los hombres setenta y nueve.

—¡Vaya por Dios! Esa es una excelente noticia, puesto que significa que aún no he llegado a la mitad del camino.

—¡De eso nada! Las dos ya hemos cruzado esa raya.

—¡Bruja...!

—Seré todo lo bruja que quieras, pero que la gente no se muera no quiere decir que no esté enferma, sino que dispone de más años para gastar en medicamentos que la mantenga con vida...

—... y gracias a ello gran parte de su dinero va a parar a las farmacias, con lo cual cada día que pasa aumentan tus beneficios —concluyó la frase la Castelmare.

—¡Exacto...! Les proporciono vida y calmo sus dolores a cambio de un dinero que de nada les sirve en la tumba.

—Es una forma muy cruel de expresarlo.

—Pero es la correcta y se trata de un intercambio justo. Yo no me opongo a que quien prefiera morir joven o padecer mientras continúa en este mundo lo haga, pero si opta por seguir aquí y no sufrir debe ayudarme para que yo le ayude.

—Deberías ser nieta del Tío Gilito y la madrastra de Blancanieves.

La luxemburguesa no se inmutó, puesto que estaba acostumbrada a peores insultos; volvió a respirar profundo y continuó con su discurso:

—Si digo la verdad, me llamas bruja, y si miento, hipócrita, pero he observado que cada noche te tomas una pastilla para la artrosis y otra para la tensión. Y las segundas las fabrico yo.

—Pues ya podrías enviarme unas cuantas cajas —protestó la actriz—. Cuestan una pasta.

—Tú puedes gastártela; otros no. Y lo que pretendo decirte, aunque empiezo a dudar que llegues a entenderlo, es que los grandes laboratorios nos vemos obligados a invertir mucho dinero en investigación, pero también en lo que podríamos llamar «espionaje industrial». De hecho, en ese último apartado se va casi el siete por ciento del presupuesto.

—¿El siete por ciento? —repitió la sorprendida siciliana mientras encendía un cigarrillo al que se le olvidó quitarle el filtro—. ¡Qué barbaridad!

—Una barbaridad que nos permite estar al tanto de cuanto ocurre en el mundo, qué precio tiene cada político, en qué país debemos invertir o cómo me beneficiarán o perjudicarán las nuevas enfermedades que hagan su aparición, tanto de forma espontánea como inducida.

—¿Qué has querido decir con eso de «inducida»?

—Inducir, provocar, favorecer... —fue la vergonzosa aclaración—. Llámalo como quieras, pero te aseguro que se dan infinidad de casos. Los muertos tan solo se entierran una vez, pero los enfermos constituyen una mina de oro y gracias a ello existen miles de individuos que se esfuerzan para conseguir que cada vez haya más enfermos y menos muertos.

—Me estás revolviendo el estómago porque es una

forma asquerosa de exponer las cosas. Al escucharte se llegaría a pensar que los médicos solo salvan a la gente con el fin de chuparle la sangre.

—¡En absoluto, cielo! —intentó tranquilizarla su amiga—. Admiro a los médicos, trabajo con cientos de ellos que se ganan el cielo cada día, pero eso no quita que algunos tan solo prefieran a los vivos porque rinden más. Por desgracia, algunos seres humanos son así.

—Me inclino a creerte, aunque quizá se debe a que estoy leyendo un libro que viene al pelo... —Tiró al suelo la colilla y la pisó mientras añadía—: Es la historia de una niña que vive en un faro sin más compañía que sus padres y a la que le gusta pintar, pero como tienen poco papel pide permiso para hacerlo en las paredes de su habitación ya que a causa de la humedad cada seis meses tienen que volver a encalarlas.

—¿Y a qué demonios viene eso ahora?

—A que el resultado fue desconcertante, puesto que decoró hasta el último rincón de su dormitorio con imágenes de animales que constituían un híbrido entre peces, mamíferos, insectos, aves y reptiles.

—¡Qué curioso...!

—Pero significativo; dibujó tiburones con cabeza de tigre, bogavantes con cuerpo de jirafa, congrios con cara de gorila, elefantes con alas de libélula, y «algo» que quedaba a mitad de camino entre una ballena y un cocodrilo. Su madre se horrorizaba suponiendo que la criatura tendría pesadillas entre tanto esperpento, pero su marido la tranquilizaba argumentando que la niña se sentiría a gusto con ellos, ya que eran el fruto de su imaginación. Y cuando al fin le preguntaron por qué no había pintado figuras humanas, su respuesta se me antojó muy lógica: «Me asustarían cuando me levantara a orinar.» —La actriz mostró en todo su esplendor sus blanquísimos dientes al pontificar—: Sin duda aquella cría presentía que los peores monstruos son los seres humanos, y ahora tú no has hecho otra cosa que confirmármelo.

—Resulta triste que casi siempre se llegue a la misma conclusión.

—Y monótono. Y ahora aclárame de una vez el maldito problema que te ha traído hasta la sagrada tierra de los comanches.

—¿Realmente vivían aquí?

—¿Quiénes?

—Los comanches.

—¿Y yo qué? ¡Si serás idiota! En las películas la gente vive donde al director le da la gana que vivan y el productor puede pagarlo. ¿Me vas a decir de una vez lo que te ocurre o me largo a rodar una escena en las que me violan tres soldados yanquis?

—Las empresas del sector quieren hacer creer a las autoridades que algunos refugiados portan un virus

que provoca vómitos y diarreas y que puede conta-
giar a quienes carecen de las defensas adecuadas, por
lo que resultará imprescindible vacunarlos. Se trata de
un negocio multimillonario y me están presionando
para que participe, o que al menos guarde silencio...
—Su ceño fruncido y su mandíbula crispada demostraban que se encontraba sinceramente preocupada al
inquirir—: ¿Qué crees que debo hacer?

—No participar y quedarte calladita hasta que se
demuestre que ese virus no existe.

—Ahora la idiota eres tú. ¿Cuánto crees que cobra
un sinvergüenza por presentarse en un hospital pro-
clamando que tiene vómitos y diarreas? En una semana los laboratorios conseguirían que corriera la voz de
alarma y los ministros y consejeros de sanidad se apre-
surarían a comprar diez «vacunas» por cada ciudadano. Normalmente reciben un cuatro por ciento de co-
misión.

—Serás muy rica, pero tu negocio es un asco, querida... ¿Por qué no cambias de oficio?

—Porque no conozco ninguno en el que no metan
la mano los políticos.

Rubén Pardo tomó asiento en la misma butaca que
había ocupado durante su visita anterior, lo observó
todo a su alrededor como el ciervo que presiente la

cercanía del leopardo, y, sabiendo que no debía dejar escapar una sola palabra que sirviera para implicarle en cualquier actividad delictiva, clavó los ojos en los de quien le había citado para acabar por inquirir secamente:

—Usted dirá.

—He decidido aceptar su oferta.

—¿Qué oferta?

—Proporcionarle cien naves destinadas al salvamento marítimo. Aquí encontrará detalladas sus características: once metros de eslora, tres de manga, alcance máximo de doscientas millas y capacidad de sumergirse hasta treinta metros... —Mark Reynols le alargó un folleto profusamente ilustrado y editado a todo color, tan llamativo que podría creerse que estaba intentando venderle un coche de lujo.

El abogado mexicano, panameño, colombiano, venezolano o lo que quiera que fuese, continuaba desconfiando del impasible inglés que se sentaba al otro lado de la mesa, por lo que abrió con un solo dedo el atractivo documento de papel cuché en cuya portada destacaba en grandes letras rojas NAVE DE SALVAMENTO JONÁS con objeto de comprobar que los datos coincidían.

Al rato se decidió a inquirir:

—¿Cuánto...?

—Trescientas cuarenta mil libras cada uno.

—¡Un poco caros...! —fue la inmediata protesta.

—Si paga por adelantado le rebajaré cuarenta mil libras por unidad y cerraremos el trato en treinta millones.

—¿Tiempo de entrega?

—Los veinte primeros dentro de cuatro meses; el resto dentro de ocho; se entregan pintados de amarillo y equipados con balsa neumática, agua, mantas, alimentos, luces, balizas de situación y cuanto se necesite para rescatar y llevar náufragos a puerto. Que luego los desmantelen y los utilicen para pasear turistas o vender salchichas no es mi problema.

—Totalmente de acuerdo, aunque no entiendo por qué tienen que ser necesariamente amarillos.

—Porque ese es el color más visible en el mar y las lanchas de salvamento tienen la obligación de ser visibles. Pero si quien las compra las vuelve a pintar de azul, verde o arcoíris yo no puedo impedírselo.

—Entiendo... —admitió el abogado o supuesto abogado Rubén Pardo—. Usted procura que nadie pueda implicarle en el destino a que mi cliente dedique sus naves. *No problem...!* Todo se hará legalmente, pero a título personal, y si no quiere responder no me responda, me dejaría arrancar una uña por saber qué es lo que le induce a hacer algo que estaba convencido que no haría.

—¿Y por qué no iba a hacerlo?

—Porque pierde mucho dinero al mantener a la mayor parte de sus obreros en nómina por no permitir que continúen produciendo armas, lo cual significa que es un tipo legal. Y como todavía sigue siendo inmensamente rico no veo qué necesidad tiene de negociar con contrabandistas.

—Resulta muy sencillo... —se limitó a responder con flema británica el dueño del despacho—. Basta con hacer unos pequeños cálculos.

—¿Qué clase de cálculos?

—Elementales; si fabrico esos barcos doy trabajo a mis obreros, que lo agradecen porque de ese modo no se sienten parásitos al tiempo que dejo de perder dinero. Supongo que hasta ahí lo entiende.

—Claramente.

—¡Pues bien! He calculado los costes de producción y he llegado a una interesante conclusión: si fabrico veinte barcos resultarán muy costosos, pero si fabrico doscientos, el coste se reduce de tal forma que vendiendo cien por treinta millones, los otros cien me salen gratis.

El bigotudo mexicano-panameño-colombiano o lo que quiera que fuese tardó en reaccionar esforzándose en asimilar cuanto acababan de decirle, y al poco dejó escapar una divertida carcajada al tiempo que comenzaba a darse sonoras palmadas en el muslo.

—¡Hijo de la gran chingada...! ¿O sea que pretende que mi cliente, un puto narcotraficante sin escrúpulos, financie cien barcos destinados a salvar niños que se ahogan en el Mediterráneo?

—Más o menos...

—¡Vaya un zamuro!

—¿Qué es un zamuro?

—Una especie de buitre que huele la carroña a treinta kilómetros... —Rompió a reír de nuevo—. Y por mi madre que usted la huele.

—No sé si tomarlo como un insulto o un halago.

—Tómelo como quiera, pero esto sí que no lo había visto nunca; delincuentes ayudando a infelices mientras las autoridades los persiguen a garrotazos. Resulta curioso.

—Resulta tan curioso porque cada día resulta más difícil diferenciar entre delincuentes y autoridades.

—Es que demasiado a menudo son lo mismo... ¿Cuándo tendrá listos los contratos?

—El miércoles, pero antes debemos puntualizar un par cosas.

—Me limito a escuchar y transmitir.

—Usted me aseguró que su representado no quiere tratos con los traficantes de heroína o anfetaminas duras.

—¡Ni de lejos! El tabaco, la marihuana y la cocaína producen lo suficiente como para meterse en líos con sustancias «matagente». Algunos aduaneros hacen la vista gorda ante un alijo de hachís, pero ninguno lo hace frente a un kilo de heroína. Le garantizo que sus barcos no se emplearán más que para lo que acordemos.

—Espero que así sea y lleguemos a un acuerdo, pero le advierto que cada nave lleva oculto un dispositivo de seguridad con el que puedo inmovilizarla.

—¡La madre que me parió...! ¡Eso es muy fuerte!

—Es lo que hay. Lo toma o lo deja.

—Tendré que consultarlo.

El inglés asintió al tiempo que levantaba una hoja de papel y la agitaba como una bandera.

—Hágalo, pero coméntele a su representado que he calculado cuánto le cuesta una lancha rápida con cuatro motores fueraborda, su consumo en combustible, el riesgo en que pone a sus tripulantes obligándoles a correr como locos, o lo que tendrá que pagar por sacarlos de la cárcel si los atrapan y no quiere que le delaten. Comprenderá que los Jonás, cuyos «tripulantes» ven y oyen pero no hablan ni aunque los torturen, son una ganga.

—Ya lo sabe.

—En ese caso, y si es tan listo como dice, aceptarán el trato.

—¿Confiando en que no le inmovilice los barcos cuando le apetezca...?

—¿Me considera tan estúpido como para arriesgarme a que me peguen un tiro? —quiso saber Mark Reynols—. Provengo de una familia de fabricantes de armas, y lo primero que te enseñan es a respetar la palabra si no quieres despertarte cualquier día un poco muerto. Le aseguro que por duro que se considere, su cliente es un niño de pecho comparado con dictadores como Trujillo, Idi Amin, Husein, Castro o Bokassa, con los que mi familia lidiaba a diario.

—La verdad es que es usted un tipo fuera de contexto... —sentenció Rubén Pardo, al que sin duda la expresión le encantaba—. Ataca a las tabacaleras, pero se alía con los narcos.

—Resulta divertido...

—¡Ya veo, ya! ¿Me podrá hacer una demostración de cómo funcionan los Jonás?

—Desde luego. El viernes le llevaré a ver el prototipo.

El abogado golpeó con el dedo el vistoso folleto al señalar:

—Pues si compruebo que todo lo que dice aquí es cierto, ya puede ir preparando el contrato a nombre de la fundación Mar de Todos.

—¿Y qué clase de fundación es esa?

—Una que voy a crear en las Bahamas. Allí lo que sobra es mar.

Suleimán Ibn Jiluy había conseguido que sus hombres más fieles eliminaran a tres enormes «ratas locales» de las que le constaba, con absoluta certeza, que habían invertido millones en financiar grupos terroristas.

Una de ellas, el poderoso jeque Alí Turki, primo hermano de su madre, aprovechaba su influencia en el ejército a la hora de comprar a bajo precio «armamento en desuso» que más tarde se embarcaba con destino a las fuerzas armadas de supuestos países sudamericanos, aunque era cosa sabida que acababa en manos yihadistas.

La mayor parte de aquel armamento no es que estuviera en desuso, es que no se había usado nunca; el corrupto general Khaleb Ibn Khaleb ordenaba comprarlo, lo mantenía en un almacén durante un par de años y se lo revendía luego a Turki como chatarra.

Incluso había adquirido una partida de fusiles de fabricación checa cuya munición era de un calibre diferente al que usaba el ejército saudita, que no pudo disparar con ellos ni un solo tiro; los terroristas sí, porque con anterioridad el astuto jeque les había hecho llegar la munición apropiada.

En Arabia, y a semejanza de todos los países enriquecidos por el oro negro, quien en realidad gobernaba era el oro amarillo, y la corrupción no estaba mal vista siempre que las cifras que se manejaran estuvieran por encima de los veinte millones.

Intentar corromper o dejarse corromper por una cantidad inferior estaba considerado de pésimo gusto.

Suleimán Ibn Jiluy había nacido y crecido en un ambiente en el que todo cuanto no atentara contra el islam o contra la realeza resultaba aceptable, ya que si Alá había dispuesto que el país en el que había nacido el Profeta se encontrara asentado sobre un océano de riquezas era porque deseaba que tales riquezas redundaran en la mayor gloria de Alá y mayor disfrute de sus devotos seguidores.

Como su abuelo había sido un devoto seguidor del Profeta a la par que servidor del rey Saud desde una época en la que aún no había hecho su aparición el petróleo, siempre le había parecido justo y lógico que su familia fuera una de las elegidas a la hora de disfrutar de tan generosos dones.

Pero en algún determinado momento, aún no sabía muy bien cuál, había comprendido que una cosa era el disfrute y otra el expolio.

Padres, hermanos, tíos, primos, cuñados, primos de primos, cuñados de cuñados e hijos de primos de cuñados, cada uno de ellos dotado de un par de avariciosas manos, acaparaban cuanto podían con la única intención de derrocharlo de una forma improductiva y alocada.

Oro, plata, platino, rubíes, esmeraldas, zafiros y diamantes, es decir, fulgor que apenas servía más que para brillar a condición de que hubiera luz, deslumbraba e hipnotizaba a la mayor parte de cuantos le rodeaban, cuyo tema de conversación rara vez sobrepasaba los límites del tamaño de sus palacios o el número de sus mujeres, caballos, aviones, automóviles o equipos de fútbol.

Con mucha astucia y bastante dinero había conseguido que el jeque Turki y otros dos indeseables acabaran muertos, enterrados y a su modo de ver bien muertos y bien enterrados.

En justa compensación y haciendo honor a su palabra, Menahen Fromm había exterminado a tres extremistas ultraortodoxos, de los que también era cosa sabida que echaban no leña, sino incluso gasolina, a un fuego que ardía desde hacía miles de años.

Y todo en aras de creencias religiosas...

Supuestamente.

Tras años de contemplar desde el balcón de su despacho cómo millones de sufridos pero felices peregrinos se encaminaban diariamente a la mezquita dando pruebas de una fe que resistía el calor, la sed, el hacinamiento y la fatiga, Suleimán Ibn Jiluy había llegado a plantearse a qué incomprensible razón se debía semejante capacidad de sacrificio, y su propia respuesta conseguía que se avergonzara de sí mismo porque llegó a suponer que la fe llevada a tales extremos se convertía en una suprema muestra de egoísmo. A lo que en realidad aspiraban la mayoría de aquellos apasionados creyentes era a librarse de una muerte que sabían irremediable.

Convertían la fe en la única vía de escape que les ofrecía una segunda vida, y a ella se aferraban fuera quien fuese el que se la ofreciera, por lo que demasiado a menudo entregaban al mejor postor su destino en un «más allá» que nadie garantizaba.

El Nieto del Tuerto empezaba a sospechar que quien más adeptos ganaba era el más hábil a la hora de proclamar que les ayudarían a burlar las inquebrantables leyes de la naturaleza que había impuesto el Creador, prometiéndoles que de ese modo conseguirían engañarle y volverse espiritualmente inmortales.

Visto de ese modo se trataba de un contrasentido: «Te reunirás con el Señor si rompes el orden que estableció para todo el Universo.»

Aquel era un curioso planteamiento que únicamente podría estudiar en profundidad quien había pasado toda una vida viendo cruzar ante su casa un auténtico océano de peregrinos que no aceptaban que el hecho de haber evolucionado no les eximía a la hora de acatar con resignación que tan solo habían nacido para crecer, multiplicarse, tal vez evolucionar, y morir.

Quizás el hecho de ser testigo de tanta fe le había empachado.

Y cuando reflexionaba sobre ello experimentaba un profundo dolor.

Y lo que más le amargaba era saber que no podía compartir sus dudas porque a un protector de La Meca que disfrutaba de envidiables privilegios le estaba prohibido pensar de esa manera por mucho que se hubiera educado en universidades europeas.

Su obligación habría sido rechazar cuanto había aprendido en ellas.

Con frecuencia se preguntaba por qué razón le enviaron a estudiar tan lejos y por qué razón nadie se había planteado que un exceso de conocimientos minaría sus convicciones.

Ahora entendía a los rigurosos padres que insistían en que sus hijos tan solo aprendieran el Corán, ya que de ese modo evitaban que resultaran contaminados por cualquiera de las «inaceptables ideas» que habían surgido en el mundo durante los últimos mil años.

Sin duda sabían lo que hacían, y ahora era Suleimán Ibn Jiluy quien empezaba a preguntarse si en realidad no sería él quien se equivocaba al dedicarse a matar ratas porque las muertas aún ni siquiera apestaban cuando ya otras que en nada se les diferenciaban habían ocupado su lugar.

No se trababa de un problema de personas, sino de educación.

Había sido testigo de la mal contenida alegría del

hijo mayor de Alí Turki al enterarse de su muerte, y durante el entierro le asaltó la desagradable sensación de haberle hecho un inmenso favor librándole de un progenitor excesivamente rígido y escasamente dadivoso.

Y por si fuera poco, un pobre jardinero que había tenido la mala suerte de encontrarse en aquellos momentos podando setos en los jardines del palacio del difunto había sido abatido a tiros por la policía sin tiempo ni oportunidad de abrir la boca.

Ciertamente, y tal como dijera en su día Menahen Fromm, la historia de los vecinos que se ponían de acuerdo para acabar con las ratas era digna de un cuento de *Las mil y una noches*, pero resultaba mucho más compleja y enrevesada de lo que parecía.

Eran demasiadas ratas idénticas, por lo que el desorientado Suleimán Ibn Jiluy decidió citar al israelita en el golfo de Acaba, pero siendo aún más precavido, puesto que en la cercana península del Sinaí los yihadistas, que parecían dispuestos a acabar con la principal fuente de ingresos de Egipto, habían abatido un avión ruso con doscientos turistas a bordo.

Los extremistas islámicos no dudaban a la hora de dejar morir de hambre a sus correligionarios, siempre que con ello quedara bien patente el ilimitado alcance de su fuerza.

Y como el protector de La Meca sabía que nunca

cambiarían, en cuanto Menahen Fromm se encontró a bordo le espetó sin más dilación:

—He decidido cambiar de estrategia; con matarlos no basta.

Su interlocutor, al que se advertía cada vez más adusto, torció el cuello con el fin de mirarle de medio lado al tiempo que inquiría:

—¿Y qué piensa hacer? ¿Clavarles agujas en un rito de magia negra o dejarlos embarazados?

—Ni una cosa ni otra —fue la respuesta de quien no había podido evitar que se le escapara una ligera sonrisa ante la malintencionada pregunta—. Tres muertos han sido suficientes para comprender que su desaparición no evita los atentados y dos de los que les han sustituido continúan financiando a los fanáticos.

—Era de esperar, y a nosotros no nos está yendo mejor, porque cada extremista ultraortodoxo muerto alerta a otros y tienen mucho peso en los medios de comunicación. Daría diez años de vida, si es que me quedaran, por encontrar alternativas, pero me temo que todo esto acabará en un inútil derramamiento de sangre.

—Pero hay que seguir intentando evitarlo.

—¿Cómo?

—Con una antiquísima frase: «¡La bolsa o la vida!» Visto que quitarles la vida no sirve de nada, intentaremos quitarles la bolsa.

Ahora fue Menahen Fromm quien no pudo evitar sonreír al tiempo que agitaba negativamente la cabeza:

—Es usted un personaje imprevisible y desconcertante. ¿Realmente me está proponiendo que robemos a los árabes extremistas?

—¿Y a quién mejor...? —fue la inmediata respuesta—. Bueno, sí; también a los judíos extremistas. Pero no le propongo robarles, tan solo extorsionarles.

A continuación le expuso a su cada vez más perplejo acompañante los motivos por los que le había vuelto a citar en un lugar tan poco recomendable como un barco fondeado en mitad del golfo de Acaba.

En su opinión, quienes financiaban el terrorismo debían ser quienes asumieran el coste del daño causado, y ya que matarles no servía de nada, había que obligarles a pagar el equivalente a lo que habían gastado en provocarlo.

Tras analizar el problema a fondo había constatado que muchos de los que abonaban regularmente un impuesto revolucionario a los terroristas no lo hacían por propia voluntad, sino por miedo, pero en su opinión quienes se sometían a semejante tipo de chantaje se someterían de igual modo a la hora de pagar otro impuesto «compensatorio».

—Voy a crear un fondo antiterrorista y le garantizo que aquellos que alimentan a los terroristas alimentarán ese fondo con su dinero o con su sangre —concluyó—. Supongo que esos tres primeros muertos bastarán para hacerles comprender a los míos que la cosa va en serio. ¿Bastarán con respecto a los suyos?

—Lo ignoro —fue la sincera respuesta no exenta de un sutil y encomiable sentido del humor—. A los judíos nos cuesta mucho más desprendernos del dinero debido a que las fortunas árabes son recientes y provienen del petróleo, mientras que las nuestras tienen cientos de años y provienen del trabajo de varias generaciones.

—¿Aunque les vaya en ello la vida?

—Eso dependerá de cada caso porque algunos judíos consideramos que la vida tan solo es una vida mientras que de nuestro dinero depende el futuro de toda la familia si la obligan a emprender un nuevo éxodo.

—¡Vaya...! Es un punto de vista que nunca había tenido en cuenta —admitió el otro—. ¿Pretende hacerme creer que la famosa avaricia de los judíos no es simple avaricia, sino tan solo prudencia.

—Si careces de una patria de la que no puedan expulsarte obligándote a dejar casa, trabajo, tierras y ganado, la única opción que te queda es un capital con el que intentar empezar en otra parte.

—¿O sea que su mayor preocupación debe ser siempre el dinero con el fin de proteger a las generaciones futuras?

—Lo cual, por desgracia, a menudo, se convierte

en obsesión. Admito que muchos judíos se vuelven extremadamente codiciosos, pero nuestra mente funciona de ese modo como consecuencia de siglos de matanzas y persecuciones. Ninguno de nosotros siembra olivos cuyas aceitunas verán sus nietos, porque ninguno de nosotros da por sentado que a sus nietos les permitan seguir viviendo en el mismo lugar.

—La verdad es que es usted un judío bien judío —no pudo por menos que admitir Suleimán Ibn Jiluy.

—Mi familia tuvo que huir de Alemania en el treinta y siete. Y usted es un árabe bien árabe, puesto que supongo que no dudaría en arruinarse con tal de seguir viviendo... ¿O no?

—Naturalmente.

Menahen Fromm guardó silencio, meditando sobre cuanto acababa de oír, se pellizcó la nariz en un ademán con el que parecía querer comprobar que estaba despierto, y, al fin, señaló:

—Con las lógicas y comprensibles reservas, admito que en cierto modo tiene usted razón y quienes causan tanto daño deben pagar por ello, bien sean musulmanes, judíos, cristianos, budistas o animistas, y bien lo hayan hecho a gusto o a disgusto... ¿Cómo se va a llamar ese fondo de ayuda que piensa fundar?

—Rub-al-Khali.

A mediodía el horizonte comenzó a oscurecerse.

—¡Tenemos cena! ¡Todos a cazarlas!

Resultaba empresa fácil puesto que bastaba con agitar un trapo para irlas derribando por docenas, por lo que en menos de una hora contaban con un gigantesco montón en el que la mayoría aún se agitaba intentando reiniciar el vuelo.

Las tostaron, y la señorita Margaret se vio en la obligación de dar ejemplo, por lo que acabó por apoderarse de una, arrancarle la cabeza y tragarse el resto de un solo golpe.

Pese a su sacrificio, nadie parecía dispuesto a seguir su ejemplo, pero por fortuna allí estaba la insaciable Zeudí, que tras reflexionar unos instantes comenzó a devorarlas como si se tratara de apetitosos dátiles.

—¡Me encantan! —exclamó cuando llevaba ya una docena—. Sobre todo las que están muy tostaditas...

Lo decía en el tono del *gourmet* que degusta por primera vez un plato exótico, y al comprobar con qué rapidez desaparecían las langostas en el interior de aquella boca que semejaba un pozo sin fondo, los más hambrientos olvidaron sus remilgos, puesto que al fin y al cabo se trataba de proteínas y la mayoría se encontraban en pleno desarrollo.

Durante los tres días siguientes se vieron obligados a desayunar, almorzar y cenar langosta o harina de langosta, hasta que al fin hizo su aparición una gigantesca extensión de agua que se perdía de vista hacia el noroeste en lo que constituía casi un océano.

—¡El Nilo!

—¿El Nilo...? —se asombró la señorita Abiba.

—Así es —admitió la que había sido su maestra y en realidad aún lo seguía siendo—. En esta zona parece un lago porque el terreno es muy llano y no encuentra márgenes que lo contengan, pero aguas abajo se estrecha hasta volver a convertirse en río.

Iniciaron la marcha bordeando aquel caldeado mar refulgente por el que descendían enormes masas de nenúfares sobre las que se posaban infinidad de grullas de pico amarillento, y al alcanzar un espeso cañaveral que se adentraba más de cinco kilómetros en la orilla derecha, descubrieron una familia de gigantescos hipopótamos que apenas asomaban los hocicos.

—¿Se pueden comer...? —se interesó la eternamente hambrienta Zeudí.

—Tal vez —admitió Ajím—. Pero lo que debería preocuparte es si «ellos» nos pueden comer a nosotros.

Llegó un momento en el que el cañaveral se convirtió en una especie de muro que impedía ver el agua, emplearon horas en bordearlo y a media tarde consiguieron divisar un nuevo recodo del río en el que se alzaban tres grandes chozas clavadas sobre pilotes.

Se encontraban habitadas por un negrísimo pescador, sus dos mujeres y una decena de alborotadores chiquillos que se pasaban la mayor parte del tiempo lanzándose al agua.

Los dinka pertenecían a una pequeña rama de la raza más antigua del Sudán, estaban considerados los negros más negros del continente y, en comparación con ellos, los recién llegados podrían pasar por suecos, aunque resultó evidente que cuanto tenían de retintos lo tenían de compasivos.

El patriarca de la tan numerosa familia, Bakú, se apresuró a ofrecerles la más amplia de sus cabañas, un lugar fresco y acogedor pese al insoportable bochorno exterior debido a que al estar alzada por encima de las cañas aprovechaba el menor soplo de brisa que se colaba por entre las rendijas de las paredes.

Sus esposas se apresuraron a traer grandes percas secadas al sol, ñames, queso de cabra y dátiles del tamaño de un dedo, para retirarse discretamente y permitir que sus agotados huéspedes descansaran.

Por primera vez desde que abandonaran su aldea los niños durmieron sintiéndose seguros bajo techo.

Los dinkas parloteaban en un indescifrable dialecto mezclado con silbidos, incompatible con el amárico que hablaban sus huéspedes, pero Bakú chapurreaba el árabe, por lo que no resultaba difícil entenderle, ya que el árabe y el inglés eran lenguas que la señorita Margaret había impuesto en la escuela, consciente de que constituían idiomas básicos para todo el que pretendiese llegar a algo en Etiopía.

Fue así como ella misma pudo hacer un detallado relato de su odisea, y a medida que hablaba el hombre lo iba traduciendo al resto de su familia, que no podía evitar estallar de tanto en tanto en ruidosas exclamaciones de asombro, al tiempo que dirigían a los recién llegados largas miradas de conmiseración.

El hospitalario dinka les invitó a quedarse todo el tiempo que les apeteciera, añadiendo que si en verdad tenían un especial interés en cruzar el río intentaría ayudarles, aunque añadió que aquella era una empresa que casi nunca se veía coronada por el éxito.

—¿Por qué? —quiso saber Menelik.

—Porque esto es el Sudd —se limitó a replicar como si con ello sobraran explicaciones—. El corazón del Sudd.

Ni Menelik ni sus compañeros de viaje tenían ni la más remota idea de que el Sudd fuera la remota y temida región en que desaparecieran cuatro mil años atrás los seis ejércitos que enviaron los faraones en busca de las sagradas fuentes del padre Nilo en un vano intento por descubrir las razones de sus desorbitadas crecidas anuales.

Eran también los interminables cenagales en que se hundieron dos legiones romanas, las aguas que se tragaron a los más osados soldados ingleses, y la barrera de cañas, papiros y fango que ningún explorador había conseguido atravesar y regresar para contarlo.

El Sudd seguía siendo, por tanto, uno de los últimos lugares perdidos de la Tierra; reino de nenúfares, lirios y jacintos que se agolpaban en tal profusión que llegaban a formar una masa compacta sobre la que casi se podía caminar.

Y es que las ciénagas del Sudd actuaban a modo de llave de paso del Nilo Blanco, impidiendo que sus espectaculares crecidas, unidas a las de su principal afluente, el Nilo Azul, arrasaran por completo cuanto pudieran encontrar a su paso.

Durante la época de las grandes lluvias el Nilo Azul se desbordaba, y el rico limo que arrastraban sus aguas invadía las tierras egipcias, dotándolas de una extraordinaria fertilidad, mientras que, por su parte, la barrera pantanosa del Sudd impedía que las espectaculares crecidas del lago Victoria, origen del Nilo Blanco, se sumasen a las anteriores, provocando desastrosas inundaciones.

A medida que el caudal del Nilo Blanco aumentaba, desprendía de las orillas inmensas masas de vegetación que se desplazaban a modo de islas que obstruían el cauce, conformando uno de los lagos más extensos pero menos profundos del planeta.

Bakú les dio a entender que a partir de aquel punto se les presentaban dos opciones: o regresar en busca de un sendero que les condujera a los desolados desiertos del norte, o arriesgarse a cruzar al otro lado del cenagal intentando alcanzar una casi impenetrable selva.

—¿Qué camino escogerías? —quiso saber la señorita Margaret.

—Ninguno, porque las mismas posibilidades existen de morir de sed en el desierto que de ahogarse en el pantano. Tan solo he llegado hasta el centro del cauce principal, porque al otro lado la extensión es muchísimo mayor y la vegetación aún más densa.

—Más allá del desierto sudanés empieza el auténtico Sáhara —puntualizó Menelik con innegable lógica—. Y se trata de miles de kilómetros de sol, arena y viento. Pasaríamos meses caminando y los pequeños no lo resistirían.

A la señorita Margaret le horrorizaba el espeso cañaveral, pero aceptó que siempre resultaba más esperanzador enfrentarse a un muro verde al otro lado del cual se encontraba una posible salvación que la inmensidad del mayor de los desiertos.

En cuanto le comunicaron su decisión, Bakú se esforzó por hacerles comprender que lo primero que tenían que hacer era armarse de una infinita paciencia, puesto que el pantanal de la orilla opuesta estaba formado por un laberinto de intrincados canales que la mayoría de las veces no tenían salida y cuyo aspecto cambiaba según el capricho de las aguas, los carrizos o las islas flotantes.

En su opinión podían verse atrapados allí durante meses y, por lo tanto, su única esperanza de salvación se centraba en su capacidad de conservar la calma y alimentarse de lo que consiguieran en el pantano.

—Os puedo regalar un par de machetes y enseñaros a sobrevivir, pero la serenidad necesaria para encontrar la salida es cosa vuestra.

A la mañana siguiente comenzó el adiestramiento, y lo primero que hizo fue obligarles a cortar inmensos haces de largas cañas, extenderlas sobre la orilla, permitir que se secaran al sol y atarlas luego en gruesos manojos con lo que construían toscas balsas cuya mayor virtud se centraba en su prodigiosa flotabilidad.

Les advirtió que a medida que las cañas del fondo fueran empapándose esa flotabilidad disminuiría, y que para corregir tal defecto lo único que tenían que hacer era librarse de los haces de cañas que se encontraban sumergidos añadiendo otros nuevos por encima de la línea de flotación.

—Pero eso tan solo ocurrirá al mes de estar en el agua.

La sola idea de pasar un mes vagando por entre un muro de cañas y papiros les aterraba.

—¿Y si realmente no hay salida...? —quiso saber la insaciable Zeudí—. Moriremos de hambre.

—En esas aguas hay más peces de los que podrías comerte en mil años —le replicó agriamente Ajím—. El pánico es lo único que puede matarnos. Si conseguimos vencerlo, llegaremos a la otra orilla.

Amanecía cuando al fin el dinka decidió trepar a su pequeña piragua e iniciar la marcha, y al cuarto día desembocaron en un amplio canal de poco más de un kilómetro de anchura por el que las aguas corrían con relativa velocidad.

—Aquí me quedo —señaló el servicial nativo—. Cruzad rápidamente y sin permitir que el río os arrastre porque aguas abajo encontraríais una trampa mortal y sin vuelta posible. Luego seguid siempre hacia donde se pone el sol.

Sortearon una enorme isla de jacintos que descendía mansamente por el centro del cauce, al poco, el cañaveral pareció cerrarse como una mágica cortina, y una indescriptible sensación de angustia se apoderó de su ánimo al comprender que se encontraban solos en el corazón de una de las regiones más despobladas e inaccesibles del planeta.

Bakú había colocado una gran laja de piedra en el centro de cada embarcación, por lo que les bastaba con cortar cañas y dejarlas al sol para tener combustible con el que asar cuanto pescaban.

El fuego ayudaba a ahuyentar a los mosquitos y los demonios de las tinieblas, pero atraía como un imán a los gigantescos cocodrilos.

A los niños les aterrorizaba distinguir sus ojos brillando como carbones al reflejar las llamas de la hoguera, por lo que se acurrucaban en el centro de las balsas temiendo que, con un movimiento brusco, un brazo o una pierna colgara sobre el agua para servirles de apetitosa cena.

Sin embargo, cuando alguna de las indiferentes bestias parecía sentir hambre, lo único que hacía era girar el cuello y aferrar con la cola a cualquiera de las innumerables percas que de igual modo habían acudido al reclamo de la luz.

Más peligrosas resultaban las ponzoñosas serpientes que de tanto en tanto cruzaban por entre las balsas, y eran ellas contra las que con más insistencia les había prevenido Bakú, puesto que uno de sus hijos había muerto a causa de mordeduras que solían ser fatales si tenían lugar por encima de la cintura.

V

La mayoría de los faros modernos se han automatizado, por lo que sus cuidadores tan solo acuden a revisarlos, comportándose más como meros mecánicos que como auténticos fareros, pero antaño su trabajo constituía casi un sacerdocio porque para ellos no existía templo más digno de ser preservado que aquel que preservaba la vida de otros hombres.

La automatización trajo consigo indudables ventajas, pero también notables inconvenientes debido a que a los marinos ya no les tranquilizaba saber que alguien tan dedicado a su trabajo como mi padre les protegía respondiendo de inmediato a sus llamadas de auxilio. Lo que ahora experimentan es una sensación semejante a la de quien marca un teléfono pidiendo socorro y le responde un contestador automático.

Y con una significativa diferencia: tal vez quien

llama se encuentra perdido en el corazón de una galerna.

Mi padre solía contar que cuarenta años atrás una patrullera naufragó en el mar del Norte y tres de sus tripulantes, uno de ellos un oficial malherido, se vieron obligados a permanecer varios días en una frágil barquichuela hasta alcanzar un islote en el que se alzaba un faro.

Grande debió de ser su desesperación al descubrir que ya no había en él seres humanos, ni alimentos, ni nada de cuanto necesitaban para salvarse: tan solo había viento, lluvia, niebla y un rugiente mar que se alzaba una y otra vez reclamando sus presas.

Como hija, hermana y nieta de pescadores sicilianos, Sandra Castelmare se sentía muy ligada a la autora de *La luz intermitente*, puesto que compartía su fascinación por el mar y sus maravillosas criaturas, o su admiración por los arriesgados hombres que lo surcaban.

Disfrutaba leyendo a una desconocida que había pasado la mayor parte de su vida lejos del mundo, pero contaba de forma sencilla y convincente cómo se había ido formando sin más ayuda que sus libros y sus padres.

La tempestad se prolongó en exceso, nadie en tierra imaginó que los náufragos hubieran conseguido salvarse y tan solo un mes más tarde un pesquero consiguió rescatar con vida a los dos marineros.

Desde el primer momento aceptaron que se habían alimentado del cuerpo del oficial, ya que cuando se encontraba a punto de expirar este les había ordenado que aprovecharan su cadáver, puesto que de ese modo continuaría protegiéndolos incluso más allá de la muerte.

Mi abuelo fue llamado a declarar como experto en supervivencia en faros de aguas turbulentas, y lo que en un principio se suponía que iba a ser un juicio discreto y casi secreto, trascendió debido a las contradictorias conclusiones que podían extraerse dependiendo del modo en que se enfocaran los hechos.

Si se demostraba que los marineros habían matado al oficial se trataba de evidentes actos de asesinato, rebelión y canibalismo castigados con la muerte, pero si el oficial había fallecido a causa de sus heridas y los supervivientes se habían limitado a obedecerle y salvarse alimentándose de un cuerpo que de otro modo hubiera acabado devorado por peces y cangrejos, el planteamiento ofrecía unos visos muy diferentes.

Largos interrogatorios e incluso torturas que horrorizaron a mi abuelo de nada sirvieron, puesto que los reos nunca cambiaron su versión de los acontecimientos.

Se planteaba por tanto un dilema legal, moral y

«castrense», ya que los jueces debían determinar si, tal como aseguraba el fiscal, los infames marineros eran unos desalmados merecedores de la horca y el desgraciado oficial una pobre víctima destinada al olvido. Por su parte, el apasionado abogado defensor presentaba a los reos como valientes subordinados de un heroico militar que merecía ser condecorado por su increíble capacidad de sacrificio.

La inesperada aparición de la esposa del difunto, que deseaba conocer a los acusados con el fin de sacar sus propias conclusiones, complicó aún más las cosas.

Consideraba que tras quince años de matrimonio era quien mejor podía saber si cuanto aseguraban que su marido había dicho y hecho respondía o no a la realidad de su forma de ser.

Se entrevistó con ambos, hablaron largamente y cuando al fin le preguntaron su opinión, respondió que no era quién para juzgar, aunque ya sabía lo que quería saber.

Los votos continuaron divididos y las posiciones irreconciliables, debido a lo cual se llegó a una decisión salomónica: el único testigo fiable y el único juez capacitado era Dios, y por lo tanto debía ser él quien tuviera la última palabra.

A mi abuelo le contaron, aunque nunca quiso creerlo, que un obtuso almirante había propuesto lanzar una moneda al aire y que fuera la suerte quien decidiera.

Cierta o falsa la salomónica decisión, probablemente falsa, puesto que en caso de duda la ley obligaba a sentenciar a favor de los reos por muy graves que fueran sus delitos o muy «castrense» que fuera el tribunal, jamás se supo cuál fue el destino de aquellos a los que no se podía culpar por el hecho de que alguien hubiese decidido arrebatar su parte de alma a los faros, dejándolos convertidos en máquinas incapaces de hacer algo más que lanzar destellos que en nada contribuyen a...

«La Divina» alzó la vista hacia quien acababa de hacer su entrada en el salón, abandonaba en un rincón una horrenda maleta de ruedas, depositaba sobre la mesita un maletín de cuero negro, tomaba asiento en la que había sido durante años su butaca preferida y la saludaba con una amplia sonrisa:

—¡Hola, cielo...! ¡Estás preciosa!

—¡Vaya por Dios! —no pudo por menos que exclamar en un tono que evidenciaba su desagrado—. El niño perdido. ¿Dónde te habías metido?

—Por ahí...

—¿Por ahí...? ¿Qué clase de respuesta es esa?

—La mejor que tengo.

—¿Cómo que la mejor que tienes, maldito putañero hijo de puta? —quiso saber la indignada dueña de la casa—. Me has metido en un lío con lo de las taba-caleras, desapareces durante tres semanas, entras en mi casa con un juego de llaves que te pedí hace años que me devolvieras y te niegas a darme explicaciones. ¿Quién coño te crees que eres?

—Lo siento.

—¡Escucha, querido! Vivimos juntos lo suficiente como para que tengas muy claro que con tus famosos «lo siento» me depilo los sobacos... Me cabreo poco, pero cuando lo hago me sale la vena mafiosa. Berta y Mark han invertido millones en esa maldita película, Irina tiene que ocultarse para escribir el guion, y quien se suponía que debía coordinar semejante disparate se esfuma sin motivos... ¿Por qué?

No hacía falta haber convivido años con él para comprender que Roman Askildsen no contaba con argumentos convincentes, por lo que se puso en pie, se aproximó a un bar que conocía al detalle, se sirvió una copa, jugueteó con ella sin llevársela a los labios, la observó como si el rojizo licor tuviera las respuestas que no encontraba, cosa nada sorprendente puesto que les ocurre a cuantos buscan soluciones donde allí radican gran parte de sus problemas, asintió varias veces como dándose por vencido, pero súbitamente pareció cambiar de idea porque acabó negando con rotundidad:

—No puedo decírtelo —masculló entre dientes.

—¿Por qué?

—Te pondría en peligro.

La italiana le observó boquiabierta e incapaz de dar crédito a lo que estaban oyendo.

—¿En peligro...? —repitió mientras lanzaba al otro lado del sofá su querido ejemplar de *La luz intermitente*—. ¿Desaparecer cuando tus amigos más te necesitan es tu forma de protegerles? ¡Ven aquí!

Él se aproximó con cierta timidez y la actriz extendió la mano con el fin de acariciar con un gesto de profundo afecto las mejillas de quien había sido su mejor y más duradero amante:

—¡Deja de hacer el tonto, cariño! No puedes haber cambiado tanto en seis años.

—Siete y medio... —le corrigió él.

Su oponente hizo memoria, contó con los dedos, y acabó por señalar segura de sí misma:

—Siete años, tres meses y doce días; jamás se me olvidan ni una fecha ni un diálogo. Y ahora te doy un minuto para decir dónde has estado o te saco a patadas en los cojones por esa puerta.

Ante tan dolorosa amenaza, que sabía muy bien que era capaz de cumplir, Roman Askildsen se encogió de hombros y, como si el problema ya no fuera de su incumbencia, admitió:

—¡De acuerdo! —dijo—. Pero la responsabilidad de lo que te ocurra por empeñarte en saber lo que no debes será tuya.

—¿Has dicho responsabilidad?

—Eso he dicho.

—¿Y desde cuándo has tenido tú la menor idea de lo que significa la responsabilidad?

—Desde que dejé de vivir con la mujer más sexi y divertida pero más irresponsable del planeta.

—¡Escucha, pedazo de mendrugo...! —replicó visiblemente alagada «la mujer más sexi y divertida del planeta»—. Desde que apareciste por esa puerta comprendí que algo grave te ocurre, y que has venido a contármelo porque soy la única persona en la que confías de la misma forma que tú eres la única en quien confío.

—Hasta ahí tienes razón.

—Lo sé, y si se trata de esa puñetera y descabellada película, olvídala; si no podemos hacerla no pasa nada porque los que tenemos tan arraigado el vicio continuaremos fumando pase lo que pase... —Señaló el paquete que se encontraba sobre una mesita cercana—. Y ya que hablamos de vicios, enciéndeme un pitillo... ¡Y quítale el filtro!

Roman Askildsen obedeció, le encendió el cigarrillo, bebió de nuevo casi como si le desagradara hacerlo pero lo necesitara para darse ánimos, y al fin musitó:

—He estado en muchos sitios, pero sobre todo en el Mar Rojo.

—¡Me encanta el Mar Rojo! —exclamó «La Divina» de inmediato—. Pasé allí una vacaciones buceando con... —Pareció darse cuenta de que iba a decir algo inadecuado, por lo que cambió de idea—. ¡Bueno! Poco importa con quién buceara; era uno de los que tú aborrecías.

—¡Hubo tantos a los que aborrecer!

—Más o menos el mismo número que las que aborrecía yo, pero no es cuestión de sacar la calculadora y empezar a lanzarnos a la cara nombres y reproches. Nos quisimos mucho, follamos como locos, dejamos de follar, pero aún seguimos queriéndonos, o sea que suéltalo de una vez: ¿qué demonios te ocurre?

—Estoy acojonado.

—¿Tanto como la noche en que estuviste a punto a liarte a puñetazos con Arnold Schwarzenegger porque creías que me había tocado el culo?

—¡Mucho más...!

—Eso sí que no me lo creo.

—Soy quien ha hecho volar el dron sobre La Meca.

Se hizo un silencio, y fue un silencio infinito, puesto que el asombro, el desconcierto y el miedo eran de igual modo infinitos.

Cuando reciben un golpe inesperado y excesivamente duro los seres humanos suelen tardar en asimilarlo, y aquel era el golpe más inesperado y duro que Sandra Castelmare hubiera recibido jamás.

Permaneció muy quieta y se diría que le habían derramado plomo fundido sobre la cabeza, porque comprendió al instante que a partir de aquel momento se había convertido en cómplice.

Y no en cómplice de una gigantesca estafa, un atraco o un «pequeño asesinato» para el que un buen abogado siempre encontraría disculpas, sino cómplice del chantaje a una gigantesca comunidad religiosa, así como de terribles e inaceptables amenazas a miles de sanguinarios terroristas.

Amén de atentar contra la seguridad de un país de inmensos recursos económicos.

—¡No puede ser verdad! —acertó a barbotear.

—Lo es.

—¡Dios me asista! Pero ¿por qué has hecho algo tan estúpido?

—Sería largo de explicar.

—¿Acaso crees que tengo otra cosa mejor que hacer que averiguar la razón por la que una persona en cuyas manos estuvo mi vida durante años me pone en peligro?

Quien hacía girar su vaso como si tal gesto se hubiera convertido en un tic nervioso o le inspirara a la hora de encontrar las palabras adecuadas se encogió de hombros como si él mismo no entendiera muy bien por qué había actuado como lo había hecho.

—Estaba furioso por los atentados de París. He vivido años allí, iba mucho al «Bataclan», y me revolvía las tripas ver que unos salvajes habían convertido en un matadero un lugar al que la gente tan solo iba a escuchar música. Y el día que vi la foto de un niño ahogado en una playa turca poco después de que alguien abandonara en una carretera austriaca un camión en el que había dejado morir a setenta inmigrantes comprendí que tenía que saltarme las normas que permiten que tales crímenes ocurran casi a diario.

—Eso puede que lo entienda... —admitió ella—. Pero no entiendo qué tiene que ver con atentar contra los peregrinos de La Meca.

—Ni he atentado ni pensaba hacerlo —fue la ya más sosegada respuesta de un Roman Askildsen que pretendía recuperar la calma—. Tan solo he enviado un mensaje intentando hacer comprender que la riqueza, el excesivo poder y el fanatismo que está propiciando que esas cosas ocurran de nada sirven si se carece de humanidad y sentimientos.

—Pues no parece que les haya hecho la más mínima mella ni en los ricos ni en los poderosos, ni mucho menos en los fanáticos —le hizo notar la dueña de la casa—. Los atentados aumentan y el número de desplazados se ha convertido en el mayor problema al que nos hayamos enfrentado desde el final de la Segunda Guerra Mundial.

—Y al que continuaremos enfrentándonos si no

hacemos nada, porque a los millones que emigran por culpa del hambre se añaden los refugiados que huyen de los terroristas islámicos y de las guerras. —Roman dejó tranquilo el vaso por unos instantes mientras hacía notar—: Estoy harto de que «las grandes potencias inicien conflictos con fines estratégicos» y el resto del mundo pague las consecuencias.

—También las están pagando.

—Justo es que las paguen, pero los auténticos culpables, los políticos que iniciaron esas luchas, no han sido ahorcados como ahorcaron a Sadam Husein o a los nazis en Núremberg. Continúan en sus casas e incluso en sus escaños mientras cada día se recogen más cadáveres.

—¡De acuerdo, de acuerdo...! —no pudo por menos que interrumpirle la italiana—. Admito que se están cometiendo crímenes execrables e injusticias que merecen la horca, pero continúas sin aclararme por qué diablos te has metido en algo que no tiene sentido.

—Lo tiene.

—¿Lo tiene...? ¿Despertar en mitad de la noche a miles de peregrinos con una trompeta que vuela sobre sus cabezas tiene algún sentido...? A mí se me antoja una absurda gamberrada de mal gusto.

—Pues no lo es —le hizo notar su ex amante—. Puede que en efecto, los ricos, pretenciosos y poderosos jeques no se sientan afectados, pero el número de peregrinos que viajan a La Meca ha descendido, permanecen menos tiempo en la ciudad y cuando regresan a sus lugares de origen algunos delatan a los extremistas porque les he obligado a pensar. Alguien, no recuerdo quién, escribió: «La seguridad embota la mente; el miedo la despierta.»

—¿Y cuál es según tú la diferencia entre el miedo y el terror? —quiso saber la actriz.

—La violencia.

—En eso puede que tengas razón —admitió la Castelmare sin el menor reparo—. El miedo a algo tan poco agresivo y palpable como la oscuridad suele ser psicológico.

—Eso es lo que intento demostrar porque cuando en una sala de cine corre un escalofrío casi nunca suele ser por tiros, explosiones o coches que se estrellan, sino por el pánico que provoca una amenaza intangible contra la que el espectador se sabe impotente.

Su interlocutora observó atentamente a quien había puesto su vida en el filo de una navaja, le arrebató la copa, bebió de ella y lanzó un gruñido que evidenciaba su mal humor antes de inquirir con manifiesta mala intención:

—¿Intentas hacerme creer que todo esto tan solo ha sido una especie de escena de película de terror al aire libre y en tres dimensiones?

La respuesta llegó casi sobre sus últimas palabras:

—Me he limitado a seguir la línea que adoptamos con respecto a la película sobre los filtros y el tabaco. ¿Sabes cuánto tiempo estuvo vigente la noticia del asalto de los extremistas islámicos a la explanada de La Meca allá por los años setenta? ¡Un día, pese a haber provocado casi doscientos muertos! Pero mi mensaje continúa vigente sin necesidad de haber provocado una sola muerte.

—¿Y qué es lo que pretendes con tan estrambótico «mensaje» si acabas de admitir que no piensas atentar contra La Meca...? —quiso saber «La Divina», cuyo famoso sentido del humor había desaparecido atrapado en la vorágine de una inesperada revelación que iba más allá de toda lógica—. Hasta hoy nunca me había considerado estúpida, pero admito que sigo sin entender de qué va esta película.

—No pretendo acabar con el terrorismo porque me consta que no es algo que esté en mi mano, pero sí reducir de forma significativa el problema de los inmigrantes y los refugiados.

Evidentemente, su interlocutora había perdido la paciencia y semejante aseveración terminó de exasperarle.

—¿Cómo puedes ser tan imbécil? —barbotó a punto de lanzarle un pesado cenicero de cristal a la cabeza—. Ese problema no tiene solución.

—¿Quién lo ha dicho?

—Todo el mundo.

—Yo no soy «todo el mundo».

—¿Ah, no...? ¿Y qué tienes de especial que no supiera descubrir en tantos años como vivimos juntos?

—Nada, excepto que cuando advierto que «todo el mundo» va en una dirección que solo conduce a donde llegan todos, suelo plantearme qué ocurriría si tomara la dirección opuesta.

—¿Y por casualidad «el señor diferente» ha encontrado algo en dirección opuesta? —fue la casi burlona pregunta.

—Quizá lo mismo que encontró Colón yendo en dirección opuesta; un nuevo continente que ofrece infinitas posibilidades.

—¡Aclárate!

—Es lo que pretendo —señaló quien, frente al mal humor y nerviosismo de su acompañante, se esforzaba por mantener la compostura—. ¿Qué es lo primero que haces cuando te enfrentas a un problema?

—Y yo qué sé, si apenas fui a la escuela... ¡Dímelo tú!

—Lo primero que se hace es averiguar si existen precedentes o si alguien consiguió resolver un problema parecido. Y la historia demuestra que los éxodos de los pueblos por culpa de las guerras, la intolerancia religiosa, las sequías y las hambrunas se han producido en infinidad de ocasiones, y por lo tanto nos encontramos frente a una tragedia insistentemente repetitiva.

De improviso la italiana se inclinó hacia delante y le propinó un brusco aunque cariñoso pescozón en mitad de la frente.

—Siempre fuiste un pésimo guionista —dijo—. Pero admito que sabes cómo intrigar a los espectadores; continúa.

—El resultado suele ser el mismo; quienes se ven obligados a emigrar únicamente tienen dos opciones: extinguirse como pueblo o establecerse en nuevas tierras en las que tienen que aprender a sobrevivir por adversas que sean las circunstancias.

—¿Expulsando a sus pobladores?

—Unas veces sí y otras no, y en eso los incas demostraron una gran astucia; cuando necesitaban más espacio porque sobrevivir en la cordillera andina no es cosa fácil, conquistaban un nuevo territorio, pero de inmediato trasladaban a sus habitantes al interior de su imperio, intercambiándolo por gente propia. De ese modo los asimilaban a su religión y su cultura al tiempo que sus fronteras seguían protegidas por guerreros genuinamente incas.

—Eso sí que no lo sabía... —admitió la actriz—. Pero sigo sin entender qué tienen que ver los incas con los subsaharianos, los sirios o los afganos.

—Todo y nada. Aquella solución viable en la Sudamérica precolombina resulta inviable en la Europa actual, pero ofrecía una vía a seguir, y fue siguiéndola como descubrí que alguien había propuesto una alternativa relacionada con el mismo concepto, pero mucho más cercana a las circunstancias actuales...

Su abuelo solía contarle que Rub-al-Khali, «La Media Luna Vacía» o «Tierra Muerta», no era más que una inmensa depresión de arena en forma de gigantesco gajo de naranja, la más caliente, seca y despiadada de las regiones del planeta, un desierto dentro del inmenso desierto que constituía la práctica totalidad de la península arábiga.

Tan inconcebible espacio estéril se extendía desde el Yemen hasta el golfo de Omán, territorio sin agua, vegetación, oasis o sombra de vida y con furiosas tormentas de arena que había constituido, desde el comienzo de la historia, la «Tierra de la que nadie regresaba».

El corazón de La Media Luna Vacía era como una inmensa playa de onduladas dunas de baja altura; un rojizo mar infinito, sin un arbusto, un matojo ni una montaña capaz de proporcionar una mínima esperanza de sombra.

Su abuelo también solía contarle que cuando llegó

a Rub-al-Khali, acompañando al maltrecho rey Saud tras una larga, dolorosa y desesperada huida durante la cual su diminuto «ejército» estuvo a punto de ser exterminado por los turcos, hizo amistad con los murras, unos seres de apariencia infrahumana que habitaban en los bordes de la Tierra Muerta.

Los murras podían ser considerados una reliquia del pasado surgida de la prehistoria, ya que habiendo llegado de África a través del estrecho de Bab-el-Manded tuvieron que enfrentarse a tribus mucho mejor armadas y poderosas que poco a poco les fueron acorralando hasta acabar por convertirlos en un mísero grupúsculo que huía de cualquier tipo de contacto con sus vecinos, los fanáticos ajmans.

Sucios hasta lo inconcebible, puesto que a lo largo de sus vidas nunca habían dispuesto del agua suficiente ni para lavarse una mano, los ajmans los consideraban «intocables» y los perseguían a caballo alanceándolos como a hediondas alimañas.

Sobrevivían a base de lagartos que asaban sobre piedras recalentadas por el sol, ratones del desierto, gusanos o insectos, y en ocasiones les disputaban los cadáveres a los buitres, los chacales y las hienas, por lo que se les consideraba tan despreciables como las propias bestias carroñeras.

Sin más agua que la que lamían del rocío de las piedras antes de amanecer, sin comida, en un desierto en el que a mediodía caían chorros de fuego derretido y en cuanto cerraba la noche la temperatura descendía cuarenta grados partiendo las rocas, los murras siguieron en pie generación tras generación, esquivos como la sombra de los murciélagos, capaces de permanecer enterrados durante horas mimetizándose con las piedras del entorno.

Casi bestias de apariencia ciertamente demoníaca.

No obstante, un siglo más tarde, y merced al agradecimiento del rey Saud por haberle ayudado en sus peores momentos, sus descendientes disfrutaban de los mismos derechos que cualquier ciudadano y algunos se habían enriquecido debido a que eran los únicos capaces de conducir a los buscadores de petróleo a través de «su» desierto.

Y es que, como si se tratara de una cruel burla de la naturaleza, los arenales de la Tierra Muerta cubrían un gigantesco mar de «oro negro», lo cual quería decir que generaciones de murras habían muerto de hambre en un lugar que estaba considerado el más rico del planeta.

El Nieto del Tuerto había conocido años atrás a un joven arquitecto, políglota, agradable y excelente conversador que se había hecho famoso debido a que diseñaba originales edificios que tenían la peculiaridad de mimetizarse con el paisaje, lo cual atribuía a una clara influencia de sus antepasados murras.

Un siglo le había bastado para saltar del hacha de piedra al ordenador, puesto que lo que diferenciaba a los hombres de las bestias era su capacidad de adaptarse al entorno desde el día en que la inteligencia comenzó a ser más importante que el instinto.

Para un culto protector de La Meca, aquel talentoso arquitecto se había convertido en el paradigma de la historia de su pueblo y en el mejor ejemplo de hasta dónde podía llegar un hombre cuando no lo centraba todo en la necesidad de acaparar riquezas con el fin de malgastarlas en frivolidades.

—La bandera de la media luna representa al islam, y es sin duda un símbolo hermoso y llamativo —le había dicho en cierta ocasión el arquitecto—. Pero si la observamos con atención advertimos que tan solo se trata de un pequeño gajo de luna, por lo que la mayor parte del espacio queda vacío. «Tierra Muerta»; es decir, un desierto como Rub-al-Khali, que también quiere decir La Media Luna Vacía. ¿No le parece una curiosa coincidencia?

A partir de ese día, cada vez que Suleimán Ibn Jiluy contemplaba la infinidad de minaretes coronados por el símbolo de la media luna no podía por menos que plantearse que, en efecto, quedaba demasiado espacio por rellenar en aquel círculo.

Por ello, a la hora de crear un fondo antiterrorista que debía alimentarse de la extorsión a los árabes más poderosos, había llegado a la conclusión de que el mejor nombre que podía darle era el de Rub-al-Khali, porque lo que intentaba era rellenar el espacio vacío de su bandera.

Le constaba que lo que pretendía era una locura, pero también se le antojaba una locura que a sus pies se extendieran casi tres millones de tiendas de campaña, muchas de las cuales permanecían desocupadas durante gran parte del año, y nunca hubieran acogido ni a un emigrante ni a una familia de refugiados.

La Meca estaba considerada la capital del amor a Dios, pero demostraba ser el último lugar en amar a sus criaturas.

¿De qué servía tanta fe si no iba acompañada de caridad y de qué servían tantas mezquitas si desde sus minaretes no se clamaba contra el hambre y el sufrimiento de los más desgraciados?

Con apenas veinte años había visitado Roma y le había escandalizado el apabullante derroche de riquezas del Vaticano, la absurda parafernalia ceremonial y la vacía pomposidad de una curia corrupta hasta los huesos, pero con el paso de los años había madurado lo suficiente como para comprender que la diferencia entre Roma y La Meca no era tan grande como imaginara, dado que en ellas se alababa a dioses diferentes de un modo semejante.

Y en ninguna reinaba la caridad o el amor al prójimo.

Las cosas tenían que cambiar.

Lo que aún le quedaba de fe le hacía comprender que Dios, fuera el que fuese el verdadero, no necesitaba de espectáculos corales ante altares recubiertos de oro o de muchedumbres sudorosas girando como atunes en almadraba; su mayor espectáculo era el universo que había creado, y frente al cual el resto eran gargajos.

Lo que necesitaba era respeto hacia su obra, y en especial hacia su obra maestra: el ser humano.

—Los seres vivos estamos dotados de una serie de órganos —estómago, hígado, riñones, corazón o pulmones— que nos permiten vivir y desarrollarnos hasta que uno de ellos se deteriora y provoca un colapso que nos lleva a la tumba. De igual modo, los países están dotados de una serie de organismos que les permiten vivir y desarrollarse, pero que de igual modo corren el riesgo de deteriorarse. Y la enfermedad que con mayor frecuencia afecta a esos organismos suele ser «el cáncer de Hacienda», un anormal crecimiento de voraces células que acaban convirtiéndose en un tumor maligno que se extiende al resto del cuerpo provocando la asfixia del entramado productivo, contribuyendo a la desaparición de miles de pequeñas empresas y acabando por destruir millones de puestos de trabajo, lo que a la larga conduce a una irremediable metástasis social.

—Conozco bien ese tipo de cáncer; uno de mis mejores amigos tuvo que cerrar su editorial porque con frecuencia Hacienda actúa como aquellos viejos matasanos que cubrían de sanguijuelas a los anémicos y acababan por rematarlos.

—Así suele ser —reincidió en el tema Rubén Pardo—. Al estar expuestas a grandes tentaciones y a cambiar de régimen alimenticio cada vez que cambia el signo político del gobierno, las «células» más agresivas de ese singular genero de cáncer —los inspectores de Hacienda— suelen crecer de forma descontrolada y virulenta.

—¡Dígamelo a mí! Los tengo encima a todas horas.

—Es natural, puesto que les pagan un incentivo por cada sanción que ponen y, si no encuentran un motivo, en ocasiones lo inventan.

—Esa política de incentivos siempre me ha parecido una canallada y recuerda los métodos dictatoriales que invitan a los policías e incluso a los ciudadanos a denunciar a supuestos enemigos del «régimen» con el fin de que acaben fusilados —admitió Mark Reynols sin el menor reparo—. Miles de inocentes sufren por culpa de un plus, un ascenso, una medalla, o simplemente porque alguien quiere joder a su vecino.

—Y con el fin de no ser atacados por enemigos externos los inspectores de Hacienda tienden a unirse conformando un frente común cualquiera que sea su origen o procedencia. No importa que hayan sido enemigos políticos; a la hora de cumplir su misión de alimentar al tumor se convierten en aliados sabiendo que ese tumor les alimentará sea cual sea su ideología. Todos trabajan para los mismos, aunque no siempre sean los mismos.

—Interesante punto de vista... —reconoció el inglés—. Y un símil ciertamente acertado, aunque no acabo de entender a qué viene.

—Viene a que usted me ha preguntado por qué me convertí en abogado de narcotraficantes.

—¡Ah, sí...! Es cierto —admitió el inglés—. Siempre me ha sorprendido... ¿Acaso contrajo «la enfermedad de Hacienda»?

—Y en su versión más virulenta.

—¿Y eso?

—Fundé una empresa que por desgracia afectaba a los intereses de un ministro y, por si no lo sabía, le aclaré que en los países de habla hispana los ministros son como semidioses que cuando no pueden enviarte el pelotón de ejecución te envían una inspección de Hacienda. Y a mí me enviaron dos.

—¿Dos...?

—¿Dos? Uno a la empresa, en la que todo estaba

en orden, y otro a mí como persona física. Pero como tampoco encontraron nada afirmaron que no existía «ni había existido nunca» un mandamiento judicial que me ordenase abonar una pensión alimenticia a mi ex esposa y nuestros hijos... —Rubén Pardo movió la cabeza en gesto de resignación, como si con ello pretendiera dar a entender que había cosas contra las que no valía la pena luchar—. Consiguieron eliminar la competencia a las empresas del ministro.

—Pero ¿realmente existía ese mandamiento judicial...?

—Desde hacía siete años, pero cuando lo presenté alegaron que ya se había dictado la resolución, confiscándome todos mis bienes por el hecho de haber abonado dicha pensión pese a que lo ordenara un juez. Fue como condenarme a cadena perpetua por asesinar a alguien pese a que el juez certificara que la supuesta víctima continuaba con vida.

—¿Y no presentó un recurso?

—Seis, pero el ministro seguía en su puesto, por lo que comprendí que si no me dejaban trabajar legalmente debía hacerlo desde la orilla opuesta, visto que Hacienda empuja a más personas decentes por el camino de la delincuencia que el alcohol o las drogas.

—Una afirmación un tanto exagerada... Digo yo.

—Depende de cómo se mire, porque tan desorbitados impuestos destinados a alimentar la insaciable avaricia de una pléyade de politicastros corruptos obligan a gente honrada a mentir y convertirse a la larga en pequeños delincuentes. Y a mi modo de entender, más castigo merece quien convierte a una persona decente en un pequeño delincuente que quien convierte a un pequeño delincuente en un gran delincuente.

—En eso puede que tenga razón —no pudo por menos que admitir Mark Reynols—. La honradez es como la virginidad; cuando se ha perdido no se recupera.

—Sobre todo si se descubre que es más fácil y productivo burlar la ley con ayuda de buenos abogados...

—El mexicano, panameño, colombiano o lo que quiera que fuese quiso añadir algo, pero en ese momento repicó el teléfono de su interlocutor que, tras escuchar un instante, asintió:

—¡De acuerdo...! ¡Manos a la obra!

Abrió el ordenador que descansaba sobre la mesa y comenzó a manipularlo mientras señalaba un punto en la costa, a unos ochocientos metros de distancia:

—¿Ve aquel espigón frente al que está fondeado un petrolero de bandera liberiana? —Ante el gesto de asentimiento de quien se sentaba frente a él, añadió—: Dentro de un minuto el prototipo del *Jonás* surgirá justo en ese punto... —Hizo girar la pantalla para que su interlocutor pudiera ver lo que aparecía en ella—. Esto es lo que está captando una de las cámaras de a bordo; el costado del petrolero, el final del espigón y la entrada de la bahía...

—Muy nítido... Se ve hasta la gorra de un oficial. ¿Qué significan los números que aparecen en este recuadro de la derecha?

—Situación, rumbo, velocidad, profundidad y tiempo estimado de duración de las baterías...

—¿Y los de la parte baja?

—Datos del sonar y mapa de la zona... —Cambió el tono de voz, alzándola, al tiempo que señalaba con el dedo—: ¡Allí está! ¿Lo ve?

—Y pintadito de amarillo —admitió Rubén Pardo—. Pero parece muy pequeño.

—En comparación con el petrolero es como la pulga de un elefante, pero le garantizo que mide once metros de eslora por tres de manga y cuatro de puntal... —Dejó el dedo apoyado sobre una tecla—. Voy a acelerarlo...

Desde el salón principal de una vieja mansión que se alzaba sobre la colina que dominaba la amplia bahía, y que Mark Reynols se había permitido el capricho de comprar con el exclusivo fin de observar el comportamiento de sus nuevos «juguetes», el abogado pudo advertir como, en efecto, el *Jonás* ganaba velocidad y giraba a babor de tal modo que su cámara captaba ahora el lugar en que se encontraban.

—¡Carajo...! —exclamó admirado—. ¡Nos está espiando!

—Esa es una de sus obligaciones —fue la flemática respuesta—. Espiar con el fin de averiguar si un barco está en peligro, otro faena ilegalmente o un tercero transporta drogas.

—¿O sea que pueden convertirse en nuestros mejores aliados pero también en nuestros peores enemigos?

Antes de responder a su pregunta el inglés le alargó unos prismáticos.

—Solo serán sus enemigos cuando los gobiernos decidan utilizarlos, y sospecho que no tienen la menor intención de hacerlo... —dijo—. Y ahora observe; haré que se sumerja y que vuelva a aparecer junto a aquella boya de la izquierda.

Tecleó en el ordenador y, efectivamente, a los pocos instantes la singular nave comenzó a hundirse.

Rubén Pardo extrajo del bolsillo superior de la camisa un cheque doblado y lo depositó junto al ordenador mientras comentaba:

—Si efectivamente aparece junto a la boya, esos treinta millones son suyos.

—Y si no aparece habré perdido el millón que me ha costado el prototipo.

—Por lo que he oído va a perder mucho más intentando hacer una absurda película sobre los peligros de los filtros de celulosa... ¿Admitiría una apuesta a título personal?

—Eso depende de la apuesta.

—Medio millón a que el *Jonás* aparece junto a la boya.

Mark Reynols le dirigió una despectiva mirada y respondió como si le desagradara aceptar que había sido capaz de hacerle semejante proposición:

—¿Me toma por idiota...? —inquirió—. ¿Cree que voy a apostar contra mi propia máquina?

—Nada pierdo por intentarlo... —fue la descarada respuesta—. Y si no emerge al menos habrá recuperado la mitad de la inversión, cosa que me temo que no va a conseguir con esa absurda película.

—¿Le gustaría apostar sobre la película...?

Rubén Pardo le devolvió la misma despectiva mirada al replicar:

—¿Me toma por idiota? Yo solo apuesto sobre seguro... —Observó a través de los prismáticos y al poco exclamó—: ¡Ahí sale! ¡En el lugar exacto! ¡Lástima que no aceptara la apuesta!

—¿Alguna otra prueba?

—De momento no, el cheque es suyo, por lo que me temo que ha entrado a formar parte del «lado oscuro de la fuerza».

Mark Reynols no pudo evitar sonreír ante la alusión a la famosa frase.

—Mi familia nunca necesitó formar parte del lado oscuro de la fuerza —replicó—. Mi bisabuelo fue miembro fundador del lado más tenebroso de esa fuerza.

VI

Estarás de acuerdo conmigo cuando afirmo que los judíos suelen ser unos tipos bastante inteligentes.

—«Suelen...» —recalcó Sandra Castelmare—. Los hay tan zopencos como un cabrero calabrés.

—Tú siempre tan injusta con los calabreses, pero lo cierto es que en cuanto se refiere a emigración los judíos constituyen un referente mundial. Primero fue el tan traído y llevado éxodo con el que se pasaron cuarenta años dando tumbos hasta llegar a una tierra prometida de la que les expulsaron y tuvieron que pasarse otros dos mil años de un lado a otro soportando toda clase de violencias y humillaciones.

—Probablemente por eso mismo son tan listos... —le hizo notar ella—. Y ten cuidado con lo que dices porque en el mundo del cine si te enfrentas a los judíos al día siguiente tienes que empezar a buscarte otro trabajo.

—Lo sé, cariño, y no pienso enfrentarme a ellos ni en este mundo ni en el otro porque, probablemente, también ejercen una gran influencia en ese cielo que tanto me merezco por haberte soportado durante tantos años.

—¡No empecemos!

—No empiezo; lo que trato de decir es que si han conseguido sobrevivir pese a las incontables expulsiones, persecuciones y masacres que han sufrido, debe de ser porque anímicamente están muy bien preparados. —Roman Askildsen pareció necesitar aliento antes de añadir—: Y Theodor Herzl siempre ha sido considerado de los mejor preparados.

—Conozco a un director de fotografía que se llama Herzl. Un día me dijo: «En casa tengo una mujer y dos teléfonos, pero la mayor parte del tiempo no dispongo ni de mujer ni de teléfonos. Aún no consigo explicarme cómo se las arregla para hablar por los dos al mismo tiempo.»

—Ahora eres tú quien empieza, y con tanto empezar no acabaremos nunca.

—¡Tienes razón! Lo siento... «Toma segunda; rodando.»

—«Toma segunda; rodando.» Herz fue el fundador del sionismo y, tras fracasar en su intento de crear el Estado de Israel en la Palestina dominada por el poderosísimo Imperio otomano, le propuso a la Organización Mundial Sionista la atrevida idea de comprarle a los ingleses alguna de sus colonias con el fin de instalar allí a los judíos, ya que preveía que se encontraban en muy serio peligro, sobre todo en Rusia, Polonia y Alemania.

—Un visionario...

—Un escarmentado, diría yo, porque había asistido al proceso del capitán Dreyfus, que tras ser injustamente declarado culpable de alta traición fue encerrado en la isla del Diablo en lo que constituyó un proceso que exacerbó el antisionismo en Francia, y de rebote en medio mundo.

—Lo recuerdo porque hice un pequeño papel de actriz invitada en una película sobre el caso Dreyfus.

—Temiendo la llegada de un holocausto, Herzl envió expertos en agricultura a localizar territorios adecuados, pero su proyecto fracasó porque murió muy joven y quienes le sucedieron no supieron impulsarlo. No obstante, su iniciativa me ha servido para comprender que existe un precedente y además me invita a suponer que los israelitas estarían dispuestos a respaldar una idea de quien consideran el verdadero padre de su patria.

—O yo continúo siendo muy lerda, o estás siguiendo la tradición que asegura que si ves a un judío tirarse por una ventana tírate detrás porque debe de ser buen negocio. Sospecho que hablas de crear territorios que acojan a refugiados e inmigrantes que no tienen a dónde ir.

—Nunca has sido lerda, querida... —le tranquilizó su visitante—. Todo lo contrario, pero el problema estriba en que ya no existen potencias coloniales, y por lo tanto no existen metrópolis a las que comprar esos territorios. Hace un siglo los ingleses los habrían vendido al mejor postor, pero ya no pueden hacerlo.

—Por suerte para todos, ahora los ingleses tan solo pueden venderse a sí mismos, cosa que tampoco dudan en hacer. Pero si no pueden comprarse territorios, ¿a qué diantres viene el ejemplo de Herzl?

—A que una buena idea puede no ser totalmente buena o quedar desfasada, lo cual no significa que se deba descartar si contiene elementos válidos.

—¿Como cuáles?

—¿A qué crees que he dedicado todo este tiempo?

—En mi opinión, a cometer la mayor estupidez que has cometido nunca, y las has cometido a puñados.

—Y a estrujarme el cerebro intentando averiguar cómo hacer viable una idea que se rechazó hace un siglo, visto que muchos grandes inventos fracasaron porque se habían adelantado demasiado a su tiempo y tan solo triunfaron cuando llegó su momento.

La Divina Sandra Castelmare permaneció unos

instantes en silencio y se diría que se esforzaba por recordar a qué inventos se refería hasta que decidió darse por vencida.

—¡De acuerdo...! —dijo—. Te creo aunque no me venga ninguno a la mente.

—¿Te basta con el submarino impulsado por energía nuclear de Julio Verne, o con el autogiro precursor de los modernos helicópteros?

—Me sobran, pero lo que ahora importa es saber si has conseguido hacer viable la propuesta de ese tal Herzl, aunque antes te agradecería que me sirvieras una copa de champán.

—¿Champán a estas horas? —casi se horrorizó él.

—El champán es bipolar porque su gran virtud estriba en que hunde las penas y hace flotar las alegrías... —fue la desconcertante respuesta de quien parecía decidida a recuperar su peculiar y disparatada forma de comportarse—. Y ahora mi pena se basa en que vas a conseguir que los fanáticos me maten, pero mi alegría se centra en que tal vez puedas conseguir que millones de infelices sobrevivan. —Le propinó un nuevo coscorrón en la frente como si estuviera dirigiéndose a un chicuelo rebelde al tiempo que inquiría en el tono de una maestra justamente enfadada—: ¿Realmente puedes hacerlo?

Mientras acudía al bar y destapaba una botella de

champán que siempre se mantenía a la temperatura adecuada su ex amante señaló:

—Es lo que intento, y una de las primeras cosas que he hecho es ir a Kenia, donde Herzl había instalado familias judías procedentes de Siberia. Me he reunido con sus descendientes, que admiten haberse adaptado a la vida en África, por lo que no sienten el menor interés por vivir en la abarrotada Israel, y menos aún por regresar a su lugar de origen.

—Lógico con el puto frío que hace en Siberia.

—Rezan en la misma sinagoga que construyeron entonces, y Samuel, un viejo rabino más listo que el hambre, se expresó claramente: «Si nuestros corazones viven en paz con los keniatas, no tienen por qué irse a vivir en guerra con los palestinos. El mundo es lo suficientemente grande y empeñarse en volver a los tiempos del Templo de Salomón es como empeñarse en volver al altar de los sacrificios de los aztecas.»

—Sorprendente en un rabino.

—No tanto si ha crecido jugando al fútbol con niños africanos. Heredó de su bisabuelo todo cuanto Herzl dejó escrito sobre la forma de administrar «las nuevas patrias judías», si es que algún día llegaban a consolidarse, y no me avergüenza reconocer que le debo algunas de mis ideas.

—¿Como por ejemplo...? —quiso saber la italiana.

—Como por ejemplo la mejor forma de sacarle dinero a los judíos para algo que no esté directamente relacionado con los judíos.

—De conseguirlo no sería un rabino, sería un milagrero.

—Querida mía... —fue la rápida respuesta—. ¿Cuándo entenderás que quienes han conseguido mantener viva su fe sobreponiéndose a la inquisición, el nazismo y el antisemitismo que anida en lo más recóndito de nuestros corazones, deben de tener más de milagreros que de rabinos? Si Samuel se ha convertido en un pozo de sabiduría es porque ha sido capaz de asimilar lo mejor de la forma de ser de los no judíos.

—¿Conseguiste que permitiera beber de ese pozo...? —inquirió ella con manifiesta ironía—. ¿Al menos un sorbito?

—Menos coña que esto es muy serio y no debes olvidar que en el tiempo que llevamos hablando pueden haberse ahogado varios niños.

—¡Perdón...!

—Esa ha sido siempre tu mejor virtud; mejor incluso que tus tetas, lo cual ya es decir mucho; sabes pedir perdón en el momento justo. Samuel admite que mucho de cuanto dejó escrito Herzl respecto al futuro de los territorios sionistas rayaba con el totalitarismo, lo que lo condenaba al fracaso, pero me tradujo algunos párrafos que me iluminaron el camino.

—¿Como por ejemplo...? —repitió ella como si se tratara de una cantinela.

Roman Askildsen alargó la mano, aproximó su maletín, rebuscó entre varios documentos, se caló las gafas y comenzó a leer: «Durante los primeros años debemos trabajar en silencio, con humildad y ahínco, intentando aprender de los nativos, puesto que más sabe de sus tierras, sus bienes y sus males el más ignorante pastor local que el más ilustrado filósofo vienés. El contenido de un complejo manuscrito se asimila en meses de estudio, pero desentrañar los secretos de una determinada naturaleza exige el esfuerzo de varias generaciones.»

Se interrumpió como para permitir que la italiana captara la profundidad del pensamiento expresado y al poco añadió: «Lo que a nosotros se nos antoja nimio puede ser importante para un nativo, o viceversa, por lo que no debemos dar un paso sin saber dónde pisamos, ni enfurecernos cuando nos pisen sin advertir que lo han hecho.»

—Ese sí que sabía dónde pisaba... —sentenció quien le escuchaba con atención.

—No siempre... —la contradijo él—. Al estudiar las propuestas en su conjunto se llega a una amarga conclusión; por exceso de fervor religioso contiene más errores que aciertos.

—¡Pues vaya una noticia, mi pequeño saltamontes! —fue el casi despectivo comentario de quien había sido una ferviente seguidora de la famosa serie de televisión en que se repetía con frecuencia aquella frase—. El excesivo fervor religioso te tapa un ojo, lo que te impide calcular las distancias, o te cubre los dos, con lo que te atizas una hostia del carajo.

—Altamente expresivo, cielo, pero ahora nuestro trabajo debe centrarse en separar lo bueno de lo malo.

—¿Nuestro trabajo...? —repitió una perpleja Sandra Castelmare—. ¿Qué demonio tengo yo que ver con tus mamarrachadas?

—Nada, siempre que me demuestres que tienes algo mejor que hacer con tu tiempo y tu dinero.

—Tengo miles de cosas mejores que hacer que ayudar a alguien que por lo visto se considera un nuevo Moisés o un nuevo Theodor Herzl en busca de tierras prometidas...

—La gran diferencia estriba en que ellos solo pensaban en los judíos y yo pienso en todas las razas y religiones, incluida la suya... —Roman Askildsen aguardó a comprobar el efecto que hacían sus palabras y al poco añadió—: Tanto Moisés como Herzl consiguieron su objetivo, pero hicieron que se derramara demasiada sangre por caminos que indefectiblemente conducen a derramar más sangre.

—¿Y supones que el que has elegido permanecerá seco?

—Probablemente no, pero no será por mi culpa, sino por la de aquellos a los que ciegue la intolerancia, y eso también me lo ha enseñado un viejo rabino que lamenta no haber nacido negro, puesto que siéndolo hubiera contribuido a estrechar lazos entre culturas. Para Samuel el verdadero Dios es aquel que se comparte, no el que se mantiene en exclusiva.

—Se diría que te han dotado de un don especial a la hora de conocer gente rara, cariño —comentó con evidente sorna «La Divina»—. Para mí que ese tal Samuel tiene de rabino lo que yo de ursulina, aunque admito que tan solo he tratado con uno que se empeñaba en verme las bragas.

—No empieces otra vez.

—No empiezo, pero admitamos que admito, y valga la redundancia, que no tengo nada mejor que hacer con mi pellejo y mi dinero que jugarme ambas cosas en aras de un proyecto condenado al fracaso. ¿Dónde podrías adquirir los terrenos que necesitarías para intentar llevarlo a cabo?

—En ninguna parte.

—¿En ninguna parte...? —se sorprendió ella—. ¿En ese caso de qué sirve seguir hablando?

—Sirve para comprobar que estás cometiendo el mismo error que Herzl... —Tras una pausa durante la que resultaba evidente que parecía estar disfrutando de un pequeño momento de gloria, Roman Askildsen inquirió—: ¿Qué harías si llegaras a una ciudad en la que necesitas instalarte pero nadie quisiera venderte una casa? ¿Te quedarías cantando bajo la lluvia?

—Supongo que no; supongo que intentaría alquilarla.

—Ahí está la diferencia, querida. ¡Ahí está! No existe ningún país al que sus leyes le permitan vender parte de su territorio, pero sí muchos a los que sus leyes les permiten arrendarlo por un determinado período de tiempo.

—¡Maldita sea tu estampa! —se lamentó su interlocutora visiblemente avergonzada—. ¡Tienes razón y soy un auténtica cretina! ¿Cuál sería ese período de tiempo?

—Un máximo de noventa años, que además creo que es el mismo que aplica la corona inglesa cuando arrienda sus fincas. Por lo que tengo entendido, si al final de ese período a Su Graciosa Majestad le interesa que el inquilino se quede, le hace un nuevo contrato, pero si ha recibido una oferta mejor le pone de patitas en la calle permitiendo, eso sí, que se lleve sus enseres personales.

—¿Qué putada, no...? ¡Excepto Mark Reynols nunca me han gustado los ingleses! ¡Es más! Creo que no me he acostado con ninguno.

—¿Estás segura...? —se extrañó el otro.

—Razonablemente segura, pero no es hora de exprimirse la sesera. Lo asombroso es que todo eso de los territorios y los arrendamientos lo hayas pensado tú solito. ¡Cuánto has cambiado en tan poco tiempo!

—Siete años, tres meses y doce días según tú. Pero es que he tenido algo muy importante a mi favor.

—¿Y es...?

—Que no me veía obligado a estar pendiente de ti a todas horas.

—¡Cretino!

—Es broma, aunque algo hay de verdad, puesto que siempre has sido una criatura tan maravillosamente absorbente que a tu lado cualquier hombre pierde la perspectiva.

—Me encanta que la hayas recuperado porque a veces llegabas a ser un auténtico plasta, mientras que todo este embrollo sobre los refugiados, la inmigración y los territorios libres resulta apasionante.

—Siendo sincero debo reconocer que le debo mucho a Samuel porque es de esas personas que te obligan a pensar.

—¡Joder con el tal Samuel! —barboteó ella—. Tendré que pedirle que sea mi representante. ¿Qué sabe de cine?

—Lo ignoro.

—¡Lástima! Me haría ganar un Oscar.

—Lo ganarás sin su ayuda, cariño. Cuando le conté la razón por la que había ido a Kenia se echó a reír como si le estuviera contando la historia más descabellada que hubiera oído nunca. Sin embargo, al advertir que empezaba a sentirme molesto desplegó un enorme mapa en el que aparecían subrayados en rojo varios puntos y me dijo: «Hace unos treinta años algunos judíos comprendimos que la tierra prometida se quedaba pequeña porque millones de correligionarios procedentes de países con problemas aspiran a instalarse en Israel, allí ya no caben todos y si continúa la presión de los colonos sobre territorios que en justicia no les pertenecen las cosas degenerarán en una imparable masacre.»

—Eso es algo sabido... —puntualizó la siciliana con cierta acritud—. En este caso tu rabino me decepciona, puesto que es un problema que estamos viviendo a diario.

—Semana tras semana, mes tras mes y año tras año sin que se le encuentre una solución, pero lo que ahora importa es que Samuel y un pequeño grupo de seguidores de Herzl habían empezado a buscarla hace tres décadas.

—Al parecer sin resultado.

—Resulta comprensible puesto que pretendían encontrar territorios que acogieran a judíos, ¡solo a judíos!, y a la vista de lo que ocurre en Palestina a nadie le apetece codearse con ellos. Unos por miedo, otros por convenciones políticas y otros por puro antisemitismo, los posibles candidatos les cerraron las puertas por lo que el proyecto cayó de nuevo en el olvido.

Una vez más se hizo un largo silencio, durante el cual quien había escuchado cada vez con mayor atención pareció estar asimilando lo que le habían dicho hasta que al fin se decidió a inquirir:

—¿Supones que si no se tratara de judíos habría países que aceptarían ese tipo de acuerdos?

—Es lo que quiero creer. Existen enormes extensiones de terreno en los que podrían instalarse prósperas colonias con un prometedor futuro, pero carecen de las infraestructuras básicas.

—¿Dónde...?

—En Somalia, Egipto, Sudán, Etiopía, Mauritania, Senegal, Jordania, Namibia, Paraguay, Perú y, sobre todo por su inmenso tamaño, Australia, aunque me temo que al menos la mitad no aceptarían.

—¿Por qué? —quiso saber una cada vez más inmersa en el problema Sandra Castelmare.

—Porque se necesitaría mucho dinero a la hora de convencer a un país musulmán de las ventajas que les reportaría acoger a miles de ciudadanos de otras creencias...

—Pues que acojan únicamente a los musulmanes, que al fin y al cabo viene a ser la mayoría de los inmigrantes que llegan a Europa.

Roman Askildsen alzó ambas manos como si con

ello pretendiera dar a entender que con semejante actitud el problema alcanzaría límites estratosféricos.

—¿Y a cuáles? ¿A los chiitas o a los sunitas, porque están demostrando que se llevan a matar? ¿Y a quiénes acogerían los territorios cristianos? ¿A los católicos o a los protestantes? ¿Y solo a los de izquierdas o solo a los de derechas? Tal como alguien dijo: «Todas las amarguras tienen su raíz en la semilla de la intolerancia porque los frutos de la intolerancia nunca han sido dulces.»

—Sospecho que te has impuesto una tarea demasiado difícil, cariño.

—Más difícil es ver cadáveres de niños en las playas y acostarte sabiendo que podrías haber hecho algo por impedirlo y no lo has hecho.

—¡Resulta curioso...! —murmuró casi para sí la italiana—. Ninguno de nosotros tiene hijos, pero empiezo a sospechar que nos vamos a dejar cortar en rodajas por proteger a los niños de otros.

—Llega un momento en que los niños ya no son «de otros», cielo. También son nuestros.

Cubriéndose de barro de los pies a la cabeza en un desesperado intento por protegerse de los mosquitos que en los atardeceres se agolpaban en espesas nubes, el temeroso grupo apretujado en el centro de las balsas semejaba un confuso montón de cascotes de desecho, productos del derribo de un viejo palacio con exceso de estatuas y de frisos.

El sol y el barro formaban costras que degeneraban en llagas a las que acudían a depositar sus huevos los verdes moscones del cenagal, por lo que la señorita Margaret comprendió que muy pronto las llagas se infectarían.

Al cabo de una semana violentas fiebres atacaron a cuatro niños, y pese a cuanto hicieron por intentar aplacarlas, el inquieto Askia murió al atardecer.

Se extinguió sin un lamento, ni tan si quiera un gesto que presagiara que había llegado su fin, como si ese fin fuese lo normal en semejantes circunstancias y mucho más lógico que continuar respirando cuando tan escasas razones existían para hacerlo.

Su negrísimo rostro se volvió ceniciento, los enfebrecidos ojos se opacaron y cada una de sus facciones se distendió como si, más que el peor de los castigos, la muerte fuera un premio que llevara largo tiempo esperando, ya que le evitaba tener que seguir soportando el asalto de los mosquitos, el agobiante calor o su irrefrenable miedo a las bestias.

Le observaron en silencio, y a la señorita Margaret le asustó advertir que la expresión de algunos niños era de envidia, como si acabaran de descubrir que resultaba mucho más práctico morirse que empujar unas embarcaciones que parecían no querer dirigirse a ningún sitio.

Velaron el cadáver hasta que el sueño los venció, por lo que la señorita Margaret se quedó a solas con una amargura a la que venía a sumarse la contemplación de aquel diminuto cuerpecillo al que incluso los mosquitos despreciaban.

¿Por qué? ¿Por qué extraña razón los cadáveres atraían a las moscas pero repelían a los mosquitos? ¿Acaso la sangre inmóvil no constituía un alimento apetecible?

Al observar con cuánto ímpetu asaltaban a los durmientes le intrigó la razón de aquel rechazo hacia quien ya no oponía resistencia ni tenía el más mínimo interés por conservar la sangre que le quedaba, pero casi al instante se esforzó por rechazar tan macabros pensamientos y pasó a plantearse qué podrían hacer con lo poco que había quedado del pobre Askia.

La única tierra donde podían darle sepultura no era más que barro pastoso que se encontraba a poco más de un metro bajo la superficie, y limitarse a arrojarle al agua era tanto como invitar a los cocodrilos a probar algo nuevo a lo que podían acostumbrarse.

Triste lugar era aquel en el que ni agua ni tierra ofrecían postrer refugio a un niño; triste y maldito, y así debería seguir siéndolo hasta que un gigantesco cataclismo acabara por borrarlo de la faz del planeta.

Vagaron durante horas en busca de un lugar en el que conceder eterno reposo al difunto, y al fin optaron por depositarlo sobre un islote de nenúfares que se desplazaba mansamente hacia el nordeste.

Lo dejaron allí, terriblemente solo cara al cielo, y al alejarse los niños lloraban, tanto por el temor que producía tan espantosa soledad, como por el hecho de haber perdido a un amigo cuyo espíritu debía de estar correteando ya por el cantarín y luminoso paraíso de chocolate, caramelo y fresa que el Buen Señor reservaba a los más pequeños.

Media docena de buitres llegados de no se sabía dónde trazaban anchos círculos aguardando con infinita paciencia a que los vivos se alejaran.

A los doce días, cuando ya empezaba a plantearse la necesidad de reparar las balsas tal como el dinka les había enseñado, desembocaron en una amplia laguna desde la que se distinguían altivas palmeras y redondas copas de gigantescos árboles que nada tenían en común con los cañaverales.

No obstante, dicha alegría duró poco, puesto que a las dos horas comprendieron que, pese a encontrarse a poco más de tres kilómetros de distancia, no existía canal alguno que comunicase la laguna con tierra firme, y todo cuanto se distinguía de allí en adelante era una interminable extensión de cañas a través de la cual resultaba imposible abrirse paso.

—Nos quedaríamos sin machetes antes de haber abierto la mitad del camino —sentenció Menelik.

—¿Y si les prendiéramos fuego? —aventuró su hermana como quien no le da importancia al hecho de quemar medio mundo.

Fue un espectáculo impresionante, ya que un humo denso y altas llamas se adueñaron del pantano en cuestión de minutos, y el estruendo del fuego cobró tal fuerza que incluso costaba trabajo hacerse oír.

Pavesas y cenizas volaron cubriendo el agua de una capa de detritus y el aire se volvió casi irrespirable mientras el sol desaparecía para no volver a mostrarse hasta la mañana siguiente.

Poco a poco las llamas se desplazaron siguiendo la línea del río, y podría decirse que fue aquel un día sin noche y el resplandor del incendio iluminó el cielo hasta el alba.

Al fin pisaron tierra firme advirtiendo que aquel intrincado e inaccesible territorio virgen se había ido convirtiendo con el paso de los siglos en un santuario de toda clase de aves, y era tal la cantidad de nidos que a las tres horas Zeudí sufrió las consecuencias de un empacho.

Salvo por la humedad y el agobiante calor, aquel lugar bien podría considerarse un paraíso y daba una idea bastante aproximada de lo que debió de ser el mundo antes de que los humanos lo destrozaran.

—¡Quedémonos aquí!

Era una propuesta que no dejaba de tener una cierta lógica al provenir de criaturas que habían padecido lo indecible, por lo que la señorita Margaret llegó a plantearse tal posibilidad teniendo en cuenta que se trataba de un grupo de parias a los que no esperaba nadie en alguna parte.

Pero no se quedaron limitándose a vagabundear durante semanas porque no tenían prisa, y como el agua y los alimentos abundaban, su marcha se convirtió en un plácido paseo que les permitía recuperar fuerzas y descubrir la increíble variedad de criaturas que poblaban la frondosa región.

Una mañana, la señorita Margaret advirtió que la antaño siempre activa Reina Belkis solía quedarse traspuesta a todas horas, por lo que temió que se viese afectada por la siempre temida «enfermedad del sueño», tan extendida en zonas de aguas estancadas.

Intentó tranquilizarse diciéndose a sí misma que lo más probable era que se encontrara agotada por el agobiante calor, el cansancio o las incontables penalidades que había tenido que soportar al atravesar el Sudd.

—¡No pasa nada! —le respondió a la siempre atenta Abiba cuando esta le advirtió que la lasa actitud de la niña empezaba a ser preocupante—. Siempre ha sido muy dormilona.

—No es eso —señaló su escuálida alumna, que había adelgazado casi veinte kilos y parecía haber envejecido diez años desde que abandonaran la aldea—. ¡No es eso!

—¿Qué demonios quieres decir con «No es eso, no es eso»?

—Que no es eso...

—¡Me estás poniendo nerviosa!

—¿Es que no lo entiende...? —casi sollozó la etíope a punto de sufrir un ataque de nervios—. ¿Cómo quiere que se lo diga?

—¿Entender...? —repitió—. ¿Qué demonios tengo que entender?

—Que algunos niños presentan síntomas de «el mal».

—¿«El mal»? ¿Qué mal?

—La lepra.

Si le hubieran dado con un martillo en la cabeza o le hubieran atravesado las entrañas con un hierro al rojo, la infeliz señorita Margaret no hubiera podido experimentar un dolor más desgarrador del que le invadió al escuchar aquella odiosa palabra mil veces maldita.

—¡Lepra...! —sollozando y doblándose como si le acabaran de asestar una puñalada—. ¡No es posible! Dios no puede hacernos esto.

—Hace días que lo sospecho —señaló una convencida Abiba—. He intentado suponer que tan solo sería sarna, pero conozco los síntomas porque en mi familia se han dado varios caos.

—¿Estás segura?

—Si no lo estuviera jamás me arriesgaría a decirlo. Hemos atravesado zonas pantanosas de las que siempre oí decir que son muy peligrosas.

La atribulada muchacha tenía razón, puesto que el Sudd estaba considerado desde hacía cuatro mil años la cuna de la lepra, y ya los egipcios aventuraban que era en las orillas del Alto Nilo donde se originaba la terrible enfermedad. Algunos lo atribuían a las aguas contaminadas y otros a la insana costumbre de los nativos de comer pescado seco en el que anidaba el moscón verde del cenagal, y aunque nadie lo afirmaba con rotundidad, lo cierto era que aquel podría considerarse el primer foco infeccioso desde el que se propagó al resto del planeta.

—Podría ser sarna virulenta... —insinuó Abiba como si se refiriera a una remota esperanza—. Pero el hecho de que pasen tantas horas durmiendo y casi carezcan de sensibilidad en los lóbulos de las orejas me preocupa porque así fue como le comenzó «el mal» a mi tía Naria. La lepra anestesia las partes del cuerpo que acabarán por amputarse de forma espontánea.

—¡No hables de eso!

—Por ignorarlo no conseguirá que el problema

desaparezca, y lo que tiene que hacer es resignarse porque «el mal» forma parte de la vida de uno de cada cien africanos que, o lo sufre, o tiene algún familiar que lo padece.

—¡Pero no se trata de resignarme...! ¡Se trata de los niños! ¡Y soy yo quien los llevó a ese pantanal!

—Si no lo hubiera hecho tal vez ya estarían muertos —le recordó la etíope—. Tan muertos como sus padres. Usted eligió el camino que creía correcto y con eso basta.

—¿Morirán...?

—¿Y cómo quiere que lo sepa? Por lo que me contó mi padre hay muchos tipos de lepra y no todo el mundo reacciona de igual modo. Mi tía Naria aún vive, pero una prima suya, mucho más joven, no.

—¿Y qué podemos hacer...?

—Buscar a quien lo sepa.

VII

Roman Askildsen «había hecho sus deberes» bajo la supervisión de alguien que había dedicado gran parte de sus ochenta y tres años de existencia a estudiar una sucesión de acontecimientos que acabaron por desembocar en el insólito hecho de haber nacido en las cálidas praderas keniatas en lugar de las heladas estepas rusas en que habían visto la luz sus antepasados.

Miembro de un pueblo en el que respetar la tradición constituía una regla tan fundamental que en ocasiones se había convertido en el único cable sobre el que conseguía mantenerse en equilibrio, el rabino Samuel estaba decidido a no dar el último paso hacia la tumba sin haber demostrado que quienes se burlaron de Theodor Herzl cuando propuso crear un hogar común alternativo hasta que pudiera crearse el definitivo y siempre anhelado Estado de Israel eran una pandilla de imbéciles engreídos.

Todos formaban parte de la Organización Mundial Sionista y, por lo tanto, judíos hasta la médula, pero a pesar de ello engreídos e imbéciles puesto que la imbecilidad no tenía por costumbre hacer excepciones en cuanto se refería a creencias religiosas.

Más bien por el contrario, cuanta mayor la creencia, mayor la imbecilidad al extremo que cuando dicha creencia se exacerbaba la imbecilidad desembocaba en fanatismo.

Evidentemente, aquellos severos doctores de espesas barbas o cuidados rizos, ya que la mayoría eran ultraortodoxos obsesivos, debían entender mucho de teología, ciencia, historia, arte o literatura, pero poco de geografía, puesto que acusaron a Herzl de pretender desterrarlos a inhumanos y tórridos desiertos donde los encerrarían en guetos aún peores que los que habían conocido.

Ni tan siquiera prestaron atención a minuciosos informes sobre clima, hidrología, recursos naturales, vías de comunicación, fertilidad del terreno o costumbres de aquellos con los que deberían compartir su futuro y el de sus hijos.

—De joven visité Rusia, y admito que es un gran país para los rusos... —le había comentado el sensato rabino Samuel a Roman Askildsen durante una de sus largas charlas nocturnas—. Pero no para mí... ¿Ha oído hablar alguna vez de la llamada de África?

—Naturalmente.

—Pues cuando África te llama no puedes resistirte, pero el gran problema estriba en que la mayoría de cuantos acudieron a su llamada no supieron respetarla y lo único que hicieron fue expoliarla. Ahora sus habitantes huyen como si se tratara de un estercolero, pero bajo tanta basura continúa viva la mejor tierra que existe. Lo único que hay que hacer es proporcionarle los medios para que recupere el esplendor de los faraones o del primer gran soberano de Mali, Mansa Musa, llamado el Rey de Reyes, que aún continúa estando considerado el hombre más rico que haya existido nunca porque sus minas producían tanto oro como todas las del resto del mundo juntas.

—Difícil resultará devolverle a África lo que le han robado durante siglos.

—Pero no imposible... —fue la intencionada respuesta—. ¿Qué haría si le arrebataran cuanto tiene?

—Supongo que intentar recuperarlo.

—Veo que empieza a entenderme.

—Entiendo muchas cosas —sentenció convencido su interlocutor—. Excepto que sea usted rabino.

—Lo soy, pero siempre tengo presente la historia de aquel pastor tan extremadamente devoto que se pasaba las horas rezando hasta que se le apareció un ángel con el fin de comunicarle que el Señor le agradecía sus plegarias, pero que más le agradecería que cuidara del rebaño porque los lobos lo estaban diezmando y su pueblo acabaría pasando hambre. Dios sabe que me ocupo de él cada vez que me ocupo de sus criaturas.

—Él no necesita que lo defiendan y sus criaturas sí.

—Creo que, juntos, podemos hacer grandes cosas obligando a devolver a los saqueadores lo que no les pertenece.

El judío puso la experiencia y el gentil el resto, por lo que poco a poco fue surgiendo un borrador de lo que podía acabar por convertirse en un lugar de acogida para cuantos desplazados vagaban sin rumbo sintiéndose rechazados y despreciados en todas partes.

Un nuevo «pueblo judío» condenado al éxodo, pero que ni siquiera tenía un origen, una sangre o una fe común.

El primer paso fue determinar los territorios que mejor se prestarían a las necesidades de quienes ansiaban encontrar un lugar en el que no se les considerara intrusos, sino personas de carne y hueso con tantas ganas de vivir y de que vivieran sus hijos como las de quienes tuvieron la suerte de haber nacido allí donde existía una oficina de registro que certificaba que les asistía el derecho a disponer de «papeles».

«Papeles» con un nombre, un sello y una firma.

Esa era la diferencia entre aspirar a un futuro o renunciar a él.

—Existen muchos territorios idóneos, pero a mi entender en estos momentos los mejores, tanto por su situación geográfica como por su orografía, están situados aquí... —había comentado el judío rodeando el punto del mapa con un lápiz—. Son costas cerca de las cuales se alzan altas cadenas montañosas que frenan los vientos procedentes del océano. En otros tiempos algunos fueron increíblemente fértiles, pero la climatología ha ido cambiando.

—¿Por culpa del calentamiento global...?

—No estoy lo bastante preparado como para asegurarlo, y en este caso concreto carece de importancia. Si queremos ser prácticos no debemos dedicarnos a discutir sobre por qué ocurrió o por qué seguirá ocurriendo, sino a encontrar una solución momentánea que tal vez se convierta en definitiva. Creo que lo mejor que puede hacer es ir a verlos.

Cinco días después Roman Askildsen alquiló un barco tripulado por tres nativos con más aspecto de piratas que de pescadores con la disparatada y poco recomendable intención de navegar por una costa infestada de auténticos piratas.

Lo primero que hizo el malhablado patrón fue proporcionarle un gorro verde y embadurnarle de grasa la cara y las manos.

—Esos hijos de puta tienen buenos prismáticos —dijo—. Y si le ven nos abordarán porque saben que siempre hay gente dispuesta a pagar por un blanco aunque nadie pagaría un dólar por nosotros. —Luego le obligó a bajar a una hedionda bodega, apartó unas cajas, levantó dos tablas y le mostró un minúsculo nicho en el que apenas cabría—: Si se acercan tendrá que meterse aquí y le garantizo que lo hará vivo o muerto.

Ya en plena noche, navegando sin luces por un océano en calma sin escuchar otro sonido que el leve runruneo de un cochambroso motor que tosía más que andaba, Roman Askildsen se preguntó por qué razón se embarcaba en tan disparatada aventura.

No tardó en descubrir que no existía una única razón; existían incontables razones, una por cada hombre, mujer o niño que estuviera a punto de naufragar a bordo de una nave tan cochambrosa como aquella, o se desgarrara la carne intentando cruzar bajo una alambrada en procura de una vida mejor.

O simplemente una vida.

Al amanecer lanzaron una pequeña red y la arrastraron rogando a los dioses del mar que tuvieran a bien no permitir que atraparan algo que aminorara su marcha.

Dos horas después avistaron un barco sumamente sospechoso.

Fueran quienes fuesen, piratas, corsarios, bucaneros o gaiteros escoceses, ni tan siquiera hicieron intención de aproximarse dando muestras de un desprecio hasta cierto punto ofensivo.

Durante el almuerzo el rudo patrón, Omar el-Fasi, quiso saber por qué razón se arriesgaba a que le secuestraran los piratas somalíes o a convertirse en comida para peces, y cuando le respondió que buscaba la forma de ayudar a los emigrantes el buen hombre respondió de inmediato:

—Pues de poco les servirá muerto... —Continuó masticando muy despacio para añadir aún con la boca llena—: Aunque tampoco creo que les vaya a servir de mucho vivo.

—No me anima gran cosa.

—Me paga por navegar, no por animarle... —replicó el curtido negro mientras oteaba el horizonte con el fin de comprobar que seguían el rumbo correcto—. Ustedes los europeos son bien raros; siempre se empeñan en matarnos o en salvarnos. ¿No cree que todo hubiera ido mejor si nos hubieran dejado en paz?

Su pasajero meditó la respuesta, sonrió ladinamente y remarcando con especial cuidado cada palabra señaló:

—Por lo que tengo entendido, los primeros seres humanos hicieron su aparición hace unos ciento cincuenta mil años aquí, en Kenia, concretamente en el lago Turkana, y desde allí se encaminaron hacia el norte llegando a Europa diez mil años después. O sea que, bien mirado, fueron ustedes los primeros en invadirnos.

—Ya suele advertirme mi mujer que si discuto con un europeo acabará por venderme mi propio barco.

—Se lo compro.

—¿Me lo compra...?

—De la quilla a la cofa.

—¿Por cuánto?

—Le daré diez mil dólares si continuamos hasta el canal de Suez. Una vez allí podrá hacer con él lo que le apetezca.

El otro le observó estupefacto antes de señalar:

—Evidentemente es usted blanco, pero empiezo a dudar que sea europeo; este trasto no vale ni la tercera parte.

—Cada cosa vale según las circunstancias.

—¿Y cuáles son esas circunstancias?

—Que aquí, en estos momentos, en pleno océano, más vale un mal barco que un buen coche... ¿O no?

—Lo admito, o sea que también debo admitir que es usted blanco y utiliza argumentos jodidamente europeos. El barco es suyo con una condición.

—A saber...

—Haremos escala en Yedda, usted se quedará a bordo y nosotros subiremos a La Meca. Estuve una vez, pero quiero volver a experimentar la sensación de encontrarme cerca de Alá sin necesidad de haber muerto.

A partir de aquel momento Roman Askildsen era dueño de un barco, o más bien de lo que cabría considerar los despojos de un barco que buscaba un bajío en el que encallar y permitir que sus cuadernas se fueran desprendiendo como la grasa de una ballena hasta que tan solo quedara a la vista su esqueleto.

Como navío era una ruina, pero contaba con un magnífico patrón entusiasmado con la idea de volver a visitar la Ciudad Santa.

Omar el-Fasi abría casi cada hora una resobada cartera que hedía a pescado con el único fin de contemplar una vez más su hermoso cheque como si le costara admitir que fuera válido.

—¿De verdad tiene fondos? —repetía con infantil insistencia.

—Podrá cobrarlo en cuanto atraquemos en Yedda.

—Más le vale, porque si no me lo pagan le tiraré al mar. ¿Seguro que este banco tiene sucursal en Yedda?

—Ese banco tiene sucursales incluso en el infierno, porque de no tenerlas la mayoría de sus clientes no le confiarían su dinero. Se van al otro mundo con una chequera confiando en que el demonio se deje sobornar.

—Eso tan solo ocurre en el infierno de los judíos y cristianos. En el nuestro el demonio tiene fama de honesto; cruel, pero honesto.

El viaje era largo y el mar monótono, por lo que se

agradecía la presencia de un personaje que parecía tener respuestas para todo, y que incluso en ocasiones hacía preguntas ciertamente curiosas:

—Es usted joven y por lo que cuenta le gustan las mujeres, pero nunca se ha casado. ¿Tan tontas son las blancas?

—También me gustan las negras y tampoco me he casado con ninguna. ¿Tan tontas son las negras?

El mosqueado patrón rumió la malvada respuesta para acabar inclinando la cabeza sobre la red que estaba reparando y murmurar:

—Tiene razón mi mujer y me temo que acabará revendiéndome el barco por el doble. ¿Conoce algún colegio en Europa en el que enseñen a ser blanco? No me refiero a cambiar de color, sino a enredar a la gente; me gustaría enviar allí a mi hijo.

—Pero ¿de qué coño se queja...? —le espetó su interlocutor sin el menor miramiento—. Me ha sacado diez mil dólares, se quedará con el barco, y para colmo se pasará tres días en La Meca con gastos a mi cuenta... —Le dirigió lo que pretendía ser una dura mirada de reconvención al concluir—: ¿Conoce algún colegio en Kenia en el que enseñen a ser negro y enredar a la gente? Me gustaría matricularme.

El novedoso punto de vista pareció agradar sobremanera al reticente Omar el-Fasi, ya que se rascó la rala barba de chivo al tiempo que comentaba feliz:

—La verdad es que si el cheque es bueno estaré haciendo un gran negocio.

—El cheque es bueno, pero le aconsejo que no lo cobre en Yedda; haga que le transfieran el dinero a Kenia.

—¡Gran idea, sí, señor! Navegar con tanto dinero encima no resulta aconsejable.

A partir de aquel momento no volvió a protestar, y en cuanto se aproximaron a una costa que conocía como la palma de su encallecida y cuarteada mano, no escatimó esfuerzos a la hora de proporcionar a su acompañante toda clase de información sobre los accidentes geográficos que iban haciendo su aparición ante la proa, así como sobre la calidad de sus tierras, la riqueza del mar, la fuerza y frecuencia de los vientos, la belicosidad o amabilidad de sus habitantes y el capital que necesitaría a la hora de negociar con sus dirigentes.

—Por esta parte de África, como en la mayor parte del mundo, todo está en venta, pero si no quiere equivocarse a la hora de pagar, no pague con dinero, pague con agua. Aquí, en un día tan caluroso como este, un billete de cien dólares no te salva la vida, pero una botella de agua, sí.

—El problema estriba en que diez mil dólares caben en un cheque, pero mil botellas de agua, no.

—Pues encuentre la forma. Para eso es usted blanco.

Ya en el golfo de Adén fondearon en una quieta ensenada de arena coralina y aguas transparentes sobre la que soplaba una fresca brisa que llegaba de levante y a unos tres kilómetros nacían las estribaciones de una extensa cadena de montañas en cuyas laderas se distinguían zonas verdes o aislados palmerales que daban fe de la pasada fertilidad de aquellas tierras.

Tal como le había indicado el rabino Samuel, en aquel territorio cabría —y aún sobraría espacio— un país tan largo y estrecho como Italia, con una extensión de casi trescientos mil kilómetros cuadrados y una alta espina dorsal que lo dividía en dos regiones perfectamente marcadas.

La gran diferencia estribaba en que Italia disponía de agua, lo que le permitía sostener a doscientos habitantes por kilómetro cuadrado y allí apenas lograban malvivir trece.

¡Solo trece...!

—Busque toda la información que pueda sobre las infinitas posibilidades que ofrecen Somalia, Sudán, Egipto, Jordania y los restantes países bañados por el mar Rojo —le había indicado el rabino—. Me consta que existen estudios muy detallados, aunque yo no he podido conseguirlos porque perjudicaban a grandes inversores que han procurado echar tierra al asunto.

—¿Qué clase de inversores?

—Especialmente los relacionados con el agua, que empieza a ser casi un monopolio francés en muchos lugares del planeta.

—¿Monopolio francés?

—Tres o cuatro empresas controlan el mercado incluso en lugares tan poco lógicos como parte de Norteamérica. Tengo entendido que sir Edmund Rothschild, que era judío y presidente de la banca Rothschild, aborrecía ese monopolio, por lo que se interesó por esos estudios e incluso le escribió a Tony Blair, que por entonces era el primer ministro inglés, pidiéndole que se implicara en algo que podía solucionar infinidad de problemas relacionados con el agua, la agricultura, la alimentación y la sanidad.

—Nunca he confiado en Tony Blair —le hizo notar Roman Askildsen—. Mintió como un bellaco con lo de la guerra de Irak.

—Quizá por eso mismo le interese admitir que dispone de una información a la que nadie más ha tenido acceso. Los ingleses son muy aficionados a colgarse medallas que no les pertenecen, y en estos momentos, después de haber admitido «que le engañaron para entrar en la guerra», una medalla como esa le vendría muy bien.

—A los políticos les vienen bien todas las medallas.

—Pero a ese más. Sir Edmund murió sin conseguir

vencer a los franceses y quizás esos estudios se destruyeron, pero tal vez Tony Blair pueda proporcionarle alguna pista.

—Tengo un amigo inglés que seguramente lo conoce o tenga acceso a su correspondencia, y empiezo a sospechar que a usted le encanta la idea de que otro judío, aunque se trate de un banquero ya fallecido, esté implicado en ese asunto.

—Querido amigo... —fue la humorística respuesta—. Cualquier asunto en el que no esté implicado un banquero judío no merece ser tenido en cuenta.

Aquella era sin duda una verdad incuestionable, y Roman Askildsen lo sabía porque así lo demostraba la historia. En la financiación del viaje de Colón, así como en las innumerables conquistas militares o aventuras comerciales que habían proporcionado grandes beneficios económicos, el inconfundible aroma del dinero judío resultaba omnipresente.

El resto del viaje fue tranquilo mientras las costas de poniente, en especial las de Sudán, mostraban desolados paisajes que parecían estar gritando que ocultaban fabulosos tesoros que nadie había sabido ver pero seguirían aguardando a que llegara su momento aunque tuvieran que esperar mil años.

—Algún día los hombres dejarán de buscar en otros planetas lo que no han sabido encontrar aquí en la Tierra —le comentó Roman Askildsen a Omar el-Fasi—.

¿Sabía que los americanos se van a gastar millones en enviar seres humanos a Marte?

—Pues les debe sobrar dinero y faltar cerebro —sentenció el keniata—. Le he traído hasta aquí por diez mil dólares y dudo que lo que encuentren allí sea mejor. ¿Hay agua en Marte?

—Aún no están muy seguros, pero en caso de haberla sería poca y de pésima calidad.

—Entonces ¿a qué viene ese viaje?

A Roman Askildsen le hubiera encantado que algún alto cargo de la NASA le diera una respuesta convincente a una pregunta tan simple, aunque intuía que sería igualmente simple: «Lo que importa no es llegar a Marte, donde no se nos ha perdido nada; lo que importa es la inmensa cantidad de dinero que se va a quemar por el camino.»

Pero todos sabían que ese dinero no se quemaba; acababa de un modo u otro en los bolsillos de quienes habían propiciado tan insensato viaje hacia la nada.

Al día siguiente alcanzaron la frontera con Egipto y esa noche, mientras navegaban hacia la costa de Arabia, hicieron su aparición en el horizonte las multicolores luces de Yedda, cuyo esplendor contrastaba con la oscuridad de la orilla opuesta.

Quien lo sabía era una pequeña mujer de bata verde, cabello corto y expresión decidida, que se limitó a estrechar la mano de la señorita Margaret.

—Soy la doctora Durán —dijo—. ¿De dónde han salido ustedes?

—De Etiopía.

La mujer, que no tendría más allá de cuarenta pero sus marcadas facciones y bruscos gestos la hacían parecer mucho mayor, observó a su interlocutora como si temiera que se trataba de una broma.

—¿De Etiopía...? —repitió estupefacta—. ¡Pero si eso está...!

—A casi dos mil kilómetros de aquí, lo sé. Llevamos meses huyendo de los yihadistas y necesito que me diga cómo se encuentran mis chicos.

La adusta expresión de la doctora cambió en el momento mismo en que se arrodilló junto a los niños, ya que, tras extraer de su maletín un par de guantes de goma, comenzó a examinar llagas, heridas y bulbos con casi obsesionante concentración.

Se mostraba dulce y amable mientras sus manos se movían palpando el borde de las llagas o las manchas, al tiempo que sus profundos ojos de un gris metálico no perdían ni el más mínimo detalle de cuanto pudiera referirse al estado de salud de una destrozada tropa a la que se podría considerar al borde del desahucio.

—¡Veamos, veamos! —decía—. ¿Y tú cómo te llamas? ¿Reina Belkis? ¡Qué nombre tan bonito! ¿Dónde te duele...? ¿Aquí, o en la tripita?

Por primera vez en su vida, la silenciosa y atenta señorita Margaret rezaba para que los niños sintieran dolor, sabiendo que cuanto más dolor sintieran, más posibilidades tenían de estar sanos.

Fue un reconocimiento largo y minucioso, en el que nada pareció pasar por alto a aquellos inmisericordes ojos grises, al extremo que cuando al fin su dueña decidió dar por concluida la inspección, era ya noche cerrada.

Se alejó un centenar de metros, tomó asiento en un banco de madera a la orilla del río y encendió un cigarrillo al que dio varias caladas como si fuera algo que estaba necesitando más que respirar.

Al poco, pronunció tan solo una palabra:

—¡Mierda!

La señorita Margaret, que se había limitado a tomar asiento a su lado, aguardaba como el reo que conoce de antemano el veredicto.

Por fin, sin volverse a mirarla, la doctora musitó con un notable esfuerzo:

—Hay dos seguros y uno dudoso... —Lanzó un hondo suspiro—. Los demás están limpios. ¡Sarnosos como perros, pero limpios!

—¿Se curarán?

—Eso nadie puede saberlo —fue la honrada respuesta—. La lepra es una enfermedad tan extraña que a estas alturas aún no tenemos absolutamente claro por qué se contagia y por qué no. —Ahora sí que se volvió a mirar a su acompañante—. Y cada persona, especialmente los niños, reaccionan de forma distinta.

—¿Pero se curarán...? —insistió la maestra.

—No me pida que le haga concebir falsas esperanzas. —La atribulada mujer aspiró de nuevo de su cigarrillo hasta casi consumirlo—. ¡Sencillamente no lo sé! Llevo doce años en este hospital y he visto horrores y milagros, más de los primeros que de los segundos, pero de todo ha habido. Por desgracia, la lepra suele detener el crecimiento de los más pequeños y muy pronto les confiere un lamentable aspecto de viejos que destroza el corazón. —Hizo una corta pausa en la que pareció obsesionada con el fluir del río y por último añadió—: Por fortuna, tanto mejor aceptan su enfermedad cuanto más jóvenes.

—Eso lo comprendo, puesto que se supone que no tienen conciencia de lo que les espera.

—¡Dichosa usted...! —fue la respuesta—. Por lo que a mí respecta jamás entenderé cómo nadie, joven o viejo, puede soportar semejante castigo.

—Aun así convive con ellos.

—Es mi trabajo.

—¿Y no le teme al contagio?

—Desde luego, pero no por eso voy a dejar de hacer lo que tengo que hacer. Creo que el Señor me necesita como médico y no como leprosa.

—¿Y si no fuera así?

—Supongo que aprendería a resignarme tal como usted tendrá que resignarse ahora. —Lanzó la colilla al agua, extendió la mano y apretó la de su interlocutora como si intentara inculcarle valor al añadir—: Tendrá que ser fuerte; si ha llegado hasta aquí, debe serlo, pero por muchas calamidades que haya padecido, tenga por seguro que esto será infinitamente peor. ¡Y Reina Belkis es tan bonita y tan dulce...!

—Para mí todos son iguales, puesto que debo cuidarlos a todos.

—Lo entiendo y me consta que lo que necesita es consuelo y palabras de esperanza, pero la estaría engañando. Quiero que se ponga en lo peor, y si por casualidad ocurriera un milagro no sería más que eso: un milagro.

—¿Y qué voy a hacer ahora? —quiso saber la señorita Margaret—. ¿Cómo voy a separar a Reina Belkis de su hermano? ¿Cómo voy a decírselo a Menelik?

—¡Diciéndoselo...! Los niños suelen ser mucho más fuertes de lo que imaginamos, aunque si lo prefiere se lo diré yo, que tengo una amarga experiencia ya que son muchos los años de pedir a sus familiares que se despidan para siempre de los seres que aman.

—Buscó un nuevo cigarrillo—. Por fortuna, la mayoría de los africanos viven con la idea de que la lepra es algo que les puede afectar en cualquier momento, puesto que la tienen a su alrededor. La aceptan casi con la misma resignación con que sus antepasados aceptaron la esclavitud o ahora aceptan el hambre, la violencia y la explotación.

La señorita Margaret permaneció un largo rato observando la tímida luna que hacía su aparición en el horizonte, y por último inquirió:

—¿Hay sitio en su hospital para los niños?

—Desde luego —replicó la doctora sin asomo de duda—. Podemos ofrecerles cama, comida y en ocasiones medicinas. El principal problema estriba en que falta personal y no podremos atenderlos como es debido. —Lanzó un resoplido—. No abundan los locos dispuestos a trabajar en una leprosería a cambio de un miserable sueldo que a menudo ni siquiera reciben.

—Lo difícil de entender es que haya alguien que acepte ese trabajo, pero ahora lo que me preocupa es que los niños carezcan de atención especial.

Resultaba evidente que la doctora Durán era una mujer encallecida por el trabajo que tenía que realizar y la infinidad de padecimientos que se veía obligada a intentar paliar a diario. Aunque en el trato con los pacientes se mostraba dulce y afectuosa, en su relación con el resto del mundo solía decir las cosas crudamente.

—No solo no estoy en disposición de garantizarle un trato especial... —señaló sin ambages—, sino que no puedo hacerme responsable de su seguridad. Son demasiado pequeños y la leprosería es un mundo hostil en el que los enfermos a menudo no se comportan como seres humanos. Este no es un hospital tal como lo entendemos normalmente, y cuando falta comida, lo que por desgracia ocurre con frecuencia, impera la ley de la selva. ¡Mierda! —repitió de improviso como si le costara aceptar la realidad—. ¡Su vida es un infierno, pero se aferran a ella con desesperación!

—Es lo único que tienen.

—¡Pero es tan poco...!

—No sé si muertos tendrían menos.

—No estoy muy segura.

—¿Qué debo hacer? ¿Me los llevo o se los dejo?

—Cada día que pase significa un grave riesgo para el resto que se encuentran muy bajos de defensas y comidos por la sarna, o sea que lo mejor que puede hacer es irse de aquí mañana en el avión que trae provisiones.

—No me presione... —suplicó la agobiada señorita Margaret—. Por favor, no me presione.

—Presionar es mi segundo oficio; la gente suele posponerlo todo, pero la lepra no acepta retrasos.

—Pero es que me está pidiendo que abandone a

unos niños que son como mis hijos en un lugar en el que ni siquiera me garantiza que estarán protegidos.

—Más vale que sean tres, que cuatro... ¡O todos! Al amanecer despega el avión y para entonces tendrá que haber tomado una decisión.

Era una mujer odiosamente inmisericorde, o tal vez, por el contrario, era una mujer con tanta misericordia que se veía obligada a defenderse con una coraza sabiendo que el enemigo contra el que llevaba tantos años librando una feroz batalla era el más cruel y despiadado de todos los enemigos a que se hubiera enfrentado el ser humano desde el comienzo de los siglos.

Y es que ningún tirano había encarcelado jamás a nadie de por vida sin usar otras rejas que su propio cuerpo.

El peor verdugo nunca había conseguido ir arrancando día a día pedazos de carne y del alma de sus víctimas sin que se le murieran entre las manos.

Ningún asesino asesinó con tan infinita paciencia y tan refinado sadismo, ni ningún sicario torturó con la eficacia con que lo hacía «el mal» noche tras noche.

Dirigir una leprosería en el corazón de un continente arrasado por la sed, el hambre y el fanatismo religioso constituía una labor a la que la mayoría de los hombres no hubieran sido capaces de enfrentarse durante doce interminables años, pero allí seguía ella, en apariencia frágil, pero tan dura como el pedernal, decidida a mantenerse en primera línea hasta que su creador se la llevase por cualquiera de sus intrincados caminos.

—De acuerdo... —susurró al fin la derrotada señorita Margaret—. Mañana se lo diré.

—Al alba —puntualizó la doctora Durán.

Una hiena rio a lo lejos.

Tan solo una hiena podría reírse en una noche como aquella.

La más corta.

La más larga.

La más triste.

La más amarga porque era la noche en que una pobre mujer desesperada tenía que tomar una decisión que la marcaría para siempre.

¿Cómo vivir sabiendo que había dejado atrás a aquellas indefensas criaturas? ¿Adónde iría y qué agujero encontraría al que no la persiguieran los recuerdos y no la acosaran los remordimientos?

La doctora se retiró a descansar, pero la señorita Margaret permaneció sentada frente al agua buscando una solución inexistente a sus problemas, hasta que escuchó un leve rumor a sus espaldas y sin volverse supo que se trataba de Menelik, que se acomodó a su lado sin pronunciar palabra.

Permanecieron así largo rato, puesto que se entendían sin necesidad de hablar, hasta que musitó sin mirarle:

—De ahora en adelante la responsabilidad es tuya —dijo al fin—. Yo me quedo.

—¿Y qué tengo que hacer?

—Llevar a los niños a un lugar seguro. Ser su hermano mayor, su padre y su consejero.

—¿Cree que sabré hacerlo?

—Eres mi única esperanza —fue la respuesta—. Yo debo cuidar de los pequeños. —Ahora sí que se volvió a mirarle como para dar más énfasis a sus palabras—. Si me voy nadie se ocuparía de ellos.

—Entiendo.

—Sabía que lo entenderías —musitó, acariciándole amorosamente la mejilla—. Y que conseguirás que sobrevivan.

—Lo intentaré.

—Lo lograrás, y cuando Reina Belkis, Ajím y Nadim se curen, nos reuniremos con vosotros.

—¿Cree que se curarán?

—Dios me lo debe —afirmó su maestra con una firmeza que sorprendía pero invitaba a creerla—. Los cuidaré, lucharé con «el mal» y acabaré venciéndolo.

—Pero ¿por qué nos ocurre todo esto? ¿Es acaso un castigo por no haber aceptado el destino que nos estaba reservado la mañana en que nos atacaron los yihadistas?

—¿Quién puede castigar a unos niños por pretender vivir? —le hizo notar ella—. Para eso os trajeron al mundo.

—¿Para vivir esta vida? ¿Para ver cómo matan a nuestros padres o enferman nuestros amigos? —Menelik hizo una larga pausa, agitó la cabeza intentando alejar un oscuro pensamiento y al fin masculló con mal contenida rabia—: Me gustaría que alguien me explicara para qué nos han traído al mundo si esto es todo lo que ese mundo ofrece.

—Dale otra oportunidad —suplicó ella.

—¿Otra...? —se escandalizó el destrozado muchacho—. Es el mundo el que no quiere darnos ninguna. Hemos hecho cuanto estaba en nuestra mano, pero nada parece conmoverle.

Siguieron allí, sentados el uno junto al otro, aguardando un alba que habría de llegar por más que desearan posponerla, y buscando sin encontrar palabras que sirvieran de consuelo a quienes ya nunca conseguirían consolarse.

Siguieron allí.

Cantó un pájaro, y de inmediato supieron que no se trataba del reclamo de un ave nocturna, sino del trino que anunciaba una luz que les mostraría los rostros de cuantos se verían obligados a enfrentarse a la verdad más dolorosa que nadie hubiese encarado nunca.

Un nuevo trino, esta vez más cercano, alejó la vana

esperanza de que fuera aquella una noche interminable.

Nada se detenía.

Un condenado a muerte se habría sentido más feliz el día de su ejecución, ya que al menos un condenado a muerte no tenía por qué dar cuentas a nadie de
sus actos.

La señorita Margaret se refugió en lo último que aún
quedaba de noche, permitiendo que las lágrimas mana-
ran mansamente de sus cansados ojos, consciente de
que a partir de aquel momento tendría que volverse tan
dura como la doctora Durán, puesto que jamás podría
permitirse el lujo de llorar mientras cuidaba leprosos.

Cuando llegara el alba todos los sentimentalismos
tenían que haber quedado definitivamente atrás y se
había propuesto que así fuera.

Por eso lloraba, por eso dejaba correr hasta la última lágrima que se pudiera ocultar en el más recóndito pliegue de su destrozado corazón, al tiempo que
acumulaba fuerzas para no volver a llorar nunca.

Por último, dejó escapar un lamento tan amargo
que Menelik no pudo resistir la tentación de tomarla
de la mano y llevársela a los labios con inusual ternura.

Fue un beso de amor y de consuelo que hizo comprender a la infeliz mujer que, por encima del daño
que les hubiera causado, en el ánimo de los niños anidaba el firme convencimiento de que su abnegada

maestra hubiera entregado mil vidas que tuviera con tal de salvar una sola de las suyas. Y en un mundo y un tiempo en que millones de niños sufrían los peores tormentos sin que nadie moviese un dedo, el simple hecho de haber conocido a alguien como la señorita Margaret bastaba para llenar la memoria de dulces recuerdos.

Menelik sabía que en cuanto la señorita Margaret pusiera el pie en la leprosería, nunca la dejaría, pues aun en el improbable caso de que «sus niños» se curaran, sería tanto el dolor y la infelicidad que encontraría entre sus muros, que jamás reuniría las fuerzas suficientes como para abandonar al resto de los enfermos.

La maldad huye del mal, pero en ciertos casos la bondad acaba por convertirse en prisionera del mal en su desmedido afán por redimirlo.

Fueran adondequiera que fuese, Menelik jamás volvería el rostro atrás, y por lo tanto jamás se reencontraría con alguien que parecía haber llegado a la estación final de su destino.

A sus cuarenta y ocho años, la señorita Margaret dedicaría el resto de su tiempo a los padecimientos y la muerte.

A sus diecisiete años, Menelik dedicaría el resto de su tiempo a la vida y la esperanza.

Allí, en aquel punto, a orillas de aquel río y en aquel

justo momento, sus caminos se bifurcaban definitivamente.

Por ello, lo único que el decidido muchacho podía
hacer era transmitirle a través de aquel beso la inmensidad de su afecto y su agradecimiento.

VIII

—La protección contra los tiburones nunca debe basarse en matarlos, ya que su sangre atrae a otros, por lo que suele producirse una carnicería que propicia que docenas merodeen luego por la zona debido a que el olor a sangre se mantiene en el agua durante largo tiempo.

—Si usted lo dice...

—Lo digo porque llevo diecinueve años estudiándolos; justo desde el día en que uno me arrancó el brazo, me dejó esta marca en la cara y otra mayor en el pecho. —Al advertir un leve gesto de sorpresa en los ojos de su interlocutor, Oleg Biarnés sonrió abiertamente al inquirir—: ¿Acaso imaginaba que era el resultado de un ajuste de cuentas entre narcotraficantes?

—Ante el tímido encogimiento de hombros de quien le escuchaba cada vez más confuso, añadió—: Resulta comprensible viniendo recomendado por quien vengo.

—Rubén Pardo me cae bien —se vio obligado a

reconocer Mark Reynols—. Llegamos a un acuerdo aceptable para ambos, pero le advertí que era el último porque no tengo la menor intención de continuar fabricando naves para contrabandistas, sea lo que quiera que sea lo que pretendan contrabandear...

—Lógico y loable... —fue la rápida respuesta del manco, lo cual no impedía que se encontrara impregnada de un cierto reproche—. Existen demasiados contrabandistas, pero yo no me dedico a eso.

—¿Y a qué se dedica?

—Dibujaba tiras cómicas; *El grumete de Colón*. Tal vez las recuerde...

—¡Oh, sí, claro que las recuerdo! Me divertían mucho. —El inglés pareció ligeramente descentrado, antes de indicar con un gesto la manga vacía—: ¿Y desde entonces no ha podido volver a dibujar?

—No me manejo del todo mal con la mano izquierda, pero lo cierto es que perdí el sentido del humor, y lo más divertido de aquel ignorante grumete era que se las apañaba para salir con bien de todos los peligros.

—Era más listo que una ardilla; recuerdo un episodio con los caníbales...

—Lo era —le interrumpió casi con acritud el dibujante—. Le hice capaz de enfrentarse a todo, pero a su supuestamente inteligente creador le zamparon un brazo a las primeras de cambio.

—Lo lamento.

—No tengo derecho a quejarme porque sabía a lo que me arriesgaba; me empeñé en surfear donde se encontraban las mejores olas sin escuchar a quienes aseguraban que eran «olas con dientes». En cuestión de minutos lo perdí todo. Y no perdí la vida de milagro.

—Nunca me ha gustado el mar.

—Eso suena poco británico.

—Tan solo procuro ser británico lo imprescindible —admitió el inglés—. Y ahora, siendo algo más británico, me gustaría recordarle que no pienso construir más barcos que no estén destinados al salvamento marítimo.

—¿Considera salvamento marítimo impedir que los tiburones se coman los brazos de la gente?

—Desde luego...

—Pues creo que los barcos que fabrica serían el arma ideal para conseguirlo debido a que en muchos países los tiburones están considerados «especie protegida» y, por lo tanto, no se los puede matar.

—A veces pienso que la única especie «no protegida» por el ser humano es el propio ser humano.

—Es que aún no han logrado que se encuentre en peligro de extinción, aunque todo se andará. —El apellido Biarnés lanzó una larga mirada a quien se encontraba al otro lado de la mesa mientras inquiría con una leve sonrisa—: ¿Qué me dice...?

—¿Qué le digo, sobre qué?

—Sobre dedicar sus naves a proteger a la gente. El mercado potencial es ilimitado porque en Australia, Sudáfrica, Brasil y Norteamérica los tiburones están convirtiéndose en una plaga; cada año se multiplican los ataques y en Miami ya se pasean por los canales.

Evidentemente, a Mark Reynols le estaba resultando difícil asimilar tan brusco cambio de escenario. Rubén Pardo le había telefoneado con el fin de suplicarle que «recibiera a un muy querido amigo», y al verle manco y con la cara marcada había dado por supuesto que se trataba de un delincuente de aspecto ciertamente patibulario. No obstante, el extraño personaje le había sorprendido con una propuesta harto desconcertante.

Lanzó un reniego que venía a demostrar la magnitud de su confusión, antes de inquirir:

—¿Le importaría aclararle a alguien que aborrece el mar, y por lo tanto nunca se ha interesado por las criaturas que lo habitan, a qué demonios se refiere?

—A que lo único que se está empleando hasta el momento para prevenir los ataques de tiburones son drones aéreos que no resultan efectivos por culpa del viento, la escasa visibilidad en aguas agitadas y lo reducido de su radio de acción. Sin embargo, su nave teledirigida, el *Jonás*, los podrá combatir con sus propias armas.

—Que yo sepa el *Jonás* no tienen ningún tipo de

arma; ni para combatir tiburones ni a una mísera sardina.

—Pero podría tenerlas; las terminaciones nerviosas de esos hijos de puta recogen cualquier vibración que ocurra en el agua y los conduce hacia sus presas, por lo que si un *Jonás* produjera vibraciones similares los confundirían.

—Supongo que aumentar las vibraciones no resultaría difícil —tuvo que reconocer su interlocutor—. De hecho, tenemos problemas para reducirlas.

El hombre al que casi dos décadas antes una «ola con dientes» le había destrozado la vida continuó hablando, y lo hizo ahora sobre un sexto sentido —la electrorrecepción— que permitía a los condrictios detectar campos eléctricos generados por seres vivos aunque se ocultaran bajo la arena.

—¿Y qué diantres son los condrictios? —quiso saber Mark Reynols, a quien se advertía cada vez más fuera de lugar.

—Los peces de esqueleto cartilaginoso, y esos órganos encargados de detectar a sus presas se llaman ampollas de Lorenzini —le aclaró su visitante—. Se distribuyen alrededor del morro y les permiten saber, con un error de apenas centímetros, dónde se esconde su víctima. La segunda tarea de sus naves se centraría en generar campos eléctricos de frecuencias similares, lo que de igual modo contribuiría a confundirlos.

—Todo aquel que ha fabricado armas teledirigidas tiene la obligación de saber algo sobre campos magnéticos, o sea que imagino que «en ese campo» no habría problemas... ¿Algo más?

—Su olfato es tan agudo que algunas especies detectan la presencia de dos moléculas de sangre entre un millón de moléculas de agua. Y es direccional, es decir, que si el olor proviene del lado izquierdo lo percibe primero en la fosa nasal izquierda, lo que le ayuda a reconocer la ubicación de la fuente de emisión.

El inglés se llevó la mano a la nariz olisqueando como un perro que pretendiera corroborar que sus fosas nasales no hacían distinciones entre izquierda o derecha, y al poco masculló:

—¡Vaya con los jodidos bichos! Hago bien alejándome del mar.

—Lo del olor se puede combatir recubriendo el casco con un barniz que...

Le interrumpió una voz femenina que surgía del intercomunicador que se encontraba sobre la mesa:

—Disculpe que le moleste, señor, pero el señor Askildsen le llama desde Los Ángeles.

—Pásemelo... —Levantó el auricular al tiempo que le indicaba a su visitante que tuviera un poco de paciencia, y cambió el tono de voz al inquirir casi agresivamente:

—¿Qué coño haces tú en Los Ángeles? No sé nada de ti hace semanas.

—He estado viajando mucho.

—¿Por dónde?

—Te lo explicaré cuando nos veamos, pero ahora necesito que me hagas un favor.

—Nunca cambiarás; siempre pidiendo... —fue la sincera protesta—. ¿De qué se trata?

—¿Conoces a Tony Blair?

—Lo justo y necesario.

—¿Podrías preguntarle si mantuvo alguna correspondencia con sir Edmund Rothschild?

—¿Qué tipo de correspondencia?

—Alguna relacionada con asentamientos judíos fuera de Israel?

—¡Qué pregunta tan absurda teniendo en cuenta que sir Edmund murió hace siete u ocho años...! ¿A qué viene eso?

—Ya te he dicho que te lo explicaré —fue la cortante respuesta—. ¿Puedes preguntárselo o no?

—Naturalmente que puedo, aunque dudo que me responda porque aunque ya está retirado sigue siendo uno de esos políticos que escurren el bulto si no reciben algo a cambio... —Hizo una corta pausa antes de añadir seguro de lo que decía—: Pero mantengo una buena amistad con la familia Rothschild, o sea que si existió esa correspondencia te la conseguiré.

—La necesito —insistió el otro—. Es muy importante.

Colgó sin más, por lo que quien le había estado escuchando hizo ademán de lanzar el auricular contra la pared mientras mascullaba:

—Este es uno de esos amigos que más vale tenerlos como enemigos. ¿A quién le importa a estas alturas lo que le dijera un ex primer ministro a un banquero difunto?

Tras reflexionar unos instantes, el dibujante de *El grumete de Colón* señaló con sorprendente naturalidad:

—Le responderé con otra pregunta: ¿a quién le importa a estas alturas que hace diecinueve años un tiburón australiano le arrancara el brazo a un surfista imprudente? Supongo que a nadie, pero tal vez gracias a ello se consiga salvar los brazos de otros surfistas imprudentes.

—¿Continúa intentando impresionarme? —quiso saber su interlocutor—. ¿Qué más habilidades poseen esas endemoniadas alimañas.

—La capacidad de escuchar sonidos por debajo del rango del oído humano, por lo que cuando perciben frecuencias de animales heridos siguen las ondas hasta llegar a su presa. Si los *Jonás* enviaran sonidos de alta frecuencia que los enloquecieran, les obligarían a abandonar la zona.

—Supongo que bastaría con ponerles música de discoteca... —Su vista recayó en la manga de la chaqueta vacía, comprendió que no era una broma de buen gusto, y se disculpó en el acto—: ¡Perdón!

—¡No se preocupe! En cierto modo resulta inevitable.

—No estoy de acuerdo... —le contradijo el inglés—. La mayor parte de las veces lo inevitable es aquello que no nos esforzamos por evitar. ¿Aún guardan algún maldito truco?

—Están dotados de un conjunto de tubos situados a cada lado del cuerpo, lo que les ayuda a detectar los cambios de presión. Si algo se les aproxima, el agua fluye estimulando las células sensoriales y alertándoles del peligro. Los submarinistas experimentados consiguen alejarlos dejando escapar un chorro de aire comprimido que cambia bruscamente la presión del entorno y los asusta.

—¡Vaya por Dios! Al fin hay algo que les asusta.

—Sus barcos podrían hacerlo, puesto que cuentan con reservas de aire comprimido que dejarían escapar de tanto en tanto.

—¿Insinúa que les lancen una especie de pedorretas?

—Es una forma muy expresiva de decirlo...

—Suena ridículo.

—Los animales no tienen sentido del ridículo; tienen instinto —fue la convencida respuesta de quien parecía saber bastante del tema—. Y memoria genética, o sea que todo aquello que se sale de la normalidad los desestabiliza.

—O sea que, resumiendo, lo que propone es desestabilizar a los tiburones obligándolos a largarse con la música a otra parte

—Más o menos... Si los *Jonás* no ponen en riesgo vidas humanas, no contaminan con combustibles fósiles, su mantenimiento es mínimo y trabajan bajo cualquier condición atmosférica, son el instrumento ideal a la hora de mantener a tiburones lejos de la costa.

—Oyéndole se diría que trata de venderme mi propio producto.

—Ya no sería «su producto» —le hizo notar el manco con marcada intención y una amplia sonrisa que le desfiguraba aún más el rostro—. A partir de ahora sería «nuestro producto», puesto que usted aportaría el capital y yo la tecnología... —Aguardó con el fin de hacerse una idea del efecto que habían tenido sus palabras, y al poco añadió—: ¿Qué mejor reclamo que un hombre al que un tiburón le arrancó un brazo, le destrozó la cara y le dejó una cicatriz de cuarenta centímetros en el pecho...? ¿Le gustaría verla?

—¡No, por Dios! Me fío de su palabra. En cuanto a reclamo sería como poner a Yul Brynner a anunciar un crecepelo.

—Supongo que el eslogan sería: «Si quiere evitar verse como yo, compre lo que le ofrezco.» —Oleg Biarnés sonrió malignamente al añadir—: Ese es mi caso.

—¡Buena respuesta, sí, señor! ¡Muy buena! ¿Cuánto quiere cobrar?

—Cuatro mil libras a descontar de los beneficios que me correspondieran como director del «Departamento Antitiburones» de su empresa.

—¿Y qué beneficios se supone que le corresponderían?

—Un diez por ciento.

Mark Reynols apenas tardó un minuto en tomar una decisión y estrechar la única mano de su visitante:

—¡De acuerdo! —dijo—. Empezará el lunes.

Al quedarse a solas echó hacia atrás el respaldo de una chirriante y achacosa butaca que se había negado a cambiar bajo ninguna circunstancia porque aseguraba que nadie le conocía mejor, y, tras repiquetear con los dedos en el apoyabrazos, se esforzó por poner en orden sus ideas preguntándose si era posible que hubiera tomado una decisión equivocada.

Al cabo de media hora había llegado a una sencilla conclusión; tal vez lo fuera o tal vez no, pero le alegraba haberla tomado.

En poco tiempo había pasado de ser el heredero de un odioso imperio armamentístico a productor de películas fantasma, constructor de barcos para narcotraficantes, enemigo acérrimo de las compañías tabacaleras y abanderado en la lucha contra los tiburones.

Sabía que todo ello le haría perder mucho dinero, pero estaba descubriendo que perder casi lo único que tenía le producía una morbosa satisfacción.

Al fin y al cabo aquel dinero apestaba.

Cerró los ojos y disfrutó imaginando que una larga lista de antepasados se revolverían en sus tumbas al preguntarse si todos sus esfuerzos habían ido a parar a manos del hijo de un chófer o un mayordomo por cuyas venas no corría ni una sola gota de genuina sangre de los Reynols.

Era una pena que su madre ya no pudiera confesarle que medio siglo atrás había sido una especie de Lady Chatterley y disfrutado de una apasionada aventura con un sirviente.

Saberse bastardo resultaba mucho más gratificante que saberse hijo de un auténtico bastardo.

Otra de las ideas que le producía una honda satisfacción era imaginar que una inmensa fortuna amasada según las más estrictas normas británicas no iría a parar a manos británicas, puesto que se había prometido a sí mismo que jamás se casaría con una inglesa.

Le constaba que se había convertido en un «soltero de oro», ansiado trofeo en el que habían puesto sus ojos infinidad de cazadoras de fortunas, algunas sinceramente apetecibles, dicho sea en honor a la verdad, y le divertía alentar su avaricia permitiéndoles soñar con fastuosas mansiones en la campiña inglesa, aviones privados o casas en Londres, París y Nueva York.

También le divertía jugar a ser el ratón al que perseguían astutas gatas de afiladas uñas que runruneaban mimosas y que no dudaban en ofrecerle jugosos «aperitivos» de lo que según ellas sería un interminable banquete el día en que decidiera llevarlas al altar.

Pero se había prometido a sí mismo que si algún día se aproximaba a menos de cinco metros de un altar este tendría que estar al otro lado del canal de la Mancha.

No importaba dónde, pero lejos, y sería un altar sencillo ante el que una mujer normal aceptara casarse con un tipo normal.

No iba a resultar empresa fácil, de eso estaba seguro, pero le gustaba imaginar que sería lo suficientemente inteligente como para hacer creer a alguien que en realidad no era lo que parecía ser.

Al fin y al cabo eso era lo que hacían a diario millones de personas.

Y era lo que él mismo había estado haciendo desde que tenía uso de razón: engañar a quienes le consideraban un Reynols de pura cepa; un futuro tiburón de los negocios dotado de todas aquellas sofisticadas armas que al parecer poseían los que se dedicaban a comerse a los surfistas.

Había aprendido mucho aquel día sobre quienes parecían ser los más fuertes, aunque en realidad fueran los más débiles.

Por el hecho de carecer de una simple vejiga natatoria que le permitiese regular su profundidad bajo el agua, los tiburones se veían obligados a estar en constante movimiento para no hundirse, eso les hacía consumir muchas energías y de ahí su insaciable apetito.

Si el agua no circulaba por sus branquias se ahogaban, y esa continua lucha por sobrevivir debía resultar agotadora.

Pensándolo bien, eso de ser tiburón, de mar o de despacho, no debía de resultar demasiado gratificante si no lograbas tener un minuto de descanso.

IX

La *Victoria de Samotracia* avanzaba sin prisas con sus alas al viento, diseñada dos mil años atrás por su creador quizá como mascarón de proa de una mítica nave que surcaba triunfal el mar Egeo, pese a que en esta ocasión no señalara el camino a un valiente capitán heleno, sino a un severo conductor que permanecía atento a cada curva de un sinuoso sendero que a cada metro se estrechaba, empinaba y complicaba peligrosamente.

—¿Ocurre algo, Alfred...? Le noto nervioso.

—Demasiado coche para tan poca carretera, señora... —fue la sincera respuesta—. Como aparezca un camión tendremos problemas.

Razón le sobraba, puesto que el gigantesco Rolls-Royce Phantom seguía siendo, allí y en cualquier parte del mundo, el coche más costoso del mercado, pero sin duda el menos apropiado a la hora de circular por montañas austriacas.

—Si lo considera oportuno dé media vuelta y buscaremos un vehículo que se adapte mejor al terreno.

—Lo considero oportuno, señora, pero el problema estriba en encontrar dónde dar media vuelta.

Su pasajera dejó a un lado la revista que estaba hojeando, miró al frente y lo que vio más allá de las alas de la estatuilla de oro que coronaba el silencioso motor de su automóvil predilecto le hizo comprender que al fiel Alfred le sobraba razón; todo cuando se distinguía eran árboles que con frecuencia inclinaban sus copas sobre profundos precipicios.

Y a lo lejos nuevas montañas.

—¡Vaya por Dios! —masculló—. ¿A quién se le ocurre vivir tan lejos?

—A alguien que no quiere que le molesten... Supongo.

—¡Tómeselo con calma! Quien me espera, no me espera.

El experimentado Alfred, que alardeaba de no haber tenido un accidente o haber recibido una sola multa en cuarenta años al volante de automóviles de gran lujo, ni tan siquiera se inmutó, acostumbrado como estaba a que en ocasiones su jefa empleara un lenguaje asaz estrambótico.

Bastantes problemas tenía, con tanto árbol, barro y barranco como para ponerse a desentrañar el significado de la incongruente frase, y ya había visto y oído demasiadas insensateces como para romperse la cabeza buscándoles significado.

Un sucio charco ocultaba un bache traicionero, luego se vio obligado a evitar gruesos pedruscos desprendidos de la ladera, y al girar la última curva frenó con suavidad hasta detenerse por completo.

La carretera, si es que con muy buena voluntad podía llamársela de aquel modo, se encontraba invadida por una treintena de personas que parecían aprovechar el único punto de la zona bañado por el sol de media mañana.

—¿Qué hacen...?

—Calentarse... —fue la respuesta de quien había lanzado una furtiva mirada al termómetro—. Fuera está a nueve grados.

—¿Son refugiados?

—¿Eso parece?

—¿Le importaría comprobarlo?

—En absoluto, señora.

El siempre eficiente Alfred abandonó el coche y se aproximó a quienes observaban el impresionante vehículo y el impecable uniforme tal vez mascullando que aquel no era un lugar apropiado para semejantes derroches de riqueza.

No obstante, contestaron con amabilidad a sus preguntas, por lo que no tardó en regresar con la información que había ido a buscar:

—Vienen de Siria, Irak, Pakistán, Afganistán y no sé cuántos sitios más. Su autobús se ha averiado a un par de kilómetros monte arriba impidiendo el paso a los que le siguen. Y allí hace aún más frío.

Berta Muller tardó en hablar con la vista clavada en quienes tiritaban, se frotaban las manos o daban patadas en el suelo, y lanzó un hondo suspiro de resignación antes de comentar:

—Esto me pasa por querer dar sorpresas a quien odia las sorpresas.

Abandonó el vehículo, permitió que Alfred la ayudara a colocarse un abrigo de marta cibelina que le llegaba a los tobillos y que sin duda valía más de lo que hubieran podido ganar nunca todos aquellos infelices juntos, y recogió su bolso al tiempo que ordenaba:

—Meta a esos niños en el coche antes de que se congelen. ¡Veamos qué diablos se puede hacer!

Avanzó tan segura de sí misma como tenía por costumbre, siempre bajo la incrédula mirada de quienes parecían negarse a creer que era una realidad y no un desmesurado fruto de su imaginación, sonrió con afabilidad a cuantos se cruzaban en su camino, abandonó sin prisas la zona soleada y al cabo de unos diez minutos llegó al punto en que se encontraba detenido un cochambroso autobús tras el que se distinguían tres más.

—¿Qué ocurre...? —inquirió.

—Se le ha roto el eje —respondió un mal encarado hombretón que aparecía cubierto de grasa de pies a cabeza—. Estamos esperando la grúa.

La luxemburguesa estudió la complicada situación y lo enrevesado del camino antes de señalar:

—Venga por donde quiera que venga tardará horas.

—¿Y qué quiere que haga, señora? —replicó el otro visiblemente molesto—. ¿Llevármelo volando o tirarlo al barranco?

—No sería mala idea...

—¿Cómo dice?

—Que ya que no puede volar, la mejor solución sería tirarlo al barranco. ¿Es suyo...? —Ante el mudo gesto de asentimiento se despojó de un anillo en el que aparecía incrustado un enorme diamante rosado y lo colocó en la palma de la grasienta mano—. Le garantizo que con esto podrá comprarse cinco... ¡Tírelo!

Probablemente el propietario del destartalado vehículo no tenía ni la menor idea de cuánto podía valer el deslumbrante pedrusco, pero debió de ser la firmeza del tono de su dueña y lo complicado de la situación, con docenas de infelices tiritando de frío, lo que le convenció, puesto que metiéndose la joya en un bolsillo se volvió hacia cuantos observaban la escena palmeándose los brazos y resoplando:

—¡Arrimad del hombro! —pidió—. ¡Abajo con él!

Un muchacho de aspecto decidido acudió a unirse

al grupo, pero dudó unos instantes debido a que sostenía un pedazo de queso en una mano y un mendrugo de pan en la otra.

Berta Muller le sonrió amablemente y se ofreció a sostenérselos:

—Yo te los guardo —señaló—. ¡Empuja!

Fue digno de ver cómo entre todos se esforzaron hasta conseguir que el viejo autobús diera tres vueltas de campana por la empinada pendiente antes de comenzar a arder.

Docenas de refugiados aplaudían e incluso algunas mujeres lloraban de alegría, puesto que aquel maldito montón de chatarra se había convertido en el último obstáculo que les separaba del ansiado destino que venían buscando.

Allí en el fondo del valle comenzaba Baviera.

Y Baviera era Alemania.

Y Alemania se había comprometido a acogerlos.

Y alimentarlos.

Y darles trabajo.

Aunque fuera en sus desprestigiadas fábricas de automóviles.

Pero cuando el animoso muchacho regresó con intención de recuperar su almuerzo, se encontró con una desagradable sorpresa:

—Lo siento, hijo —se disculpó la dueña del lujoso abrigo—. Pero por lo visto la caminata me ha abierto el apetito. Te lo pagaré... —Hizo ademán de abrir el bolso, pero el otro se lo impidió con un gesto.

—No es necesario —dijo—. Ya ha hecho bastante por nosotros.

—¡Pero es que me he comido tu almuerzo...!

—Pues debe de haber sido el más caro del mundo.

Los autobuses se disponían a reiniciar la marcha, sus conductores conminaban a los rezagados a que se incorporasen o los dejarían en tierra, y cuando Berta Muller comprendió que el muchacho se marchaba sin aceptar recompensa, se sintió incómoda, por lo que le aferró por el brazo:

—¿Adónde vas...? —inquirió impaciente.

—A Alemania.

—¿Y qué vas a hacer allí?

—Buscar trabajo.

Ahora sí que abrió el bolso pese a su oposición, y le metió una tarjeta en el bolsillo sin admitir disculpas.

—¡Llámame y te daré trabajo! ¡Prométemelo!

—Descuide, señora —fue la decidida respuesta—. Mi padre siempre decía que hagas lo que hagas el dinero dura poco, pero que si lo haces bien, un trabajo dura para siempre. La llamaré.

El vehículo comenzó a alejarse y el muchacho se apresuró a subirse a la parte trasera despidiéndose con un gesto de la mano.

—¡Que no se te olvide! —le gritó.

—No se me olvidará.

—¿Cómo te llamas?

El chico respondió algo, pero con el ruido de los otros motores no alcanzó a entenderlo y una hora más tarde golpeó insistentemente el llamador de bronce de una gruesa puerta hasta que le abrieron, y la sorprendida ocupante de la casa inquirió visiblemente molesta:

—¿Qué haces aquí?

—¡Helarme el culo...! El coche no ha podido subir este último tramo. ¿A quién se le ocurre vivir en la cima de un risco?

—A alguien que no quiere que nadie la moleste. Y cuando digo nadie, digo «nadie».

—Pues a ese nadie no le apetece congelarse ni dentro de un abrigo de marta, o sea que déjame entrar.

Si había algo que indignase a Irina Barrow era que los productores metieran las narices en su trabajo, y si había algo que la indignara aún más, era saber que quien lo hacía ni tan siquiera era una auténtica profesional, sino uno de aquellos malditos «mirlos blancos» dispuesto a perder millones con tal de ver su nombre en los títulos de crédito de una película.

Pero no era cuestión de permitir que aquel molesto «mirlo blanco» acabara convertida en un carámbano, por lo que le franqueó el paso, permitió que se sentara junto a la chimenea, le sirvió un más que generoso vodka y en cuanto comprendió que comenzaba a reaccionar, señaló:

—Supongo que tendrás una razón muy poderosa para haber venido.

—La tengo.

—¿Y es...?

—La más poderosa de todas... ¡Curiosidad!

—¡La madre que te trajo al mundo...!

—Quien me trajo al mundo no fue mi madre, fue mi padre... —Ante el gesto de desconcierto de su anfitriona, la luxemburguesa añadió—: Mi madre tenía problemas para dar a luz, y como mi padre era cirujano le hizo la cesárea y me sacó justo a tiempo.

—¡Cuando yo digo que siempre has sido muy rara...! ¿Qué quieres saber?

—Cuándo empieza la película, quién la dirige, quién será el protagonista masculino y cuál es la línea argumental.

Irina Barrow, mujer de ideas muy claras que solía plasmar en guiones de impecable factura, meditó largo rato, observó las nieves eternas de las altas cumbres alpinas y sin volverse a mirar a su inoportuna visitante replicó con pasmosas serenidad:

—La película no se empezará, nadie la dirigirá y el protagonista masculino murió hace años... —Dejó transcurrir casi un minuto antes de añadir con una enigmática sonrisa—: Pero me fascina el argumento.

Una mujer inmensamente rica que solía manejar sus negocios con mano de hierro y se sentía herida en su orgullo cada vez que sospechaba que alguien trataba de robarle hizo un enorme esfuerzo por no perder la compostura al comentar:

—Me advirtieron que no me metiera en el mundo del cine porque la mitad son timadores y la otra mitad están locos. —Había entrado en calor al punto de despojarse del abrigo y arrojarlo sobre una silla al añadir—: ¿Cómo se puede decir «la película no se empezará, nadie la dirigirá y el protagonista masculino murió hace años... pero me fascina el argumento». ¿Qué tomadura de pelo es esta?

—No es ninguna tomadura de pelo, cielo: es la pura verdad.

—¿O sea que me puedo despedir de mi dinero?

La dueña de la casa hizo un gesto para que la siguiera a la estancia vecina, que tan solo se encontraba ocupada por una mesa repleta de libretas de papel amarillo, docenas de lápices de colores, una silla, una butaca giratoria y tres grandes pantallas de ordenador.

—¡Siéntate! —le ordenó casi con sequedad indicándole la silla mientras se apoltronaba en la butaca—. No solo no vas a perder tu dinero, sino que empiezo a creer que lo vas a multiplicar porque nos pueden dar un Oscar. —Sonrió como un conejo al concluir—: Pero también es cierto que nos pueden tirar a un pozo.

—Empiezas a ponerme de los nervios...

—Es lo que pretendo, y te está bien empleado por meter las narices en mis asuntos —fue la áspera respuesta.

—También son míos —le recordó—. He invertido doscientos millones.

—Pero prometiste no hacer preguntas, o sea que si quieres saber algo sobre la película lo sabrás a mi modo, y lo primero que tienes que saber es que no se puede empezar puesto que se empezó hace casi treinta años.

—¡Vete al cuerno...! ¡Qué bobada es esa!

La laureada guionista pareció regodearse calibrando el efecto que habían hecho sus palabras antes de añadir con exasperante paciencia:

—Se empezó hace casi treinta años porque he comprado los derechos de tres viejas películas interpretadas por Sandra en tres épocas diferentes.

—¿Películas viejas...? —repitió la luxemburguesa sin entender a qué se estaba refiriendo—. ¿Y eso para qué?

—Para utilizarlas; me han costado muy baratas porque dos de las productoras ya ni siquiera existen, y la tercera pasa por serios apuros, lo cual quiere decir que tenemos «absolutamente todos los derechos», incluidos los de utilizar las escenas que se descartaron en el montaje final así como el material que se filmó sobre el rodaje.

—¿Qué es eso del material que se filmó sobre el rodaje?

—Es como una «memoria de la película» que a algunos productores les gusta conservar porque les enseña mucho sobre la forma de comportarse de un equipo de cara a futuras contrataciones. Suele rodarlo el «foto fija» o un ayudante de cámara.

—Entiendo.

El segundo paso ha sido trasladar todo ese material a formato digital igualando el color en la medida de lo posible. Ha quedado bastante bien.

—¿Y todo eso para qué?

—Para contar una historia...

Ante la nueva y larga pausa, evidentemente destinada a sacarla de quicio, Berta Muller acabó por inquirir malhumorada:

—¿Qué historia?

—La de una actriz, a la que llamaremos Gina, naturalmente interpretada por Sandra, ya que en una de esas viejas películas que he comprado tuvo que hacer de muchachita inconformista que se rebelaba contra unos mafiosos. El papel era perfecto para ella, pero como parte del capital lo había aportado una tabacalera que pretendía promocionar una nueva marca de cigarrillos, la obligaron a aprender a fumar con naturalidad.

—¿Se puede hacer eso? ¿Promocionar algo en el cine?

—Se hace constantemente, querida, y si no fuera así muchas nunca conseguirían rodarse. Se promocionan países, ciudades, tabacos, bebidas, coches... ¡Lo que sea! Y en este caso resultó muy rentable, puesto que se asoció la imagen de la nueva marca con chicas jóvenes, guapas, contestatarias y decididas.

—¡Jodidos tabaqueros!

—Jodidos, pero gracias a ellos ahora tenemos infinidad de escenas de cómo a los diecisiete años Sandra encendía un pitillo tras otro, tosía, suspiraba o hacía muecas ante la desesperación del director.

—Ahora fuma como un carretero. Aunque con mucho estilo, eso sí.

—Esa es la historia que intento contar... —puntualizó la guionista—. Aprovechando el material de esas películas y los planos sueltos que hemos rodado en su casa, vamos viendo cómo «Sandra-Gina» fuma, fuma y fuma hasta acabar por convertirse en una adicta.

—La verdad es que no le falta mucho.

—Conseguiremos hacer creer que a los veinte años se había casado con otro actor que al poco dejó de fumar y con el que sostenía violentas discusiones, ya que no hay peor enemigo de un vicio que un ex vicioso.

—Eso es cierto —admitió la inoportuna visitante—. Las moralistas más estrictas son las que han sido muy putas... Conozco a varias.

—Es una de las esencias de la condición humana: renegar de nuestros antiguos defectos porque nos consta que corremos el riesgo de volver a ellos.

—La idea parece interesante —admitió la otra—. ¿Qué ocurre luego?

—Que tienen dos hijos, pero la relación ha comenzado a deteriorarse y una noche Gina se queda dormida con un cigarrillo en la mano provocando un pequeño incendio que su marido aprovecha para pedir el divorcio y quedarse con la custodia de los niños. A sus abogados no les cuesta demostrar que es una mujer inestable que por mucho que lo intente jamás podrá abandonar su dependencia de la nicotina. Fuma constantemente, pone en peligro a los niños y cuando no fuma se vuelve irritable y agresiva.

—Por desgracia eso es bastante real... —se vio obligada a admitir Berta Muller—. Hemos invertido fortunas en fármacos que combatan los efectos de la nicotina, pero aún no hemos conseguido resultados satisfactorios; se diría que resulta más fácil abandonar el alcohol o la droga que la adicción a la nicotina.

—Lo sé porque me inspiré en la historia de una gran amiga, guapa, culta e inteligente, que acabó consumida y trastornada. Siempre la recuerdo tras una nube de humo, y por eso creo que el título más apropiado sería *Días de humo y rosas*, en homenaje a la película de Blake Edwards.

—No creo haberla visto.

—Es la historia de una chica normal —Lee Remick— a la que un marido alcohólico —Jack Lemmon— convierte en alcohólica. Llegan a lo más rastrero y, aunque él consigue regenerarse, ella acaba acostándose con el primer vagabundo que la invita a una copa.

—¿Y no podría considerarse un plagio? —quiso saber su interlocutora en un tono que evidenciaba preocupación.

—En el cine, como en la literatura, todo es un plagio, querida, puesto que no existen más que medio centenar de argumentos originales que ya se utilizaron en las tragedias griegas. Puede que cambien las épocas y las costumbres, pero el alma humana, sus virtudes y sus vicios siguen siendo los mismos. Gina no llega a acostarse con vagabundos, puesto que a la vista de todos continúa triunfando en el cine y el teatro, pero sabe muy bien que es esclava de un amo que nunca la dejará libre, y que acabará sus días encorvada, fea, hediendo a tabaco y sin más compañía que un paquete de cigarrillos.

—¡De acuerdo...! —admitió la invasora de casas ajenas—. Esa es justo la idea que queremos transmitir: que los filtros de celulosa consiguen que menos fumadores mueran pero se conviertan en enfermos que continuarán consumiendo tabaco hasta que ellos mismos se consuman... —Extendió las manos con las palmas hacia arriba al tiempo que inquiría con evidente incredulidad—: Pero ¿cómo diablos pretendes decirlo aprovechando viejas películas y planos rodados con anterioridad?

—Con mucha paciencia... —respondió Irina Barrow al tiempo que encendía los ordenadores y tecleaba hasta que en cada una de las pantallas hacían su aparición secuencias de las películas a las que había hecho referencia—. El cine se basa en la manipulación de dos únicos sentidos: la vista y el oído. A la vista la engañamos con imágenes en diferentes planos o distancias, cambios de enfoque o efectos especiales; y al oído, con diálogos, música o sonido ambiental. ¿Me he explicado con claridad?

—Como los ángeles.

—Es que soy muy lista y siempre me gano lo que me pagan. —Señaló la pantalla central al añadir—: Observa bien esa escena; en la versión original, rodada hace unos siete años. Sandra gira el rostro, se queda mirando a un caballo y comenta que le parece un penco incapaz de ganar una carrera. La he cortado un poco antes, he insertado un plano de dos niños jugando, y ahora lo que dice es que jamás consentirá que le quiten a sus hijos. Con música de violines las espectadoras se echarán a llorar.

—¡Menuda estafa...!

—No es estafa —protestó Irina Barrow—. ¡Es

cine! Y el cine es una permanente mentira porque si mostrara la realidad se trataría de un documental, y en ese caso el espectador tendría derecho a sentirse estafado porque paga por ver una película que le cuente una historia utilizando todos los trucos imaginables, desde un hombre que vuela, al hundimiento del *Titanic* con Leonardo DiCaprio muriéndose de frío entre supuestos témpanos de hielo... ¿O no?

—En eso puede que tengas razón.

—¡La tengo! A menudo el cine llega a la verdad más absoluta por medio de las mentiras más absolutas. Ahora lo que intento contar es la historia de Gina combinando imágenes muy diferentes pero que parecen referirse a lo mismo. Hay una escena en que se queda mirando un cartel de *El Padrino* a la que le he añadido un primer plano en el que, por la tristeza de sus ojos y el rictus de su boca, el espectador llega a imaginar que había estado casada con el mismísimo Al Pacino.

—Me sigue pareciendo una estafa.

—Las mejores estafas se basan en que el estafado crea lo que quieres que crea sin tan siquiera habérselo insinuado. Yo jamás digo que Al Pacino tenga algo que ver con Gina, pero nadie puede poner límites a la imaginación de un espectador.

—Un trabajo ciertamente fascinante el tuyo —reconoció ahora sin el menor reparo la luxemburguesa—. Hacer creer a los espectadores que existe algo que nunca ha existido.

—Fascinante y satisfactorio siempre que no te molesten, porque tengo que ir acoplando plano por plano, eligiendo entre miles de escenas con el fin de escribir diálogos de acuerdo con el movimiento de los labios. ¿Entiendes ahora por qué te agradecía que te largaras?

—Ya es de noche.

—A tres kilómetros carretera abajo tienes un buen hotel.

—¡De acuerdo! Me iré en cuanto me digas cómo acaba la historia.

Irina Barrow manipuló el ordenador y en la pantalla hizo su aparición un largo plano de Sandra envuelta en humo.

—En la escena final contempla el fondo de su copa y murmura: «Aunque el alcohol intente ahogarlo el humo flota.»

X

—Omar eligió una solitaria ensenada a unos diez kilómetros de las primeras casas de Yedda, lanzó las anclas dejando el barco bien afirmado y me suplicó, o mejor dicho me ordenó, que mientras se encontraran en tierra, no me dejara ver bajo ninguna circunstancia.

—¿Y eso?

—La Meca ha sufrido varios ataques terroristas y a sus autoridades les costaría aceptar que un cristiano había llegado desde Kenia a bordo de un pesquero con el único fin de constatar que las teorías sobre emigraciones de un judío muerto un siglo atrás continuaban vigentes.

—Se entiende —admitió Sandra Castelmare encendiendo un cigarrillo sin filtro—. Lo que no se entiende es que te prestaras a correr semejante riesgo. ¿Acaso habías perdido el poco juicio que te quedaba?

—Es muy posible... —reconoció sin el menor reparo Roman Askildsen—. Estas cosas vienen rodadas y si te paras a pensarlas nunca las haces.

—Por lo que tengo entendido, los sauditas tampoco se paran a pensar a la hora de hacer rodar cabezas. Hace poco decapitaron a no sé cuántos porque se les había caído una grúa sobre la Gran Mezquita.

—Lo sé, pero lo único que tenía que hacer era quedarme quieto, lo cual me venía bien porque necesitaba reflexionar sobre cuanto estaba viendo.

—¿Y qué estabas viendo?

—Desierto. Puro desierto.

—¿Y hay mucho que reflexionar sobre eso?

—Bastante —fue la curiosa respuesta—. ¿Cuántas películas rodaste en Almería?

La siciliana arrugó el entrecejo esforzándose por hacer memoria, y comenzó a contar con los dedos:

—Dos con Sergio... —dudó—. Y una que dirigió un vociferante griego y que resultó un verdadero petardo.

—El guion era mío y fue cuando nos conocimos.

—Está claro que las desgracias nunca vienen solas. —La actriz dudó unos instantes y le miró como pidiendo ayuda—. Creo que hice otra, pero no la recuerdo y me molesta porque presumo de recordarlo todo.

—Solo hiciste tres, pero años más tarde te pasaste

dos semanas sin salir del hotel Aguadulce durante el rodaje de *¡Sucios gringos!* Andabas liada con Walter Schael.

—¡Tu sí que tienes buena memoria...! No solo recuerdas a mis novios, sino incluso los hoteles en los que nos alojábamos. —*La Divina* Castelmare dejó escapar un suspiro que lo mismo podía ser de pena que de resignación—: ¡El bueno de Walter! Llevaba camino de convertirse en una estrella, pero le faltaba empuje. —Meditó unos instantes antes de añadir—: En todos los terrenos.

—Pues se pasó dos semanas «empujándote» a conciencia.

—¡No seas vulgar! —masculló la actriz mientras aplastaba la mediada colilla del cigarrillo fingiéndose molesta—: ¿Y qué tiene que ver el pobre Walter con todo esto?

—Nada, pero por aquel tiempo gran parte de Almería continuaba siendo un desierto bueno tan solo para rodar películas, mientras que ahora se ha convertido en uno de los mayores abastecedores de alimentos del continente, superando a regiones históricamente muy fértiles.

—Primera noticia...

—Cada semana envían miles de camiones de frutas y verduras a los mercados del norte de Europa, y dicen que es uno de los lugares en que se pueden encontrar más coches deportivos por kilómetro cuadrado. Los invernaderos lo cambiaron todo.

—Recuerdo los malditos invernaderos porque a Sergio le ponían de muy mala leche; de pronto el sol hacía brillar el plástico y su reflejo entraba en la cámara arruinando las mejores escenas.

—¡Gran tipo Sergio! Ahora no podría rodar un solo plano sin reflejos, pero los lugareños ya no tienen que hacer cola para conseguir un papelito de extra al que matan los indios o los bandidos. ¿Sabes cuántos kilómetros de costa desértica tiene Almería...? —Ante el gesto de ignorancia de quien lógicamente no tenía ni la menor idea, añadió—: No llega a doscientos...

—Bueno es saberlo.

—¿Y cuántos kilómetros de costas desérticas existen en África?

—Seguro que también voy a saberlo.

—Nueve mil.

—¡Maravilloso! Admito que mi cultura sobre costas desérticas crece a pasos agigantados, pero ahora seré yo quien te haga una pregunta relacionada con el desierto: ¿sabes por qué cuando Jesucristo dijo aquello de que «quien esté libre de pecado que arroje la primera piedra» nadie lanzó ninguna?

—Naturalmente... Porque ninguno estaba libre de pecado.

—¡Falso! No lo hicieron porque Jesucristo lo había dicho durante uno de sus sermones en el desierto, la piedra más cercana se encontraba a tres kilómetros, y no les pareció oportuno ejecutar a la pobre adúltera lanzándole puñados de arena. Hubieran tardado años.

—¡Hija de una lora y un payaso...! ¿Es que no puedes tomarte nada en serio? —protestó un indignado Roman Askildsen—. Te estoy hablando de algo importante.

—Y como de costumbre te estás yendo por la tangente... —le echó en cara la dueña de la casa—. No paras de hablar sobre miles de kilómetros de costas desérticas, lo cual, a decir verdad, me importa un rábano, y no acabas de aclararme por qué te metiste en este lío.

—Es lo que estoy tratando de explicar.

—Y resulta tan comprensible como volar de aquí a San Francisco vía Nueva York, Londres y Tokio. ¿Qué pasó en Yedda? Y concreta.

Quien había sido su pareja durante siete años, y que por lo tanto la conocía bien, pareció comprender que estaba agotando su paciencia, por lo que tras lanzar un malsonante reniego concretó:

—Que me quedé en el barco mientras Omar y sus hombres subían hasta La Meca, y preferían hacerlo a pie puesto que según ellos de ese modo disfrutaban cada paso que les iba aproximando a la Ciudad Santa.

—Dicen que también les ocurre a todos los peregrinos. Cuestión de fe.

—La de aquellos tres resultaba envidiable incluso para alguien tan escéptico como yo, pero tan solo regresaron dos debido a que en la Gran Mezquita se había producido una estampida y casi setecientos peregrinos habían muerto pisoteados.

—Recuerdo haberlo visto en el noticiero —admitió la italiana visiblemente afectada—. ¡Unas escenas horribles!

—Uno de los marineros de Omar resultó aplastado.

—¡Joder! También es mala suerte.

—Eso mismo dije yo, pero Omar opinaba que el chico había tenido una muerte envidiable, puesto que a aquellas horas se encontraba disfrutando de las huríes del paraíso. En ese momento comprendí que cuando la fe se transforma en fanatismo no podemos cruzarnos de brazos.

—A mi modo de ver no era fanatismo —le hizo notar ella en buena lógica—. Tan solo era resignación.

—Lo aceptaría de no ser porque habían estado esperando durante horas a que retiraran los cadáveres con el fin de completar las siete vueltas a la Kaaba.

—No veo la relación.

—Yo sí. Los musulmanes aseguran que están en

contra de los símbolos religiosos, pero son los únicos que se arrodillan diariamente de cara al mayor de esos símbolos, la Kaaba de La Meca, en la que se encuentra la Piedra Negra, que en realidad no es más que un meteorito.

—Perdona querido, pero es lo más estúpido que he oído en mi vida, porque los musulmanes no adoran ni a la Kaaba, ni a la Piedra Negra, ni tan siquiera a Mahoma; los respetan y veneran, pero tan solo les está permitido adorar a Alá.

—¿Y tú cómo lo sabes?

—Tuve un novio egipcio.

—¿Omar Sharif...?

—¡Ojalá, pero no! Otro mucho más bajito.

—La verdad es que has aprendido más en la cama que en la escuela.

—Lógico, porque tan solo fui cinco años a la escuela y me he pasado casi la mitad de mi vida encamada —fue la desinhibida respuesta—. Y recuerdo muy bien ese detalle porque el pequeñajo, que era bastante cursi, solía hacer un símil: «Tu cuerpo es como la Kaaba y tu Monte de Venus como la Piedra Negra, pero lo que en verdad adoro es tu espíritu.»

—Cursi y mentiroso.

—Cuando se enamoran, y a aquel pobre lo tenía loco, la mitad de los hombres se vuelven cursis, pero lo cierto es que este se pasaba de rosca.

—¿Era con ese con el que «buceabas» en el mar Rojo?

—Su tío.

Roman Askildsen apretó los dientes con lo que podría considerarse un gesto de indignación o quizás impotencia ante el descaro de la mujer a la que aún amaba, aunque no supiera exactamente cómo y hasta qué punto.

Desde el día en que la conoció su vida había girado en torno a ella como un planeta de órbita elíptica, unas veces más lejos, otras más cerca, pero incapaz de alejarse definitivamente, tal vez sabiendo que si algún día dejaba de ser su punto de referencia se perdería en el infinito hasta ser engullido por un implacable agujero negro.

—Espero que no fuera una familia numerosa... —masculló al fin.

—¿Y qué importa eso? Lo que importa es saber por qué se te ocurrió la descerebrada idea de erigirte en líder de una moderna cruzada contra los símbolos a base de tocar una trompeta.

—¡Dicho así...!

—De cualquier forma que se diga siempre será una majadería.

—Ya te he dicho que estaba indignado por los atentados de París.

—Todos nos indignamos por semejante bestialidad, pero deben ser los gobiernos los que solucionen este tipo de problemas, no los particulares.

—¿Qué gobiernos? —fue la inmediata respuesta—. ¿Has visto que alguno sea capaz de enfrentarse a esos fanáticos a base de hacer algo más que tirarles unas cuantas bombas que por lo general tan solo matan a inocentes?

—Ciertamente ninguno —admitió la siciliana sin el menor esfuerzo.

—Lo que está ocurriendo es como una repetición de la caída del Imperio romano; miles de años de historia y una hermosa cultura se vinieron abajo por la ineptitud de unos gobernantes que permitieron que una horda de bárbaros que lo único que sabían hacer era montar a caballo y comer carne cruda los masacraran. Por este camino volveremos al oscurantismo de la Edad Media.

—Tan solo cambiará la religión, querido; será musulmana en lugar de cristiana —admitió de nuevo «La Divina»—. Nos están devolviendo la moneda que los inquisidores pusieron en circulación. Pero como nunca he sido partidaria de discutir sobre lo que jamás se llega a un acuerdo, prefiero que me aclares cómo diablos te las arreglaste para conseguir que ese dichoso dron sobrevolara La Meca tocando la trompeta en el lugar y en el momento justo.

—Consultando los horarios de los cruceros que

atraviesan el Mar Rojo, un poco de imaginación y un poco de práctica. Reservé un camarote con terraza incluida, y cuando cruzábamos frente a Yedda hice volar el aparato sin que nadie me viera... ¡Es fácil!

—¡Es estúpido!

—Pero fácil... Hoy en día la oficina de correos te hace llegar un paquete hasta la puerta de tu casa en la montaña por medio de un dron porque vivimos unos tiempos en los que nadie puede evitar que le toquen la trompeta a media noche...

—¿O los cojones?

—O los cojones... —Roman Askildsen hizo intención de añadir algo, pero permaneció en silencio, como si estuviera rememorando la noche en que recostado en una cómoda tumbona de un lujoso camarote manipulaba los mandos de un diabólico ingenio que apenas le había costado dos mil euros pero era capaz de transgredir todas las normas y violar todas las fronteras.

Sabía que se estaba lanzando al abismo y que, puesto a suicidarse, más le valía arrojarse al mar, pero pese a ello le invadía un impagable sentimiento de satisfacción.

Pocas veces se le presentaba a un hombre la posibilidad de desafiar a los inmensamente poderosos mostrándoles sus carencias, por lo que desperdiciar semejante ocasión hubiera sido condenarse a morderse los puños el resto de su vida.

Demostrar valor ante la adversidad tenía mérito, pero demostrarlo cuando no hacía falta y podía acarrear graves consecuencias lo tenía más.

Aunque fuera una estupidez, porque una vida sin estupideces era una vida perdida.

Debía de ser muy triste llegar a viejo sabiendo que todo lo que se había hecho se ajustaba a las normas establecidas.

Las piedras, las plantas e incluso los animales se ajustaban a esas normas, pero el ser humano que jamás las transgrediera no tenía derecho a considerarse un verdadero ser humano.

De niño había oído hablar del «libre albedrío» y medio siglo más tarde venía a entender que significaba hacer lo que le diera la gana sin importarle lo que pudiera pasar. Era como hacer el amor con una estatua de la libertad de carne y hueso y tamaño accesible.

—¡De acuerdo! —admitió al fin—. Soy todo lo que quieras llamarme, con lo cual no harás más que repetirte, porque a lo largo de estos años me has llamado de todo...

—No voy a llamarte de nada... —fue la mesurada respuesta impropia de la siciliana—. Tal solo voy a hacerte una pregunta, y si no me respondes lo entenderé y no te culparé por ello. —Se tomó un cierto tiempo antes de añadir—: ¿No habrás hecho todo esto por epatarme?

Su oponente se lo pensó casi un minuto y al fin reconoció como si se tratara de algo inevitable:

—¡Tal vez...!

—¿Y crees que vale la pena tanto jaleo por una manoseada cuarentona?

—Lo de cuarentona y manoseada, lo admito, pero si los sentimientos tan solo dependieran de la edad y el uso, careceríamos de ellos a partir de los treinta.

—Últimamente te has vuelto muy agudo, querido...

—Todo se pega.

—¿Y qué vamos a hacer ahora?

—No tengo ni la menor idea.

—Más nos vale, porque si la tuvieras, sería mala.

La cuenta abierta a nombre de Rub-al-Khali o La Media Luna Vacía empezaba a llenarse.

El primero en contribuir generosamente fue Mohamed ben Koufa, y lo hizo en cuanto recibió una «amable» carta por la que se le comunicaba que o hacía un ingreso de treinta millones dólares o el servicio secreto francés recibiría pruebas de su implicación en los atentados de París.

El aterrorizado jeque no podía determinar cuáles eran dichas pruebas, pero tal como suele ocurrir cuando la conciencia no está limpia y teniendo en cuenta que en aquellos días se encontraba disfrutando de unas placenteras vacaciones en la Costa Azul, optó por poner a la venta su fastuosa mansión playera y regresar a casa.

Incluso decidió no utilizar su *jet* privado dando por supuesto que por muy indignados que estuvieran los franceses no se atreverían a atentar contra un avión comercial.

El general Malik ben-Malik, que tantas armas comprara y revendiera a lo largo de los últimos años, siguió su ejemplo, pagó sin rechistar, y se apresuró a pedir la baja del ejército alegando problemas personales.

Suleimán Ibn Jiluy contaba con una pléyade de primos, tíos, sobrinos y cuñados en exceso habladores, así como fácil acceso a información gubernamental, pero como sabía que arriesgaba a que le desprendieran la cabeza del resto del cuerpo, cosa en verdad poco apetecible, no daba nunca un paso sin estar absolutamente seguro de lo que hacía.

Aparentemente su máxima preocupación se centraba en cuidar del bienestar de los peregrinos y evitar que su flujo continuara disminuyendo, lo que por desgracia ocurría desde el día en que algún malnacido insinuara que la estampida que había causado setecientas víctimas había sido provocada.

No era cierto, pero lo cierto era que, siendo falso, dejaba en entredicho las medidas de seguridad de la mezquita.

Incendios, atentados, grúas que derribaba el viento, estampidas, asfixia por aplastamiento, infartos a los que los enfermeros rara vez conseguían llegar a tiempo, y, por si fuera poco, drones que aterrorizaban en las tinieblas.

Que se supiera a punto de perder la fe, si es que no la había perdido ya, no significaba que no se sintiese horrorizado por tanto dolor y tanta muerte, puesto que desde que era niño siempre había considerado hermanos a los que tenía la obligación de proteger a cuantos cruzaban ante el umbral de su casa.

Pero año tras año los advertía cada vez más desprotegidos.

Cuanto más rico era su país y más ingresos obtenía por la constante llegada de peregrinos, más inseguros se le antojaban.

En tiempos de su abuelo aquellas cosas no ocurrían.

Ni tan siquiera en tiempos de su padre.

Y su experiencia, ¡toda una vida!, le dictaba que el problema no debía atribuirse a un incontrolado incremento de asistentes, sino a la reaparición de una terrible enfermedad que periódicamente aquejaba al islam: el resurgimiento del radicalismo extremista:

Cuando llegue la hora del triunfo, un rey con mil guerreros a caballo será aterrorizado por un solo guerrero a pie.

Con semejante lema como bandera, un deleznable personaje llamado Hassan-i Sabbah había fundado hacía exactamente mil años una secta integrista, instaurando un Estado ismaelita, predecesor del actual Estado Islámico

Sus miembros se denominaban a sí mismos «fedayines» —«los que están dispuestos a dar la vida por la causa»—, convirtiéndose en fanáticos especializados en el terror a costa de inmolarse al extremo que intentaron asesinar al todopoderoso sultán Saladino durante el asedio a Jerusalén. Como el atacante solía ser capturado y ajusticiado en público, los ismaelitas drogaban con hachís a los aspirantes a entrar en la secta, que despertaban en un jardín rodeados de hermosas danzarinas, frutas, bebidas heladas, manjares y todo cuanto un ser humano pudiera soñar, lo que les obligaba a creer que habían accedido al paraíso. Al cabo de un mes les devolvían a la realidad y les aseguraban que cuanto habían vivido tan solo era una pequeña muestra de lo que les esperaba en caso de morir por «la causa».

Del término *hashshashin* o «consumidor de hachís» provenía la palabra «asesino».

Impusieron su régimen de sangre y muerte en una vasta extensión de Oriente Próximo hasta que, según contaban las leyendas, un astuto visir, unos aseguraban que sirio, otros que turco, tuvo la genial idea de reclutar a un centenar de los peores criminales de la región y encerrarlos, no en una fortaleza, sino en un suntuoso palacio en el que, durante dos meses, dispusieron de todos los placeres imaginables.

Luego les dijo: «No puedo prometeros un paraíso del que disfrutaréis después de muertos porque no sé lo que existe tras la muerte, pero sí puedo prometeros que por cada "fedayín" que enviéis a ese supuesto paraíso, disfrutaréis durante otros dos meses en este paraíso real. Id a buscarlos y traedme sus cabezas.»

Aquel maquiavélico visir había comprendido que resultaba mucho más práctico ofrecer un pequeño adelanto de lo mejor que podía obtenerse con dinero, que ofrecer dinero.

El criminal que cobraba en dinero tenía que vivir preocupado porque otro criminal pudiera arrebatárselo, mientras que el que cobraba «en especie» dormía tranquilo.

En poco más de una década un gran número de *hashshashins* habían sido asesinados, e incluso muchos se pasaron a las filas enemigas por aquello de «más vale pájaro en mano que ciento volando».

Fuera por el motivo que fuese, lo cierto es que el fanatismo islamista radical perdió fuerza, pese a lo cual, a principios de 1900 renació, y una veintena de fedayines de la fanática tribu de los ajmans, los mismos que perseguían a los murras a lanzazos, conspiraron con el fin de asesinar al rey Saud.

El abuelo de Suleimán Ibn Jiluy había sido el encargado de ordenar al verdugo que les fuera cortando la cabeza uno por uno, y habían quedado para la historia las palabras que el propio Saud había pronunciado poco antes de la ejecución: «Siempre he creído que fuimos creados para dar vida, amor, consuelo y esperanza en procura de un futuro mejor para nuestros hijos, y quizá por ello no comprendo a quienes optan por el camino de la violencia, el odio, la destrucción y la muerte. Aquí están ahora, arrodillados y resignados a entregar sus vidas, creyendo que deben ser los oscuros y tortuosos senderos del mal, y no las anchas y luminosas llanuras del bien, los que les conduzcan al regazo de Alá.»

Curiosamente, la sangrienta ceremonia había tenido lugar en Layla, capital de los ajmans y la ciudad más cercana a Rub-al-Khali, y ahora la cuenta abierta a nombre de Rub-al-Khali empezaba a recibir «donaciones» de procedencia israelí, aunque no podrían considerarse excesivamente generosas.

En este caso los judíos se sentían mucho menos culpables que los árabes y por lo general solían ser bastante parcos a la hora de contribuir.

Teniendo en cuenta un viejo principio que establecía que quien acepta un chantaje por primera vez continuará aceptándolo mientras pueda pagar, el tema de la financiación parecía resuelto, por lo que el siguiente paso debía ser imitar el ejemplo del astuto visir sirio/turco y encontrar criminales capaces de eliminar terroristas.

Suleimán Ibn Jiluy sabía que miles de facinerosos estarían dispuestos a asesinar a quien se les indicara siempre que se les pagara un precio justo, y además sabía dónde encontrarlos.

Los suburbios de las grandes capitales europeas se habían convertido en un semillero de jóvenes que no lograban identificarse con la cultura del lugar que les había acogido, a ellos o sus padres, y que además se habían desgajado tiempo atrás de la cultura de sus países de origen.

A decir verdad, no es que no se sintieran identificados; es que se sentían incluso rechazados.

Eran «mestizos».

No de raza o color, sino de pensamiento.

Sin dinero, sin estudios, sin un trabajo digno y formando parte de familias divididas entre el pasado y el presente, aquel era el caldo de cultivo en que los extremistas habían conseguido implantar las semillas de su mala hierba, y era en aquel mismo caldo de cultivo donde el Nieto del Tuerto consideraba factible plantar la semilla de otra mala hierba capaz de emponzoñar a la mala hierba yihadista.

Y es que había comprendido tiempo atrás que los gobiernos autoritarios ya no seguían siendo el Gran Hermano cuyo ojo implacable espiaba a los sufridos ciudadanos sometiéndolos a leyes injustas. Desde que se popularizaran los teléfonos móviles capaces de grabar y transmitir al instante cualquier acontecimiento, los ciudadanos habían pasado a convertirse en «Pequeños Hermanos» que espiaban a sus gobernantes.

Ahora los vigilados vigilaban a los vigilantes que les vigilaban.

Aunque a la vista de los hechos y de cómo los terroristas actuaban a sus anchas, podría decirse que los vigilantes vigilaban a todos menos a quienes tenían la obligación de vigilar, y que en contrapartida les tenían muy bien vigilados.

A los pocos minutos de haber tiroteado a un viandante, el rostro y la placa del policía que había abusado de su autoridad hacía su aparición en millones de pantallas de todo el mundo.

Con demasiada frecuencia el aumento de la capacidad tecnológica tenía una relación muy directa con la disminución de la capacidad intelectual, y en ese aspecto las fuerzas de seguridad belgas estaban dando un claro y negativo ejemplo; era más lo que los terroristas sabían sobre ellas sin más ayuda que un teléfono, que lo que ellas sabían sobre los terroristas pese a haber invertido millones en un sofisticado material que a veces ni siquiera se molestaban en aprender a utilizar.

XI

Sandra Castelmare había demostrado ser una gran actriz, y si partiendo de la nada, excepción hecha de su espectacular belleza, había llegado a convertirse en una excelente profesional, se debía a que, con una humildad impropia de quien llevaba años acaparando las carteleras de cines y teatros, siempre se esforzaba por aprender de quienes sabían.

Cuanto tenía de extrovertida y tarambana de cara a la galería lo tenía de introvertida y sensata a la hora de estudiar a fondo las características de los personajes que le tocaba interpretar o de analizar problemas para los que le constaba que no se encontraba preparada.

Demasiado a menudo hablaba demasiado.

Pero cuando escuchaba, escuchaba.

Desde el día en que un meticuloso maquillador se concentrara en resaltar la belleza de sus ojos y la sensualidad de sus labios mientras un veterano director le aconsejaba en qué ángulos colocarse para que la cámara sacase el mayor partido posible a su excepcional físico, comprendió que el mejor camino a seguir era siempre el camino en que se disponía de los mejores guías.

Aquel primer y bendito director le había dicho textualmente: «En este oficio robar sigue siendo malo, pero robar experiencia y conocimientos a tus compañeros de reparto es bueno, porque a ellos no se les despoja de nada y la película sale ganando.»

Debido a ello, cuando un inconsciente mendrugo, bueno en la cama pero desastroso fuera de ella, le había creado un endiablado problema que no sabía cómo resolver, decidió acudir al saludable hábito de escuchar a aquellos a los que consideraba capacitados.

Y las personas más capacitadas que conocía eran Mark Reynols y Berta Muller.

—No debemos implicarles en esto —protestó de inmediato Roman Askildsen—. Es peligroso.

—Que ellos decidan; son mayorcitos.

—También tú eres mayorcita y me juego las bolas a que hubieras preferido que no te lo contara.

—Es fácil jugarse lo que no se tiene... —«La Divina» se volvió a mirarle, se alzó las gafas de sol y sonrió con picardía al añadir mientras se llevaba un dedo a la frente—: Rectifico; las tienes y bien grandes, pero no donde deberías tenerlas, sino donde deberías tener el cerebro.

Se encontraban tumbados al sol en las hamacas de una inmensa piscina sin una gota de agua, puesto que su dueña consideraba poco ético llenarla en unos momentos en que el sur de California estaba pasando por una terrible crisis hídrica y había zonas en las que la gente no tenía agua ni para lavarse.

Era una situación a la que se amoldaba, pero la sacaba de quicio que Los Ángeles, que tenía de todo, tuviera de todo menos agua.

—Acabará hediendo como Versalles... —solía decir—. Mucho culo y poco retrete; mucho Dior y poco jabón.

Tomándoselo quizá como una alusión, aunque no fuera cierto, Roman Askildsen se puso en pie y mientras se colocaba bajo la ducha, replicó:

—¿Estás proponiendo que vayamos a verles?

—¡En absoluto! —fue la descarada respuesta muy propia de la reina del descaro—. Estoy proponiendo que vengan ellos, porque para eso tienen aviones propios.

—¡Tú sí que le echas cara a la vida...!

—La vida es cara.

—¿Qué excusa ponemos?

—Que les necesitamos... ¡Les encanta que les necesitemos!

Sabía muy bien de lo que hablaba, por lo que dos días más tarde el gigantesco trimotor de Berta Muller aterrizó en el cercano aeropuerto, trayendo como único invitado a Mark Reynols.

En aquel fastuoso aparato, casi un hotel volante, solían firmarse multimillonarios contratos con ministros de Sanidad de pésima salud moral a los que asustaba que pudiera repetirse algo de cuanto se decía allí dentro, debido a lo cual su sala de juntas se encontraba insonorizada.

La luxemburguesa ordenó a sus pilotos que aparcaran en la pista más alejada, y en cuanto Sandra Castelmare y Roman Askildsen subieron a bordo lo primero que hizo fue mirarles directamente a los ojos con el fin de espetarles visiblemente inquieta:

—¿Qué diablos ocurre que sea tan urgente, porque no creo que nos hayáis hecho venir como testigos de vuestra boda?

—Es malo pero no tanto... —reconoció con una encantadora sonrisa la imprevisible actriz.

—¡Vaya por Dios! Eso me quita un peso de encima. ¿Estás embarazada?

—¡Imposible! George Clooney continúa casado.

—Deja de hacerte la ingeniosa, que la cosa es seria —intervino Roman Askilsen cambiando el tono—. Muy muy seria —añadió volviéndose a los otros—. Y como correréis un grave riesgo se os presentan dos opciones: o pasar un par de días disfrutando de nuestra encantadora compañía y hablando de la futura película, o implicaros en un asunto que va mucho más allá de lo que pudierais imaginar y cargar con las consecuencias.

El inglés no pudo por menos que repetir entre inquieto y perplejo:

—¿Consecuencias...? ¿A qué consecuencias te refieres?

—A las que trajera saber algo que no deberíais saber.

Quienes habían volado durante casi doce horas preocupados por lo que pudiera ocurrirles a unos amigos por los que experimentaban un innegable afecto, intercambiaron una mirada de desconcierto y al fin fue Berta Muller la que comentó con manifiesta acritud:

—Pero ¿qué clase de imbecilidad es esta? ¿Es que os habéis vuelto locos?

—El que se ha vuelto loco es Roman —replicó la Castelmare señalándole como la niña que acusa a un compañero de pupitre—. Y la imbécil por seguirle la corriente soy yo. Aunque bien mirado el problema se reduce a que seáis capaces de guardar un secreto. —Hizo una cortísima pausa antes de puntualizar—: Si lo que vamos a contarnos nunca sale de estas cuatro paredes no hay peligro. —Se quedó observándolo todo a su alrededor y de improviso inquirió—: ¿Se les puede llamar paredes o son mamparos como en los barcos?

—¿Y eso qué tiene que ver? —quiso saber la dueña del avión, que daba la impresión de haberse quedado en blanco ante una pregunta tan absurda—. ¡Qué más da cómo se llamen!

—Simple curiosidad... —La italiana meditó unos instantes antes de añadir—: Supongo que lo correcto sería llamarle «fuselaje», pero tienes razón y carece de importancia.

—No para ti, porque siempre has tenido la rara habilidad de quitarle importancia a lo que la tiene, y dársela a lo que no la tiene... —le interrumpió un cada vez más molesto Mark Reynols—. Sin duda se debe a tu vena de actriz capaz de pasar en un instante de la tragedia a la comedia o viceversa. ¿Nos aclararás de una puñetera vez cuál es ese jodido secreto, o tengo que pedirle a los pilotos que me devuelvan a Londres?

Su oponente pareció entrar en razón y centrarse en el tema por el que les había hecho venir:

—Como por la cuenta que os trae el secreto nunca saldrá de aquí, lo mejor es que vayamos al grano... —replicó mientras volvía a señalar acusadoramente a Roman Askildsen—. Este es el «genio» que hizo volar un dron sobre La Meca.

Berta Muller se quedó inmóvil en su poltrona de cuero blanco, tan ausente como si no hubiera comprendido una sola palabra de lo que le habían dicho, mientras que, por su parte, Mark Reynols no tardó en dejar escapar una sonora risotada al tiempo que golpeaban cariñosamente la rodilla de su amigo.

—¡Enhorabuena! —exclamó entusiasmado—. ¡Enhorabuena! Al fin has hecho algo sensato.

La Castelmare, que sin duda esperaba haberle dejado estupefacto, fue la que pareció quedarse estupefacta ante tan inesperada reacción.

—¿Qué pretendes decir con eso? —inquirió confusa.

—No «pretendo» decirlo, querida; lo digo y punto. A mí no se me hubiera ocurrido nunca, pero me encanta que al fin alguien haya puesto a esos hijos de puta en su sitio.

—¿Otro loco?

—¿Loco...? ¿Tienes idea de a cuántos de esos sucios jeques vendía armas mi padre? ¿Y qué comisiones se llevaban? Son una pandilla de malnacidos que cuanto más tienen más quieren. Esclavizan a su pueblo, humillan a sus mujeres y financian a unos mugrientos dementes a los que han lavado el cerebro para que se vuelen en pedazos intentando imponer al mundo unas leyes medievales con las que se sienten semidioses.

—¡Gracias a Dios...! —alcanzó a musitar Roman Askildsen lanzando un suspiro de alivio—. Al fin alguien me entiende.

—¡Claro que te entiendo! —le corroboró el inglés—. Algunos pasaban fines de semana cazando en la finca y te juro que me enfermaban. Recuerdo a un gordo maloliente que no permitía que las criadas le sirvieran porque las consideraba indignas de rozarle. ¡Los aborrezco!

—También yo... —reconoció Berta Muller, que poco a poco parecía ir saliendo de una especie de trance provocado por la inesperada confesión—. Les he vendido toneladas de medicamentos que revendían a su vez, pero una cosa es despreciarlos y otra enfrentarse a ellos. La mitad de los políticos del mundo les dan el culo; la otra mitad se lo lame.

—Nunca he pensado en enfrentarme a ellos... —le aclaró Roman mientras se servía una copa—. Admito que lo que hice fue una insensatez, pero tan solo se trataba de hacerles comprender sus puntos débiles e intentar hacerles reflexionar sobre sus atrocidades.

—¡Bien...! —admitió la pragmática luxemburguesa—. Al parecer todos aborrecemos a una inmunda casta que intenta adueñarse del mundo sin merecérselo, pero con eso no me basta; necesito saber cómo y por qué se ha llegado a este punto y quién coño te mandó meterte a redentor.

Una hora después tanto ella como Mark Reynols estaban al tanto de la cronología y las motivaciones de unos acontecimientos que nunca deberían haberse producido.

A Leo Mambhá se le conocía familiarmente como el Hombre de la Niebla, pero su apodo no se debía a su innegable habilidad para volar en las peores condiciones climatológicas y con visibilidad nula, sino a una curiosa historia que había tenido lugar muchos años atrás.

Una aciaga tarde un pequeño grupo de seguidores del fundamentalista Joseph Khony había llegado sorpresivamente a su pueblo y en cuestión de minutos se habían apoderado de cuanto encontraron de valor, reuniendo a los lugareños en la plaza con el aparente fin de ejecutar a los hombres, utilizar a las mujeres como esclavas sexuales y a los niños como futuros combatientes.

El Ejército de Resistencia del Señor de Khony intentaba imponer gobiernos teocráticos ultracristianos en los países de África central y no dudaba en utilizar métodos tan crueles y sanguinarios como los de sus eternos rivales, los extremistas islámicos o los judíos ultraortodoxos.

El término «eterno» resultaba apropiado, puesto que las luchas entre las diferentes divinidades suelen ser eternas, tal como suele ocurrir cuando los extremos —y los dioses— chocan entre sí y los seres humanos que se encuentran a mitad de camino sufren las consecuencias.

Pero por desgracia para los hombres del Ejército de Resistencia del Señor, el muy devoto oficial al mando, de comunión diaria, se entretuvo a la hora de violar personalmente a las dos muchachas más atractivas de la aldea sin tener en cuenta que al caer la tarde aquellas agrestes montañas solían cubrirse de una espesa niebla que el suave viento del sur llevaba horas empujando desde la cercana selva.

En cuestión de minutos no se distinguía una cabra a un metro de distancia, y cuando los captores quisieron darse cuenta se encontraron con que sus cautivos, incluso los más ancianos, se habían esfumado ante sus narices yendo a ocultarse en un bosque, unos barrancos y unas cuevas a las que eran capaces de llegar con los ojos cerrados casi desde que tenían uso de razón.

Catorce fundamentalistas cristianos armados hasta los dientes se encontraron de pronto indefensos en mitad de la nada, puesto que no se trataba de tinieblas que pudieran evitar con antorchas o linternas, sino de una cortina de invisibilidad impalpable y traicionera en la que bastaba con dar un paso en falso para rodar por una profunda zanja o precipitarse al fondo de un abismo.

Y no tardaron en llover pedruscos que los lugareños lanzaban a ciegas desde los altos riscos que dominaban el pueblo, atravesando los techos de paja de las chozas, por lo que entre ese día y el siguiente los invasores aprendieron en carne propia que si existe un enemigo más peligroso que un nativo de las selvas centroafricanas es un nativo de las montañas de las selvas centroafricanas.

El astuto y escurridizo Leo Mambhá supo conducir a sus furibundos vecinos a una victoria aplastante, y nunca mejor dicho, puesto que hasta el último de los invasores acabó lapidado.

Tras enrolarse en el ejército, participar en incontables escaramuzas y alguna que otra batalla, siempre contra las huestes de Joseph Khony, el Hombre de la Niebla aprendió a pilotar y acumuló miles de horas de vuelo en combate no solo sobre la selva, sino también sobre el mar, los desiertos y las montañas.

Con el paso de los años consiguió ahorrar lo suficiente como para comprarse un pequeño bimotor de tercera mano, y al poco se hizo con el monopolio de una línea aérea que nadie tenía el menor interés en explotar: el abastecimiento de las numerosas leproserías que se desparramaban a todo lo largo y ancho del África subsahariana.

Y no tardó en descubrir que le bastaba colocar un simple letrero, LEPROSERÍA, sobre la puerta de su aparato para que las autoridades no mostraran el menor interés por revisarlo a fondo, lo cual le permitía trapichear con multitud de mercancías cuyo precio cambiaba de forma considerable de un país a otro.

Muchos aduaneros sospechaban, e incluso sabían a ciencia cierta, que se dedicaba al contrabando en pequeña escala, pero nunca tomaron medidas drásticas argumentando que quien tenía el valor de cargar, descargar y pasar varias noches a la semana en una leprosería tenía derecho a ganarse un sobresueldo siempre que no cruzara en exceso los límites de lo permitido.

Como le encantaba volar, no temía a la lepra y no le faltaba el dinero, a Leo Mambhá las cosas le fueron con viento de cola hasta el día en que la doctora Durán, a la que admiraba y respetaba, se presentó en la pista de aterrizaje con un grupo de muchachos etíopes de aspecto lamentable.

—Tiene que llevárselos —fue todo lo que dijo.

—¿Y adónde quiere que me los lleve...? —quiso saber.

—Adonde quiera, pero lejos. Si continúan aquí enfermarán.

—Y fuera de aquí nadie lo aceptará.

—¿Conoce algún campamento de refugiados que pueda acogerlos?

—¡Pero qué cosas se le ocurren! —se escandalizó—. Nadie querrá cargar con ellos.

—¡Lo sé! —admitió la desesperada mujer—. Están sarnosos, pero lo que les aguarda es la lepra... —Hizo una corta pausa antes de juntar las manos en actitud suplicante—: ¡Por favor!

El Hombre de la Niebla observó casi con obsesiva atención a quienes se encontraban tan vencidos que ni siquiera se atrevían a opinar sobre su incierto futuro, comprendió que eran desechos humanos, e intentó una vez más razonar con quien parecía no querer avenirse a razones:

—¡Escúcheme bien, doctora! En el momento en que aterrice y de un avión que luce un letrero de LE-PROSERÍA intenten descender unos harapientos cubiertos de llagas, se lo impedirán a tiros y le prenderán fuego al aparato con ellos dentro. ¡Así es el miedo al «mal» y usted lo sabe!

—¡Le juro que están sanos!

—Y yo la creo. Pero ¿quién va a creerme a mí?

—No lo sé, pero el Señor le acompañará y le marcará el rumbo.

—¡Eso sí que no! —protestó el piloto—. Sea quien quiera que sea el Dios al que se refiere, prefiero que se mantenga lejos de mi avión, porque ya me causa suficientes problemas aquí abajo como para causármelos también allá arriba. Me fío más de la brújula.

—Pero ¿cómo puede hablar de esa forma? —le reconvino una mujer que parecía haber perdido su firmeza habitual—. ¿No le da vergüenza?

—Siempre he hablado así... —Resultaba evidente que el hombre que se sentía capaz de volar en cualquier circunstancia no se sentía capaz de hacerlo con semejantes pasajeros—. Comprendo su situación, doctora, pero le ruego que comprenda la mía; tengo tres hijos.

—De acuerdo, pero quiero que tenga una cosa muy clara: cada vez que aterrice aquí lo primero que haré será contarle cuál de estos niños ha enfermado, y a cuál se le está cayendo la carne a pedazos.

—Con todos los respetos, doctora, eso que acaba de decir es una tremenda cabronada.

—La lepra es una tremenda cabronada.

XII

A Berta Muller le apetecía cenar espaguetis con al-
mejas, abundancia de ajo y mucho picante, lo que
constituía el «plato estrella» de Sandra Castelmare, y
aunque no fuera un menú recomendable a la hora de
acostarse sin ardores de estómago, la italiana decidió
complacerla y prepararlos ella misma, por lo que le pidió al personal de servicio que prepararan la mesa en
la terraza y se tomaran la noche libre.

Manteles bordados a mano, candelabros de oro, cu-
bertería de plata, cristalería veneciana y vino de trescientos dólares la botella contrastaban con una piscina vacía, por lo que la dueña de la casa insistió en la
falta de sentido común de una desorientada sociedad
capaz de proporcionar lo superfluo, pero incapaz de
proporcionar lo esencial.

—Tras un día de rodaje especialmente duro me re-
laja nadar durante media hora, duermo como un niño

y a las siete estoy lista para empezar a trabajar —se lamentó una vez más—. Sin embargo, ahora tengo que hacer venir a un capullo que aún no he conseguido averiguar si me está dando un masaje o metiendo mano.

—Si te está dando un masaje es un capullo... —le aclaró Mark Reynols—. Y si te está metiendo mano es un cerdo que consigue, cobrando, lo que millones de hombres no consiguen pagando.

—A veces no puedo evitar preguntarme si realmente naciste en Londres.

—También yo.

—Dame tu plato...

La gigantesca fuente de espaguetis comenzó a disminuir de tamaño, las bocas echaron fuego, las lenguas ardieron y el selecto vino corrió garganta abajo intentando aplacar el insoportable ardor, puesto que una vez más a «La Divina» se le había ido la mano en el picante.

—¡Dios Bendito! —no pudo por menos que exclamar una luxemburguesa a la que se le saltaban las lágrimas—. ¡Esto es deliciosamente masoquista!

Delicia o masoquismo, nadie dio un paso atrás mientras coleteó un mísero espagueti en la fuente, y tan solo entonces intercambiaron furtivas miradas de reojo, como si les avergonzara haber dado rienda suelta a sus más bajos instintos.

Las huellas del crimen, incontables salpicaduras de salsa de tomate, daban fe de la gravedad del delito.

En aquella fabulosa mansión de abundantes fiestas y sonoras parrandas, el colofón final a semejante atentado contra la salud solía ser lanzarse de cabeza a la piscina, pero como en este caso hubiera significado un atentado contra la integridad física, los culpables optaron por permanecer espatarrados en sus respectivos asientos limitándose a emitir de tanto en tanto sonoros gruñidos o ligeros suspiros de satisfacción.

Se permitían, por casi inevitables, los eructos.

Aliviaban mucho.

—Ya no estoy en edad para estas cosas.

—Para estas cosas siempre estaremos en edad porque lo único que necesitamos es bicarbonato, mientras que para «las otras» tendríamos que atiborrarnos de viagra.

Permanecieron tres o cuatro minutos disfrutando de la suave brisa y el silencio mientras permitían que sus maltratados estómagos comenzaran a reaccionar tras el severo castigo a que habían sido sometidos hasta que, esforzándose por no caer en un absoluto sopor, Roman Askildsen inquirió casi por decir algo:

—¿Conseguiste hablar con Tony Blair?

—Aún no.

—Lo suponía.

—No tardará en llamarme, le gusta hacerse rogar, pero ahora seré yo quien no se ponga al teléfono porque los Rothschild me han proporcionado información sobre la correspondencia que mantuvo con su abuelo.

—¿Y de qué trata?

—¿Quieres que te lo cuenta ahora? —se sorprendió el otro—. Apenas siento la lengua.

—Pues si a tu edad ya apenas sientes la lengua, estás jodido, porque de lo otro ni te cuento.

—¡Guarro...! —le reprendió Berta Muller—. Y tú dile ya a este vicioso lo que quiere saber.

El inglés farfulló como perro viejo al que un niño estuviera molestando y, de evidente mala gana, señaló:

—Por lo visto, una pequeña empresa española diseñó un sistema que denominaron «integral» y que al parecer reducía radicalmente los costes de desalar agua de mar, por lo que su gobierno decidió cofinanciar un primer proyecto. Poco después, y de esto debe de hacer unos veinte años, la misma empresa aplicó su «sistema integral» a un trasvase que, aprovechando la diferencia de nivel entre el mar Rojo y el mar Muerto, conseguía desalar diariamente seis mil millones de litros de agua, lo suficiente como para convertir las tierras baldías de Jordania, Siria, Israel y Palestina en un vergel.

—¿Tanta es la diferencia de nivel entre los dos mares...? —inquirió una interesada Berta Muller al tiempo que se erguía intentando de igual modo vencer al sopor de la pantagruélica cena.

—Cuatrocientos metros. Hace miles de años debieron de estar unidos, pero la evaporación consiguió que el mar Muerto se fuera quedando aislado en lo que actualmente constituye la depresión más profunda de la tierra. Su agua es nueve veces más salada que la de los océanos.

—Estuve allí... —intervino Sandra Castelmare sin tan siquiera molestarse en mover un músculo—. Recuerdo que flotaba sin necesidad de nadar y me embadurnaban con unos barros que me suavizaban la piel.

—¿Hay algún lugar en que no hayas estado? —quiso saber la luxemburguesa con manifiesta mala intención.

—En el infierno... —fue la humorística respuesta—. Pero ya tengo hecha la reserva.

—¿Os importaría dejar que Mark cuente lo que sabe...? —les suplicó Roman Askildsen—. Me interesa.

—¡Vale...!

—Dos años después un alto cargo del gobierno israelí viajo a España con intención de comprar los derechos del «sistema integral», pero puntualizando que tan solo proporcionaría agua a Israel, nunca a Jordania, y mucho menos a Siria o Palestina.

—¡Qué *jodíos* los judíos! ¿Querían quedarse el trabajo de otros para ellos solos?

—¿No harías tú lo mismo?

—Probablemente, porque todo el mundo sueña con un monopolio.

—Los judíos no consiguieron que les vendieran los derechos con esas condiciones, y ese mismo año sir Edmund Rothschild invitó a Londres al promotor de la idea con el fin de señalarle que estaba en desacuerdo con la actitud del gobierno israelí, ya que en su opinión el agua debía ser un bien común puesto que de ella depende la vida.

—¿Un banquero judío en desacuerdo con la actitud del gobierno israelí? —intervino de nuevo y sin poder evitarlo Berta Muller—. ¡Qué milagro...!

—Sir Edmund era un viejo con mucho carácter y muy suyo, de eso doy fe, ya que tuvo sus más y sus menos con mi padre... —puntualizó Mark Reynols—. Al poco le escribió a Tony Blair, pidiéndole que se interesase por el tema, y este le respondió que su ministro de Asuntos Exteriores, Robin Cook, se ocuparía del asunto.

—¿Sin pedir nada a cambio...? Eso sí que no me lo creo.

—Pero es verdad. Tengo copia de sus cartas, así como de un extenso reportaje que publicó el *Financial Times* en el que se asegura que el proyecto contribuiría a llevar la paz a Oriente Próximo.

—Nada llevará la paz a Oriente Próximo —sentenció la luxemburguesa como si se tratara de una verdad indiscutible—. Ya no es una cuestión de agua, alimentos o «tierras prometidas» convertidas en vergeles; es una cuestión de odios enconados y rencor genético. A veces he sentido la tentación de poner a mis científicos a buscar ese maldito gen racial con el fin de encontrar una vacuna, pero me consta que sería tiempo perdido.

—¡Tú siempre tan pesimista...! —le reprochó la culpable de que los espaguetis echaran fuego, pero que tras una corta pausa pareció pensárselo mejor y añadió—: Aunque nunca he entendido por qué puñetera razón tres grandes religiones, la musulmana, la judía y la cristiana, andan siempre a la greña por un pedazo de tierra estéril que no debe constituir ni la milésima parte de la superficie del planeta. Son como niños caprichosos peleándose por el mismo juguete...

—No es un pedazo de tierra estéril, cariño... —le hizo notar quien había sido su amante durante siete años—. Es lo que representa.

—Pero «representar» no es «ser», y la misma palabra lo dice. Mi representante puede firmar contratos en mi nombre, pero soy yo quien tiene que dar la cara ante las cámaras. Millones de hombres, mujeres y niños no deberían seguir dependiendo de lo que alguien hiciera, dijera o escribiera miles de años atrás por muy sabio que fuera sobre «la sabiduría de su tiempo». Deberían depender de lo que hoy en día diga alguien sensato que esté al tanto de lo que necesitan en estos momentos.

—Nunca dejarás de sorprenderme, querida... —reconoció su amiga con un gesto de la mano con el que pretendía reafirmar su admiración—. Das la impresión de saberte los diálogos de memoria, pero cuando improvisas te sale mejor... —Le arrojó un mendrugo de pan a Roman Askildsen al tiempo que inquiría—: ¿Cómo pudiste dejar que se te escapara una mujer así?

—Para escapar hay que estar preso, y Sandra jamás lo estuvo. Y ahora, si no os importa, me gustaría que cerrarais de nuevo la boca al menos un par de minutos con el fin de que Mark nos siga contando lo que ocurrió entre Rothschild y Blair... ¡Por favor!

—Por lo que tengo entendido... —continuó el aludido— empantanado con el tema irlandés que estaba a punto de costarle el puesto, Tony Blair no tenía demasiado papel en el asunto, por lo que sir Edmund le escribió al ministro español de Agricultura rogándole que le ayudara a financiar los trabajos, cosa que este hizo hasta que su partido perdió las elecciones y subieron al poder los socialistas.

—¿No pretenderás hacerme creer que los socialistas echaron atrás un proyecto de semejante envergadura?

—En principio no, porque el nuevo presidente, Rodríguez Zapatero, puso a los mejores especialistas a trabajar en el asunto, pero dos años más tarde una ministra de Medio Ambiente, que duró muy poco en el cargo, lo suspendió todo el mismo día en que se empezaba una primera planta destinada a abastecer la provincia de Almería. Misteriosamente las dos mil páginas de planos y estudios en que el gobierno había invertido cuatro millones de euros se traspapelaron mientras la ministra se gastaba tres mil millones de euros en medio centenar de desaladoras tradicionales... —El inglés se tomó un tiempo antes de continuar, puesto que evidentemente deseaba que se prestara atención a sus últimas palabras—: Y con ello provocó el mayor desastre económico y el mayor escándalo político de la era socialista porque únicamente se terminó el quince por ciento del proyecto.

—¿Y por qué hizo eso...?

—Porque tres mil millones son muchos millones, mi inocente amigo, y por la presión de las empresas a las que no les interesa que el agua sea barata. En cualquier restaurante o bar europeo te cobran un euro por un botellín de un tercio de litro, mientras que un litro de gasolina tan solo cuesta un euro.

—Eso sí que es cierto. Cierto, absurdo, abusivo y canallesco.

—Cuando los gobernantes permiten que el agua local cueste tres veces más que una gasolina que hay que buscar, extraer, refinar y transportar desde el otro extremo del mundo, es porque han sido sobornados. Según las leyes de la mayoría de los países comunitarios los acuíferos pertenecen a los ciudadanos, pero los políticos se los han vendido a especuladores sin escrúpulos, al extremo que en la mayoría de los aeropuertos o compras una botella de agua o te mueres de sed.

—Y cuando te vas a subir al avión te la quitan alegando que puede contener explosivos. Lo tienen muy bien organizado.

—¿Y qué disculpa puso el ministerio para ir en contra de lo que incluso su propio presidente financiaba y defendía.

—Que con el sistema integral se podían electrocutar las gaviotas.

—¡No puedo creerlo...! —exclamó una asombrada Sandra Castelmare.

—Pues créetelo porque salió publicado en el *Boletín Oficial del Estado*, y pese a que la Comunidad Europea reclamó los mil millones que había anticipado, nunca se supo adónde habían ido a parar. De los tres mil millones ya no quedaban más que edificios a medio construir y maquinaria pudriéndose.

—Siempre había creído que los mafiosos sicilianos lo habían inventado todo con respecto a la corrupción, pero pensándolo bien tan solo fueron unos míseros aprendices de los españoles que nos gobernaron durante siglos. Mi abuela me contaba que la Cosa Nostra había nacido cuando aún pertenecíamos a la Corona de Aragón. A veces me llamaba «baturra».

—¿Y eso qué significa?

—Fina, culta y de exquisitos modales.

—Dudo que ni siquiera tu abuela te pudiese considerar fina, culta y de exquisitos modales, querida —protestó con firmeza la luxemburguesa—. A mí me suena diferente.

—¿Y cómo puedes saber cómo suena algo en aragonés si en tu idioma todo suena a puerta desencajada? —le espetó la italiana, que evidentemente se estaba burlando de ella con absoluto descaro aunque de improviso cambió el tono con su camaleónica capacidad de pasar sin transición de un tema a otro—: Y dejando a un lado la historia, la lingüística, la semántica y las bromas, volvamos a la avaricia, la corrupción y la sordidez política. ¿Nadie denunció semejante saqueo y tanto abuso?

—¡Desde luego! Al poco la ministra fue cesada y su ministerio desmantelado, pero el mal ya estaba hecho, los millones a buen recaudo y los estudios desaparecidos. Pocos ganaron mucho y muchos perdieron mucho, pero ya sabemos que esa es una historia mil veces repetida.

—¿Y ahí acaba todo?

—¿Y qué quieres que te diga, cielo? Si por el simple hecho de pertenecer a un determinado partido político, gente que no está preparada ocupa puestos en los que tienen la oportunidad de tomar decisiones que beneficia a unos pocos empresarios aunque perjudiquen al resto de la ciudadanía, no debe sorprendernos que sucedan estas cosas.

—«Mas árboles derriba el gusano que el leñador...»

—«Y más gobiernos el corrupto que el dictador...» —completó la conocida frase el inglés—. Sir Edmund intentó recuperar los estudios que el ministerio había financiado, pero le dieron tantas largas alegando que necesitaban las firmas de un sinfín de funcionarios, que se murió sin conseguirlo.

Roman Askildsen se sirvió un vaso de agua que bebió como si estuviera necesitando apagar el fuego que aún le abrasaba la garganta y tal vez las entrañas al tiempo que inquiría:

—Entonces ¿era a eso a lo que se refería el rabino cuando dijo que sir Edmund estaba interesado en un sistema relacionado con el agua?

—Es de suponer.

—¿Y que si encontraba esos estudios se podrían regar y poner en explotación territorios costeros que permanecen baldíos y se encuentran casi despoblados?

—Tal vez... —admitió el inglés no demasiado convencido—. Sus cartas hablan de una tecnología en cuyo desarrollo se invirtieron ocho años de trabajo, pero si no tenemos acceso a esos trabajos es como si te aseguraran que alguien encontró una vacuna contra el cáncer pero un perro se comió la fórmula.

—Alguna copia quedará —aventuró la luxemburguesa—. En mis laboratorios guardamos copia de las investigaciones aunque resulten un fracaso, porque en ocasiones los fracasos ayudan casi tanto como los éxitos.

—Tus laboratorios son tuyos, y ten en cuenta que cuando se les incentiva apropiadamente incluso los funcionarios más ineptos resultan eficaces a la hora de hacer desaparecer documentos comprometedores —le hizo notar Mark Reynols—. Ocurre a diario en los juzgados y debió de ocurrir aún más fácilmente en un ministerio que había sido desmantelado. Y si alguien no se atrevió a destruir el trabajo de sus compañeros, se limitó a archivarlos bajo el epígrafe «comprobantes de gastos», sabiendo que a los cinco años irían a parar a la basura.

—Por esa época deberían estar ya en un ordenador —alegó con muy bien criterio Roman Askildsen.

—Sin duda. Pero apenas se tarda un minuto en cambiar el nombre del archivo de un ordenador, titulándolo algo así como «Plan de protección del buitre leonado». Quien no lo sepa jamás lo encontrará entre los millones de archivos de un ministerio.

—¿Y el que diseñó el sistema no guardó una copia?

—Si el ministerio ya no se la había dado, y dudo que lo hicieran, no. Y como había invertido todo lo que tenía en el proyecto a las empresas de agua no les costó arruinarle y conseguir que la Agencia Tributaria le confiscara las patentes de forma que ya nadie pudiera utilizarlas.

—¿Y ahora qué hace?

—Por lo visto vive en la indigencia.

—¿O sea que tanto esfuerzo ha ido a parar a la basura?

—Los «políticos-basura» se alimentan de basura, querida, y si los ves tan relucientes es porque lo que más produce la humanidad es basura.

—¿Y qué ocurrirá con todo ese trabajo?

—Que cualquier día los judíos desarrollarán un proyecto similar que tan solo proporcione agua a Israel, con lo cual sus colonos exigirán más tierras para cultivar, se multiplicarán los enfrentamientos con los palestinos y los yihadistas tomarán represalias.

—No podemos consentirlo... —señaló Sandra Castelmare.

—¿Y quién te has creído que somos, cielo? —protestó Berta Muller—. ¿Los Cuatro Fantásticos? Los superhéroes se dedican a solucionar problemas, no a crearlos, que es lo que ha hecho Roman.

—Deberíamos encontrar una copia de esos estudios aunque tengamos que remover toneladas de basura.

—¡Olvídalo...! La experiencia enseña que cuando

remueves la basura de los políticos lo único que consigues es ahogarte en ella.

Suleimán Ibn Jiluy no tardó en comprender que la tan cacareada y pomposa Alianza Contraterrorista Musulmana que acababa de proponer el gobierno saudita estaba condenada al fracaso incluso antes de haber empezado a funcionar debido a que Pakistán, Malasia e Indonesia se habían mostrado alarmadas por el alcance de un proyecto del que nadie les había proporcionado información, por lo que todo parecía indicar que se había gestionado de forma apresurada y chapucera.

Pakistán estaba a la espera de más detalles para decidir su grado de participación en la supuesta «Alianza», ordenando a su embajador en Riad que averiguara por qué lo habían incluido en la lista de participantes sin tan siquiera haber sido consultado, mientras que a Malasia e Indonesia, en los que habitaban casi la tercera parte de los musulmanes del mundo, no parecía apetecerles la idea de involucrarse en una contienda en la que saldrían malparados, sobre todo teniendo en cuenta que la iniciativa partía de quienes estaban considerados, con razón o sin ella, los principales valedores del terrorismo islamista.

¿Quién aseguraba que entre las filas de aquellos que

les invitaban a iniciar una sangrienta guerra de incierto futuro no militarían partidarios de los mismos a quienes aseguraban pretender combatir?

Ciertamente difícil resultaría saberlo, pero Suleimán Ibn Jiluy, que sí lo sabía, comprendía y disculpaba a los países que prefiriesen mantenerse al margen, ya que se trataba de iniciar una guerra santa contra otra guerra santa sin detenerse a meditar en que ninguna guerra era realmente santa y que de nada servirían los tanques contra los fanáticos que se ataban bombas a la cintura.

Ya el propio Mahoma había vaticinado en el Corán la llegada de «gentes de pelo largo que no tienen nombre, nunca consiguen ningún acuerdo y acabarán destruyéndose entre ellos».

Un ministro saudita había ofrecido siete mil millones de dólares supuestamente destinados a adquirir las mejores armas con las que aplastar de una vez por todas a «aquella pandilla de desharrapados», pero al nieto del tuerto le constaba que la mayor parte del dinero se utilizaría en comprar equipos de fútbol, y la menor, a comprar inteligencia.

Y es que aunque pareciera un contrasentido, cuanto más obtuso fuera un enemigo cuya único mérito se limitaba a dejarse matar como un borrego, más inteligencia se necesitaba.

Tras incontables horas de reflexionar sobre la mejor forma de combatir a quienes ansiaban inmolarse, Suleimán Ibn Jiluy había llegado a una simple, macabra y cruel pero realista conclusión: «Tan solo se inmola quien está vivo, o sea que la única forma de evitar que se inmole es matarle.»

Anticiparse de una manera drástica y por meras sospechas a unos acontecimientos que tal vez nunca tendrían lugar daba pie a que docenas de desgraciados pagaran las consecuencias, pero en contrapartida cabía alegar que de no anticiparse a los acontecimientos serian cientos, o tal vez miles, los desgraciados que pagarían dichas consecuencias.

El dilema dejaba de ser una cuestión moral para pasar a ser una cuestión matemática y tendrían que ser los gobernantes de cada país los que optaran por una u otra solución debido a que el salvajismo de quienes se mataban a sí mismos por el simple hecho de matar a otros, empezaba a dejar obsoleto el viejo aserto de que «Más vale dejar libre a un culpable que encarcelar a un inocente».

Desde que hicieron su aparición los fanáticos, perdonar a un culpable significaba condenar a muchos inocentes, y con el advenimiento de los fundamentalistas dispuestos a suicidarse el viejo lema «Si quieres la paz prepárate para la guerra» quedaba por desgracia obsoleto; ahora habría que decir: «Si quieres la paz empieza una guerra.»

Un protector de La Meca que veía cruzar ante su puerta a millones de entusiastas peregrinos no podía por menos que preguntarse cuál sería la fórmula que permitiera determinar quiénes de entre ellos se encaminaban a la Gran Mezquita sin llevar al dios de la misericordia en su corazón.

Aún guardaba la ropa ensangrentada del nefasto día en que, esquivando las balas y saltando sobre cadáveres, corrió a auxiliar a las víctimas de un brutal atentado chiita, y un cuarto de siglo después todavía se preguntaba cómo era posible que algo así hubiera ocurrido en la mismísima cuna del Profeta.

Algo estaba mal.

Demasiadas cosas estaban mal.

Tal vez todo estaba mal.

Y si algo le atormentaba era no tener con quién compartir sus dudas.

Su mujer era una buena mujer, sus hijos unos buenos hijos y sus hermanos unos buenos hermanos, pero todos se horrorizarían si les revelaba lo que en verdad sentía.

Su madre hubiera sido algo más comprensiva, aunque de inmediato le habría dicho que renegar de su fe le enviaría directamente al infierno.

¿Y cómo explicarle a una anciana casi sorda que no se podía renegar de lo que no se tenía?

Su madre tan solo era una de las millones de musulmanas que a lo largo de los siglos habían vivido y habían muerto convencidas de que se podía perder todo menos la fe, porque para ella la fe estaba grabada a fuego en cada uno de los latidos de su corazón y por lo tanto su último latido sería de igual modo una declaración de fe.

A Suleimán Ibn Jiluy le constaba que le resultaría más sencillo, cómodo y gratificante seguir pensando de ese modo, pero ya no podía hacerlo.

Desde la malhadada noche en que un dron sobrevoló su cabeza repitiendo insistentemente una monótona melodía, el caos se había adueñado de su espíritu sin permitirle disfrutar de un solo minuto de descanso.

Siempre había despreciado y aborrecido a los extremistas, pero ahora los odiaba porque habían destruido su fe.

A medida que se diluía el humo se diluían mis creencias, y al contemplar el rostro del inquisidor mayor comprendí que aquella no era la expresión de Cristo sufriendo en una cruz de madera, sino la del demonio disfrutando en un trono de oro.

El hedor a carne quemada se adueñó de mi cuerpo y la desolación de mi alma, y aunque el olor desapareció con el tiempo la desolación se negó a hacerlo.

Le hubiera gustado averiguar quién había escrito aquel amargo texto, puesto que expresaba, con cinco siglos de anticipación, lo que él sentía al comprobar la brutal e innegable semejanza entre los inquisidores cristianos y los yihadistas musulmanes que habían filmado la ejecución de prisioneros de guerra prendiéndoles fuego en el interior de una jaula.

Y por si todo ello no bastara, un grupo de extremistas judíos acababa de grabar por medio de un teléfono móvil la alegre celebración, con cantos y bailes, de su «fabuloso éxito» al atacar una vivienda palestina y asesinar a todos sus ocupantes, quemando vivo a un bebé de siete meses.

Quinientos años de evolución demostraban que se había conseguido el casi increíble y extraordinario progreso tecnológico de pasar de narrar cómo se achicharraba a la gente con papel, pluma y tinta, a hacerlo con una cámara de televisión o un teléfono móvil.

Pero lo importante no era cómo se contaba, sino que se hacía en nombre de la fe.

Y no una misma fe, sino tres.

El nieto del tuerto llegó a una dolorosa conclusión: si aquel era el camino elegido para llegar a Dios, más le valía abandonarlo y buscar por su cuenta.

Vista la decisión de la Corte Penal Internacional sobre investigación y enjuiciamiento de delitos de genocidio, crímenes contra la humanidad y crímenes de guerra,

Vistas las directrices sobre derechos humanos de la UE relativas a los niños en conflictos armados,

Vistas sus anteriores resoluciones sobre las violaciones de los derechos humanos y sobre el secuestro de niños por parte del Ejército de Resistencia del Señor y considerando que la CPI dictó una orden de detención contra Joseph Kony, contra el que pesan 33 acusaciones que incluyen 12 por crímenes de guerra y crímenes contra la humanidad, incluidos asesinato, violación, esclavitud, esclavitud sexual, actos inhumanos consistentes en infligir lesiones corporales graves y sufrimiento, y 21 cargos por crímenes de guerra, incluidos el trato cruel de civiles, ataques contra la población civil, pillaje, inducción a la violación y alistamiento forzoso de niños,

Considerando que en el momento álgido de la violencia dos millones de personas huyeron de sus hogares para vivir en campos de desplazados y que decenas de miles de niños se vieron obligados a dormir en centros urbanos en busca de protección, pese a lo cual tuvo lugar el secuestro de más de veinte mil para su uso como esclavos sexuales o combatientes,

Considerando que la jurisdicción de la CPI cubre los crímenes más graves que afectan a la comunidad in-

ternacional y, en particular, el genocidio, los crímenes contra la humanidad y los crímenes de guerra,

Pide al Gobierno de Uganda y de los países vecinos que cooperen a la detención y la entrega sin demora de Joseph Kony.

Desde el lejano día en que aquella sanguinaria pandilla de cabrones, hijos de puta, carroñeros y violadores, nacidos del cruce entre un buitre y una hiena, atacaron su aldea, Leo Mambhá llevaba siempre en el bolsillo un documento que leía a cuantos querían escucharle con el fin de procurar que nadie dudara a la hora de proporcionar cualquier pista que pudiera conducir a la aniquilación de semejante engendro de Satanás.

Su despiadado Ejército del Señor se ocultaba en las selvas más impenetrables, y tan solo se pondría fin a sus atrocidades si cuantos vivían en esas selvas perdían el miedo, tomaban conciencia de su barbarie y delataban sus movimientos.

—No son cristianos que se enfrentan al islam —les decía—. Son bestias infrahumanas que disfrutan haciendo sufrir incluso a los de su propia religión, y tan solo una cosa los diferencia de los yihadistas; ni siquiera son capaces de inmolarse.

A veces, cuando volaba de una leprosería a otra,

distinguía columnas de hombres fuertemente armados o algún pequeño campamento semioculto entre la espesura, y aunque en esos momentos lamentara no pilotar como antaño un caza de combate, comprendía que poco daño les haría, y que si les molestaba no tardarían en tomar represalias.

Los hombres de Kony jamás se aproximaban a las leproserías, y no por respeto a los médicos o enfermos, sino porque una vieja superstición aseguraba que «el mal» era tan celoso de sus víctimas que si alguien osaba acabar con la vida de una de ellas, de inmediato se instalaba en el cuerpo del asesino con el fin de hacerle sufrir lo que no había podido hacer sufrir al difunto.

Extraño resultaba que la única forma que existía en aquellas tierras de librarse de la crueldad de los fanáticos, tanto cristianos como musulmanes, fuera habiendo caído en manos de la más cruel de las enfermedades.

Extraño y desmoralizante.

Debido a ello resultaba comprensible que el Hombre de la Niebla, aquel que no temía volar entre las nubes más densas ni aterrizar junto a quienes día a día iban perdiendo sus miembros a pedazos, se sintiera asustado y confuso al no tener ni la menor idea de en qué maldito lugar podría desprenderse de la triste pandilla de atemorizadas criaturas que se apretujaban a sus espaldas.

El suyo era un ruidoso y desvencijado avión de carga, sin ventanillas ni asientos que, además, en aquellos momentos apestaba porque la mayor parte de sus jóvenes pasajeros no habían conseguido superar el continuo balanceo o el hedor a fueloil y vómitos.

Una muchachita y un pequeñajo se encontraban tan mareados, aterrorizados y desquiciados que, de no ser por la presencia de quien se comportaba como un hermano mayor al que todos obedecían y respetaban, quizá no habrían dudado en abrir la puerta y lanzarse al vacío.

El experimentado piloto con miles de horas de vuelo a sus espaldas presentía que sin la presencia de aquel espigado y decidido muchachuelo tal vez el vuelo hubiera acabado en tragedia, puesto que al resto de cuantos se encontraban a bordo parecía importarles muy poco que aquel ruidoso, inestable y maloliente trasto se viniera abajo dando fin de una manera rápida y segura a tantos meses de padecimientos.

Por lo que le había contado la doctora Duran, a todos ellos les sobraban razones para no querer seguir huyendo sin futuro, debido a que ya les habían advertido que el supuesto destino de su larguísimo calvario —una compasiva Europa que sabía cómo cuidar a los niños— se encontraba ahora más lejos que el día en que iniciaron el viaje, y ya tan solo acogía a niños que previamente se hubieran ahogado.

A esos, a los muertos, los medios de comunicación

solían dedicarles una gran atención, mientras que a los vivos tan solo se los consideraba «una alarmante masa de refugiados».

Cuatro mil kilómetros los separaban de las costas europeas, y Leo Mambhá sabía mejor que nadie que su vetusto bimotor nunca sería capaz de superarlos teniendo en cuenta que el noventa por ciento del recorrido tendría que hacerlo sobre el mayor y más tórrido de los desiertos.

De igual modo sabía, y así había intentado hacérselo comprender a la doctora, que en ningún aeropuerto le permitirían desembarcar a un puñado de escuálidos indocumentados cuya única seña de identidad era la sarna y cuyo punto de partida era una leprosería.

De momento, a bordo se encontraban seguros, pero ningún avión volaba eternamente, por lo que la única solución que se le antojaba viable se limitaba a posarse en una de las diminutas pistas que solían usar los guerrilleros y permitir que continuaran su camino hacia donde quiera que el destino tuviera el capricho de conducirles.

Le constaba que antes de una semana habrían caído en manos de Joseph Kony o de los brutales mercenarios que se suponía luchaban contra su abominable Ejército de Salvamento del Señor y a los que no les haría ninguna gracia que una pandilla de escuálidos jovenzuelos etíopes vinieran a complicarles aún más la vida.

Lo más probable era que tanto los de una como de la otra facción en lucha abusaran de ellos antes de cortarles los brazos a la altura del codo, una sádica práctica muy extendida últimamente en la región, puesto que se la consideraba una eficaz forma de prolongar la agonía durante el resto de la vida.

Oteó el horizonte sin distinguir más que selva y nubes y calculó que le quedaba combustible para hora y media.

El campamento de refugiados más cercano que se encontrara fuera del alcance de la gente de Kony estaba por lo menos a tres horas, lo cual quería decir que antes de hora y media debía decidir cuál sería el destino final de Abiba, Zeudí, Selma, Menelik, Dudú, Jahil y Caribel.

Pero ¿quién era él para tener que cargar con tamaña responsabilidad?

La doctora Duran se había mostrado cruelmente injusta, y aunque comprendía sus razones no podía evitar maldecirla por haber puesto en sus manos el incierto futuro de siete criaturas a las que no le unía ningún lazo de parentesco, amistad, vecindad o tan siquiera nacionalidad.

Si para él aquella misma mañana ni siquiera existían, no veía por qué absurda razón tenía que ser él el único que se ocupara de ellos.

Apartó del asiento del copiloto, que rara vez se uti-

lizaba, mapas, documentos, restos de comida y una botella de agua, le hizo un gesto a Menelik para que viniera a ocuparlo, y le expuso la situación sin el menor
rodeo permitiendo que fuera el quien tomara una decisión sobre el futuro de sus compañeros de viaje.

—Os dejaré donde me digas y me volveré a casa
porque esta no es mi guerra y tengo que cuidar de mi
familia. ¿Ha quedado claro?

—Muy claro y lo entiendo... —admitió el muchacho—. No es culpa suya que nos equivocáramos al
abandonar el pueblo. Tendríamos que habernos quedado y reconstruirlo.

—Pero si tan solo sois unos niños...

—Los niños crecen, pero la tierra en que han nacido
no crece en ninguna otra parte... —Señaló una amplia
pradera que se extendía entre la espesura y un riachuelo,
y añadió—: Si puede aterrizar nos quedaremos ahí.

—Te advierto que conozco esa selva y es práctica-
mente impenetrable.

—¿Impenetrable...? —repitió el etíope casi despec-
tivamente—. Se ve que nunca ha estado en los panta-
nales del Sudd.

—La verdad es que nunca he estado —replicó Leo
Mambhá un tanto mosqueado—. ¡Ni puñeteras ganas!
Y si te apetece quedarte ahí, ahí te quedas, porque lo
que os ocurra a partir de ese momento me importa un
carajo.

Tomó tierra con la habilidad que le proporcionaba una experiencia de años, al tiempo que lanzaba un sonoro suspiro de alivio puesto que a partir de aquel momento su misión había terminado.

—¡Fin del trayecto! —gritó hacia atrás—. ¡Todos abajo!

Ni siquiera se volvió a mirar a sus pasajeros, sabiendo que lo que viera se quedaría para siempre en su retina, y fue entones cuando los vio venir.

Tan solo eran cinco cabrones, hijos de puta, carroñeros y violadores, nacidos del cruce entre un buitre y una hiena, pero habían surgido del bosque corriendo hacia el avión mientras esgrimían amenazadoramente sus armas.

Asustaba verlos, gente salvaje, los más genuinos representantes de aquellos para los que la vida ajena carecía de valor, pero de pronto se detuvieron y parecieron ser ellos los asustados.

Acaban de descubrir que sobre la puerta del osado bimotor que acababa de aterrizar en sus indiscutibles dominios destacaba una sola palabra: «Leprosería.»

Dudaron unos instantes antes de comenzar a discutir a gritos.

El Hombre de la Niebla lanzó un reniego, maldijo su suerte y aceleró.

Dos minutos después estaba de nuevo en el aire.

XIII

«La Divina» había rodado tres películas en España, donde conservaba infinidad de amigos así como algún que otro ex amante, por lo que lo primero que hizo a la mañana siguiente fue ducharse, lavarse los dientes, abrir su vieja agenda y colgarse al teléfono mientras le servían el desayuno.

Habló con actores, directores, productores e incluso maquilladores, y al haber dejado un gran recuerdo como persona y como profesional recibió casi veinte promesas de ponerse a trabajar de inmediato.

Cuatro días más tarde, y almorzando junto a una piscina ahora llena de agua, pero de agua salada que había hecho traer en cisternas desde la cercana playa de Malibú, sonrió aviesamente al tiempo que comentaba:

—En torno a esta mesa se sienta gente que se considera importante y poderosa, pero ha tenido que ser la más humilde la que haya averiguado algo que los demás no hubieran averiguado en su puñetera vida.

—En torno a esta mesa no hay nadie humilde, querida... —fue la mordaz respuesta—. Pero con mucho gusto te rendiremos pleitesía e incluso te besaremos el culo si te dignas contarnos lo que sabes.

—Lo que sé es que, en efecto, políticos y funcionarios generosamente recompensados se afanaron a la hora de ocultar estudios en los que se había empleado mucho tiempo, mucho trabajo y mucho dinero, pero...

Dejó la frase en el aire, no por hacer una de sus famosas pausas, sino porque parecía regodearse por su aplastante e indiscutible victoria.

—¿Pero...?

—Algún estúpido chupatintas no tuvo en cuenta que meses antes de que una ministra que, por lo poco que duró, acabaría siendo apodada *La Breve*, diera orden de «desestimar el nuevo sistema integral de desalación por el bien de las gaviotas», dos estudiantes de ingeniería habían pedido que les facilitaran la información necesaria para llevar a cabo una tesis doctoral.

—¿Y se la dieron?

—Como por aquel entonces nadie sospechaba aún que perjudica tanto a las grandes empresas de agua y energía, se la dieron.

—No puedo creerlo...

—Pues créetelo porque años más tarde esa tesis recibió los máximos honores académicos de la Universidad de La Laguna, y son cientos de páginas de números, fórmulas, planos y mapas que me han hecho llegar y que ya se encuentran en mi ordenador.

Roman Askildsen se puso en pie dejando a un lado la servilleta al tiempo que señalaba:

—Vamos a verla.

—Lo primero es lo primero, mi adorado ex... —fue la tranquila respuesta de la siciliana al tiempo que le indicaba con un gesto que volviera a sentarse—. Y lo primero es lo que estamos haciendo, porque el ordenador me ha prometido que no irá a ninguna parte hasta que haya terminado de almorzar, haya tomado café y me haya fumado un cigarrillo.

—Cuando quieres eres odiosa.

—Pero solo cuando quiero, querido; la mayoría lo son sin quererlo.... —Le acarició afectuosamente la mano al añadir—: Y que conste que estoy evitando que hagáis el ridículo con el estómago vacío, que es muchísimo peor, porque toda esa documentación está en español, estos dos merluzos no lo hablan y tú apenas lo chapurreas.

—¿En español...? —se sorprendió pese a que, bien visto, no tenía motivos para hacerlo.

—De la primera a la última línea, porque la Universidad de La Laguna está en las Canarias, que me consta que son españolas porque rodé allí un asco de película sobre monstruos del Olimpo.

—¡Vaya por Dios! ¿Y has entendido algo de ese estudio? —quiso saber Berta Muller.

—Supongo que únicamente lo esencial —admitió con encomiable humildad la actriz—. Hay archivos que no he conseguido abrir, por lo que esta tarde vendrá un ingeniero que quizá pueda aclararme las dudas.

Mark Reynols, que sentía tanta curiosidad como el que más pero intentaba hacer gala de flema británica, inquirió como si estuviera interesándose por la posibilidad de que lloviera en los próximos días:

—¿Y de qué va la cosa...? Si es que puede saberse...

—Por lo que, de momento, he conseguido comprender, y os ruego que lo toméis con la natural prudencia, el truco consiste en subir agua de mar a un gran depósito situado en lo alto de una montaña a las horas en que sobra energía y cuesta mucho más barata... —Hizo hincapié al puntualizar—: Es decir, por las noches o durante los fines de semana. Luego dejan caer una parte del agua, la turbinan y devuelven energía cuando más se necesita y cuesta más cara.

—¡Pero eso no es más que una central eléctrica reversible de las que utilizan la mayoría de los pantanos! —exclamó Roman Askildsen en un tono despectivo o de profunda decepción—. ¡Vaya mierda de invento!

—Al parecer, y supongo que en ese punto debe residir el meollo de la cuestión, otra parte del agua se introduce en una tubería que, debido a la altura del depósito, genera una gran presión sobre las membranas que están abajo y que transforman la mitad en agua dulce.

—¿Y eso es posible? —se sorprendió el inglés.

—Digo yo que debe de serlo, porque de lo contrario no se entiende a qué carajo viene tanto trabajo, tanto dinero gastado, tanto estudio, tanto lío y tanto misterio —replicó «La Divina» con un leve encogimiento de hombros—. Afirman, ¡y que hay número, planos y fórmulas como para aburrir a las ovejas!, que si el depósito está a más de seiscientos metros el agua dulce resulta gratis.

—Lo creo.

Se volvieron hacia la luxemburguesa, que era quien había hecho tan taxativa afirmación.

—¿Lo crees?

—Tiene lógica

—¿Y dónde está esa lógica?

—En la altura —señaló la demandada—. A menudo trabajamos con membranas de ósmosis inversa con el fin de eliminar las impurezas en determinados productos, y es cosa sabida que si se les aplica una gran presión consiguen incluso desalar el agua. Ese «sistema integral» no debe ser más que una variante que elimina el gasto de energía que constituye el noventa por ciento de los costes de la desalación.

—¿Y cómo se las arreglan para eliminarlo?

—Reciclando energía.

—Aclárame en qué consiste eso de «reciclar» la energía.

—En utilizar la justa y guardar la que sobra en depósitos a gran altura, con lo que en lugar de pagar por ella, cobran. ¡Simple pero astuto!

—¿Y si es tan simple por qué no lo hace cualquiera?

—Supongo que el problema estriba en el tiempo y el capital que se debieron invertir en el proyecto final de una obra civil de tamaña envergadura. Quienes ocultaron esos planos sabían que si alguien pretendía emplear el sistema tendría que empezar de nuevo, lo que les permitiría continuar especulando con los precios del agua seis o siete años más.

—¿O sea que una simple tesis universitaria destinada a obtener un doctorado le puede crear problemas a mucha gente importante?

—Y también puede solucionar problemas a mucha gente humilde. Si realmente está bien hecha, y si la premiaron debe de ser porque está bien hecha, bastará con ofrecérsela a países que tengan problemas de agua. En alguno existirán políticos decentes.

—¿Tú crees...?

Mientras se servía ensalada, Berta Muller movió de

un lado a otro la cabeza como si no estuviera muy segura de lo que iba a decir:

—Parte de mi trabajo consiste en sobornar a gobernantes, pero en ocasiones, digamos que un veinte por ciento de las veces, no lo consigo y no porque me haya quedado corta en la oferta, sino porque algunos resultan realmente incorruptibles... —Dejó escapar una divertida carcajada al añadir—: ¡Gente admirable esos nórdicos!

—¿Y no habría que contar con el que ideó el sistema? —quiso saber Roman Askildsen.

—Es posible, aunque por lo que a mí respecta no lo haría porque no le tengo la menor simpatía; si se metió en semejante berenjenal sin tener en cuenta que se enfrentaba a enemigos increíblemente poderosos es un estúpido que se merece lo que le ha ocurrido.

—Supongo que no se lo imaginaba.

—Pues doblemente estúpido por no habérselo imaginado, de igual modo que tú eres doblemente estúpido por no imaginar que la gracia del dichoso dron y la puñetera trompetita acarrearía peligrosas consecuencias.

—Si nadie diera un paso por miedo a las consecuencias nuestros antepasados continuarían a orillas del lago Turkana —le hizo notar el otro a todas luces molesto—. No digo que ese tipo sea el más listo del mundo, pero si intentó hacer algo que puede favorecer a mucha gente me parece injusto que se encuentre en la indigencia.

—La indigencia es un problema que se soluciona con dinero, querido —fue la descarada respuesta de la luxemburguesa—. Y tanto a Mark como a mí nos sobra. Si no hemos dudado a la hora de emplearlo en fastidiar a las empresas del tabaco, supongo que tampoco dudaremos a la hora de fastidiar a las empresas de agua. —Golpeó el antebrazo del inglés como solicitando su aprobación al inquirir—: ¿O no es así, querido?

—Puede resultar arriesgado, pero desde que me codeo con los narcos le he empezado a tomar gusto a eso del riesgo.

—¿Y desde cuándo te codeas con narcos? —quiso saber la siciliana.

—Desde que me ayudan a costear barcos que impedirán que tantos infelices se ahoguen —fue la rápida respuesta—. Que la barbarie de los fanáticos relegue a las últimas páginas de los periódicos la tragedia de los refugiados no significa que hayan dejado de existir. Se mueren los mismos aunque las esquelas sean mucho más pequeñas.

—¿Y ya has conseguido autorización de los gobiernos para utilizar esos barcos? —quiso saber Roman Askildsen.

—Aún no, pero estoy informándome sobre a quién es necesario sobornar para que agilice los trámites.

—¿Pretendes hacerme creer que incluso para salvar a los que se ahogan es necesario sobornar a la gente?

—Y lo más curioso es que los que aceptan no se sienten culpables porque consideran que les estoy pagando por hacer algo justo.

—Pero ¿si no les pagaras no lo harían?

—Probablemente no, porque no tendrían la obligación de hacerlo.

—Curioso sentido de la responsabilidad.

—Querido Roman... —intervino en tono impaciente la luxemburguesa—. Si quieres saber lo que es sentido de la responsabilidad cómprate un perro. Ahora lo que importa es que Sandra no lo haya entendido todo al revés y ese ingeniero confirme que lo que nos ha dicho es cierto... —Se volvió a la italiana con el fin de inquirir—: Si tiene que estudiar a fondo ese proyecto tendrá que hablar español... ¿De dónde es?

—Peruano.

Nadie se hubiera atrevido a ponerlo en duda, ya que el perfil de Celso Pachamú podría haber servido de molde a la hora de diseñar una vasija incaica, puesto que conservaba hasta el último rasgo característico de sus antepasados aimaras.

Nacido en Cuzco pero criado en Los Ángeles, se había licenciado en Berkeley, por lo que apenas necesitó unos minutos para hacerse una idea de lo que le estaba pidiendo una espectacular mujer frente a cuyas provocativas fotografías de las páginas centrales del *Playboy* se había masturbado con harta frecuencia un cuarto de siglo atrás.

Y además olía como siempre había imaginado que olería.

Abrió el ordenador, estudio con atención el contenido de la extensa y minuciosa tesis doctoral, extrajo del bolsillo una diminuta calculadora, comprobó media docena de fórmulas incomprensibles para un profano y por fin lanzó una especie de quejumbroso resoplido.

—¡Estúpido...! —masculló—. Desmoralizadoramente estúpido.

—¿Qué quiere decir con eso...? —se alarmó Mark Reynols.

—Que esta memez se le podría haber ocurrido a un alumno de cuarto de bachillerato un domingo que no tuviera nada mejor que hacer.

—¿Pero funciona?

—¡Naturalmente que funciona! —masculló malhumorado—. Observen la animación; la línea roja es agua de mar que sube impulsada por las turbinas; la línea azul, agua de mar que baja generando energía, y la verde, agua de mar que presiona sobre las membranas de ósmosis inversa hasta convertirse en potable. —Lanzó un nuevo resoplido torciendo cómicamente la boca—. Me arrancaría la oreja de un mordisco si pudiera alcanzármela. ¡Qué imbécil!

—No se lo tome tan a pecho —intentó animarle Roman Askildsen golpeándole afectuosamente la espalda—. Cuando me plantean un problema de ajedrez que no logro resolver, también me cabreo cuando me aclaran que sacrificando un peón hubiera ganado la partida.

—No es lo mismo —se indignó el otro—. Me doctoré en la mejor universidad del mundo y el agua es uno de los grandes problemas de mi país, lo cual quiere decir que se supone que de esto debería entender. —Intentó calmarse poniendo en orden sus ideas y, al poco, se volvió hacia la italiana con el fin de dedicarle una leve inclinación de cabeza que pretendía mostrar admiración—: La felicito porque ha sido capaz de captar la esencia del sistema, aunque siento decirle que se le ha pasado por alto un detalle de la máxima importancia y que es lo que le da sentido al nombre de «sistema integral».

—¿Y es...?

Celso Pachamú señaló un punto de la pantalla al aclarar:

—Este...

—¿Los aerogeneradores?

—No son aerogeneradores.

—Pues lo parecen.

—Pero no lo son; son molinos de viento.

—Los aerogeneradores son molinos de viento —insistió ella.

—Pero no todos los molinos de viento son aerogeneradores... —le hizo notar el peruano con una tímida sonrisa con la que pretendía disculpar su insistencia—. También se utilizan para hacer harina, producir aceite o sacar agua de un pozo. Algunos tienen siglos.

—Pero estos parecen modernos... —intervino Berta Muller—. Son idénticos a los que se ven en lo alto de las montañas y ahora en el mar.

—Parecidos, señora, pero no idénticos. Utilizan aspas similares, pero ahí termina su semejanza, porque estos son mucho más baratos, prácticos y fiables, aunque se limitan a elevar agua.

—¿Agua de mar?

—En este caso sí. Como pueden ver los han colocado de forma escalonada, desde la costa hasta la cima de la montaña, y su misión consiste en alimentar de agua el depósito de altura sin consumir ningún otro tipo de energía. ¡Solo viento!

Tanto los dos hombres como las dos mujeres permanecían atentos a sus explicaciones intentando asimilar viejos conceptos que les resultaban novedosos porque no podían olvidar que durante milenios el viento había sido la fuerza que impulsaba los molinos que molían la harina con que se hacía el pan, así como a las naves que descubrieron y conquistaron el mundo.

Al fin fue Roman Askildsen quien se decidió a aventurar:

—Si lo he entendido bien, toda el agua que los molinos eleven hasta el depósito se convertirá en energía potencial gratuita.

—O en agua dulce —confirmó el ingeniero, cuyo primer gesto de frustración profesional parecía haber desaparecido—. No se trata de consumir energía, sino de crearla; la fuerza del viento mueve un molino que sube agua, y cuando esa agua vuelve a bajar genera una presión que mueve un molino... ¡Así de simple!

—Y en ese caso, con tanto subir y bajar, ¿dónde está el truco?

—En que el gran problema de la electricidad estriba en que no puede conservarse más que en pequeñas baterías, por lo que si se produce en los momentos en que no se necesita, se pierde...

—Pero los depósitos de regulación impiden que se pierda y permiten que vuelva a producir energía en el momento oportuno... —concluyó la frase Mark Reynols, que al parecer había empezado a captar cómo funcionaba el «sistema integral» en su conjunto.

—Ni más ni menos, lo que ya es bastante. —El peruano se echó hacia atrás en su asiento como dando por concluida su disertación—: Lo que tienen en este ordenador son los planos definitivos de un maldito artilugio que lo aprovecha todo como si fuera un cerdo.

—¿Por eso hay tanto interés en ocultarlo?

—Lógico, porque incluso podría regalar millones de litros de agua potable visto que con lo que realmente gana dinero es produciendo y regulando energía. No me extraña que algunos quieran ocultarlo e incluso matar con tal de que no se utilice.

—¿Y está seguro de que los cálculos son correctos?

—Lo parecen, aunque tendría que estudiarlos un poco más a fondo.

—¿Le gustaría trabajar para nosotros?

—Lo haría gratis.

—¿Gratis...? —repitió la siciliana—. No es necesario; podemos pagarle.

—Lo supongo, pero no tengo problemas económicos, y esta curiosa forma de trabajar utilizando únicamente el sentido común me fascina.

—¿Qué ha querido decir con eso de «utilizando únicamente el sentido común»?

—Que aquí lo único que hay es trabajo, paciencia y sentido común.

—¿O sea que el que lo diseñó no es un genio?

—En absoluto; los genios crean cosas, mientras que este se limitó a colocarlas en su sitio como si fuera un puzle que estaba a la vista pero nadie se molestaba en resolver. Unió, o «integró», tres sistemas en uno.

—¿Y cuál sería el siguiente paso?

—Eso depende de ustedes, pero como en Perú contamos con infinidad de alturas cercanas a la costa y vientos constantes que llegan del océano, sería un lugar idóneo a la hora de instalar una primera planta.

—¿Los políticos peruanos suelen ser honrados?

El demandado se volvió visiblemente ofendido a Berta Muller.

—Por favor, señora —protestó—. ¡Qué pregunta! Puede que alguno lo sea y puede que deje de serlo a la primera oportunidad, pero le garantizo que ni siquiera en Berkeley se aprende a distinguirlos.

Leo Mambhá estaba indignado.

Aquellos cabrones, hijos de puta, carroñeros y violadores, nacidos del cruce entre un buitre y una hiena, se habían atrevido a dispararle, y aunque por fortuna no habían herido a nadie, una bala había atravesado el suelo, rebotado contra el techo y quedado justo a los pies de Zeudí, que en un principio supuso que era una pieza del avión que se había desprendido a causa del brusco despegue.

El tronar de los motores le había impedido percibir el ruido de los disparos, y por suerte los AK-47 que utilizaban los que les atacaron eran absolutamente letales a corta distancia pero tenían escasa potencia, lo que los volvía ineficaces a más de cuatrocientos metros.

Con armas de mayor calibre probablemente les habrían derribado, por lo que la indignación del dueño de un aparato con el que se ganaba la vida y sacaba adelante a su familia, se encontraba más que justificada.

¿A quién se le podía ocurrir atacar al avión de las leproserías...?

Solamente a cabrones, hijos de puta, carroñeros y violadores nacidos del cruce entre un buitre y una hiena.

Le indicó a Zeudí que podía quedarse la bala como recuerdo y le pidió a Menelik, que había acudido a tranquilizar a los más pequeños, que regresara a su lado con el fin de comentarle:

—Ya has visto cómo se las gastan... ¿Se te ocurre algo?

—Si encuentra alguna carretera en la que pueda aterrizar, nos bajaremos. Le estamos creando demasiados problemas.

—¿Y qué le digo a la doctora cuando me pregunte? ¿Que os dejé tirados como a perros?

—¡Ojala lo fuéramos!

El Hombre de la Niebla se volvió a observar con mayor atención a su pasajero, puesto que el tono de su respuesta indicaba convencimiento.

—¿Cómo puedes decir algo así? —le reprochó.

—Porque es cierto. Ni los extremistas islámicos ni los extremistas católicos exterminan a los perros. Matan alguno de tanto en tanto, pero no con semejante saña.

El veterano piloto admitió que un chico al que habían asesinado a toda su familia, excepto una hermana que se iría pudriendo a pedazos camino de la tumba, y se había visto obligado a recorrer miles de kilómetros a través de selvas y pantanos tenía sobradas razones para considerar que hasta el último perro habría llevado una vida mejor.

—¿Adónde te gustaría ir? —quiso saber.

El otro hizo un gesto señalando sus espaldas.

—A donde puedan estar a salvo —respondió—. Es lo que me pidió la señorita Margaret.

Cuarenta minutos después el bimotor sobrevoló las montañas, aterrizó en una peligrosa pista que ocupaba casi por completo la cima de una colina y se detuvo en un galpón abierto de forma que podía entrar y salir sin dificultades.

Al poco Leo Mambhá alineó a Abiba, Zeudí, Selma, Menelik, Dudú, Jahil y Caribel frente al aparato y les señaló una pequeña granja que se alzaba en el fondo del valle.

—Aquella es mi casa —dijo—. Y los que suben corriendo, mis hijos. El mayor tiene ocho años y la pequeña cinco. Su madre murió y ahora se ocupa de ellos mi padre, que ya está muy viejo. —Se dirigió directamente a Abiba al añadir—: Por lo que me han contado eres maestra.

—Ayudante de maestra.

—Ayudante de maestra es más de lo que nunca hemos tenido, o sea que cada día les darás cuatro horas de clase, incluyendo a todos estos. Luego, con ayuda de las chicas, te ocuparás de cocina y las labores de la casa mientras los muchachos trabajan el huerto y cuidan del ganado...

Hizo una pausa, no porque necesitara aliento, sino porque lo que estaba diciendo era lo más importante que había dicho en su vida, y sabía que de allí en adelante parte de ella dependería de la decisión que estaba tomando.

—Cuando yo esté fuera... —dijo al fin—. Y tendré que estarlo a menudo porque si no trabajo nadie comerá, ya que la granja no da para alimentar tantas bocas. Menelik se encargará de que las cosas funcionen como es debido, y os prometo una cosa: a todo el que se desmande o no cumpla con su trabajo lo devolveré a la selva para que lo cacen, lo violen, le corten los brazos o lo maten...

Alzó ambas manos enseñando las palmas como si con ello pretendiera demostrar que no guardaba nada en ellas, y concluyó:

—Pero también os prometo que todo el que se comporte como es debido tendrá un hogar para siempre.

XIV

Se acomodaron en el salón, expectantes y nerviosos, ya que se disponían a visionar el primer «copión» de una extraña película en la que habían invertido mucho prestigio y mucho dinero.

Aún faltaba la música, la improvisada banda sonora tan solo contaba con tres voces y, evidentemente, en el montaje definitivo se tendrían que aligerar bastantes escenas, pero sin duda se trataba de un trabajo que había exigido un enorme esfuerzo y sobre todo un derroche de talento difícil de valorar.

No solo contaba la historia de una hermosa muchacha que acabaría convirtiéndose en intratable adicta a un tabaco que la destruía física, moral y sentimentalmente, sino que a través de las vicisitudes de su personaje se demostraba que el cine y los medios de comunicación habían elevado a la categoría de mito a cuantos lucían un cigarrillo entre los labios.

Y, sobre todo, demostraba que en menos de treinta años habían convertido a tales mitos en seres despreciables, perseguidos y apestados a los que se expulsaba de todas partes e incluso a menudo se insultaba.

En una significativa escena una mujerona le arrebataba el cigarrillo a Gina y lo lanzaba airadamente a la calle, donde de inmediato lo aplastaba la rueda de un camión. Cuando este se alejaba, las dos mujeres tosían por culpa del espeso y maloliente chorro de humo que el pesado vehículo iba dejando tras de sí.

Cuando cesaba de toser, Gina se limitaba a tomar asiento en un banco, dirigirle una despectiva mirada a la mujerona y encender un nuevo cigarrillo.

Continuaba fumando ausente y pensativa hasta que su vista recaía en la cajetilla que le entregaba la mujerona, que seguía ahora su camino sin pronunciar palabra.

Dejando a un lado las escenas anecdóticas o problemas técnicos que se solucionarían en cuanto se contara con los profesionales adecuados, el primer visionado de *Días de humo* no solo superaba sus expectativas, sino que demostraba una vez más que el cine podía convertirse en un mecano donde las piezas de una grúa se desmontaban con el fin de transformarlas en un coche o un puente.

Tal como dijera en cierta ocasión el pragmático y siempre recordado Giovanni: «En este bendito oficio la historia no pertenece a la historia, sino a quienes la contamos.»

Hubiera sido el productor idóneo a la hora de rematar la magnífica obra de Irina Barrow, pero en su ausencia su fiel discípulo, Roman Askildsen, ocuparía su puesto esforzándose por conseguir lo que Giovanni habría llamado *un capolavoro*.

Salieron a la terraza y abrieron botellas de champán con el fin de brindar por la artífice de tan original trabajo, y si no la llamaron fue porque en aquellos momentos en Austria debían ser las cuatro de la mañana y les constaba que lo primero que haría sería cagarse en sus respectivos padres.

Aún charlaron largo rato sobre los numerosos aciertos y los escasos fallos de la película, hasta que Berta Muller señaló:

—Visto que al parecer no vamos a perder nuestro dinero, sino que incluso podemos conseguir beneficios, creo que ha llegado el momento de centrarnos en el otro tema que nos ocupa: ¿qué podemos hacer con respecto a esas plantas que desalan agua y el problema de los refugiados?

Roman Askildsen intervino de inmediato señalando que lo más apropiado sería seguir el camino marcado por sir Edmund Rothschild y Theodor Herzl, intentando localizar territorios en los que hubiera mar, viento y montañas de tal modo que se pudieran abastecer de agua y servir de enclave a los millones de inmigrantes que invadían Europa y que por desgracia nadie sabía qué hacer con ellos.

Una doctora alemana había difundido un inquietante mensaje:

Ayer mantuvimos una reunión sobre la insostenible situación en los hospitales de Múnich. Muchos musulmanes se niegan a ser atendidos por personal femenino y algunos tienen sida, sífilis, tuberculosis o enfermedades exóticas que no sabemos cómo tratar.

Si tienen que pagar una receta se enfurecen, sobre todo cuando se trata de medicamentos infantiles, y dejan a los niños en la farmacia gritando: «¡Cúrenlos!»

La mayoría están desempleados, solo un mínimo de mujeres tiene algún tipo de educación, una de cada diez está embarazada y hay miles de lactantes y menores de seis años vergonzosamente descuidados.

En un hospital del Rin atacaron al personal con cuchillos después de haberles llevado a un niño de meses al borde de la muerte. El pequeño falleció a pesar de haber recibido atención superior en una de las mejores clínicas pediátricas, el médico tuvo que pasar por el quirófano y dos enfermeras están en la UCI.

Por si ello no bastara, varias mujeres han sido asaltadas por inmigrantes a la salida de la estación de Colonia... ¿dónde están ahora cuantos exhibían pancartas de solidaridad cuando llegaron?

La solidaridad, como casi todas las montañas difíciles de escalar, tenía con frecuencia dos vertientes, y cuando aquel que recibía un beneficio no se mostraba a su vez solidario porque consideraba que dar era una obligación y recibir un derecho, ambas partes acababan perdiendo.

La delgada línea tan común entre el bien y el mal, la verdad y la mentira o lo justo y lo injusto, se transformaba en este caso en un sinuoso y enrevesado laberinto debido a que se entremezclaban razas, costumbres y religiones diferentes y a menudo enfrentadas.

Roman Askildsen así lo había entendido durante su azaroso periplo en busca de una solución a un problema que seguía estando considerado irresoluble, pero aún continuaba aferrándose a la idea de que el ser humano, o al menos un gran número de seres humanos, habían evolucionado lo suficiente como para encontrar una forma de entendimiento.

¿De qué serviría llegar a Marte sin haber resuelto los problemas de la Tierra?

Hizo una apasionada defensa de sus teorías, así como de la magnífica oportunidad que ofrecía aquel novedoso «sistema integral» capaz de proporcionar agua y alimentos a costas desérticas y despobladas, creando de ese modo territorios libres de impuestos o «puertos francos» que invitasen a invertir con claras ventajas fiscales, pero tras escucharle con sincera atención, Mark Reynols negó con un amplio gesto de la mano.

—Estás cometiendo el mismo error que el que osó enfrentarse a quienes podían aplastarle con un solo dedo y, de hecho, lo aplastaron —dijo—. Estoy dispuesto a invertir en ese proyecto, pero nunca tal como lo propones.

—¿Y eso por qué?

—Porque resulta inviable —aclaró al tiempo que señalaba a las dos mujeres—. Supongamos que los cuatro decidimos buscar lugares apropiados en las costas africanas e invertir millones en un sistema que produce agua y energía con la loable intención de asentar allí a refugiados e inmigrantes... ¿Quién nos compraría esa agua y esa energía? ¿Los refugiados, los inmigrantes o unos lugareños que no tienen ni con qué alimentar a sus cabras?

—¡No! Supongo que esos no.

—Lo cual quiere decir que estaríamos tirando el dinero hasta que acabáramos en la ruina, si es que las empresas a las que no les interesa que se demuestre que el sistema funciona no nos hubieran arruinado antes como hicieron con el desgraciado que lo diseñó... ¿Correcto?

—Imagino que sí.

—No imagines; sé realista porque esto no es cine... —El tono de Mark Reynols resultaba inhabitual en él y se diría que era el que solía utilizar cuando tan solo era un heredero de fábricas de armas que negociaba con dictadores tercermundistas o tiburones de los negocios—. Lo que tenemos que hacer no es perder dinero con ese curioso sistema, sino ganar tanto que el día de mañana nos sobre para financiar cien proyectos.

—¿Y cómo piensas hacerlo? —intervino Sandra Castelmare que, cosa extraña en ella, había permanecido en silencio durante casi diez minutos.

—Vendiendo agua a quien puede pagarla.

—¿Como por ejemplo...?

—Tú.

—Mucha agua tendrías que venderme.

—La suficiente para llenar esa piscina y todas las piscinas del sur de California, que está pasando por una crisis hídrica agobiante. Cada día una de esas plantas puede producir diariamente doscientos millones de litros de agua de gran calidad, lo que quiere decir que embotellando una parte, y administrando bien el resto, ganaríamos lo suficiente como para construir otras cuatro plantas en África y regalar el agua.

—Olvidas algo... —le hizo notar Berta Muller.

—¿Y es...?

—Los enemigos. ¿Crees que se cruzarían de brazos y nos permitirían construir una planta como esa aquí o en cualquier otro lugar?

—Sí, siempre que convirtamos a parte de esos enemigos en nuestros aliados.

«La Divina» se inclinó, le acarició el muslo y señaló burlonamente insinuante:

—Si eres capaz de explicarme cómo lo conseguirías, serías el primer inglés con quien me fuera a la cama... —Dudó como si estuviera tratando de hacer memoria para añadir dubitativa—: ¡Bueno...! ¡Creo yo!

—Se agradece la oferta en lo que vale, cielo, pero eso me acarrearía la enemistad de Roman, y la valoro en mucho.

—¿Más que un buen revolcón?

—¡Por desgracia...! ¿Continúo?

—Sí, pero espera un momento, porque entre los nervios y el champán están consiguiendo que me moje las bragas... —fue la inesperada respuesta—. ¡Vuelvo enseguida!

Se puso en pie de un salto, desapareció como un rayo en el interior de la casa y al poco regresó tal como se había ido, dejándose caer en la butaca visiblemente aliviada.

—¡Continúa...! —suplicó.

—A veces me pregunto si eres real o tan solo un fotograma.

—Les ocurre a muchos... ¿Cómo lo harías?

—Repasando números y determinando quién ganó y quién perdió con lo que ocurrió en España, porque dejando a un lado a políticos y funcionarios que debieron embolsarse una buena parte de aquellos tres mil millones, las empresas de agua salieron increíblemente beneficiadas, mientras que las energéticas no vieron un penique. Esperaban que les compraran una gran cantidad de energía en horas bajas, pero como no se terminó más que el quince por ciento del plan previsto la cosa acabó en fiasco.

—¿O sea que hicieron el primo?

—Bastante, y con esos números en la mano podemos demostrarles que se equivocaron al ayudar a cuantos continúan manipulando los precios del agua porque no obtuvieron nada a cambio, mientras que con el sistema integral hubieran ganado auténticas fortunas.

—¿Cómo?

—Asociándose con las centrales reversibles de agua de mar y molinos de viento, que les consumirían la energía que les sobra en «horas valle» y se la devolverían en «horas punta» evitando de ese modo tener que subir y bajar continuamente la potencia de sus plantas de producción.

—Me esfuerzo por entenderte, pero no sé si lo consigo —reconoció con absoluta sinceridad la italiana—. Me suena a coreano, que, según dicen, es aún más complicado que el chino.

—¡De acuerdo...! —admitió su interlocutor haciendo un alarde de paciencia y de una innegable mala uva—. Te pondré un ejemplo sencillo, apropiado para mentes sencillas; cuando un coche circula por ciudad se detiene, arranca o acelera continuamente, debido a lo cual consume mucha gasolina. Sin embargo, cuando circula por carretera avanza siempre a un mismo ritmo, por lo que consume considerablemente menos... ¿Eso lo entiendes?

—Soy tonta pero no tanto.

—Pues a la mayoría de las centrales eléctricas les ocurre lo mismo, pero a lo bestia.

—Aclarado.

—Si decidiéramos construir esas grandes plantas nuestro objetivo sería negociar con las eléctricas haciéndoles comprender que con nosotros ahorrarían mucho, mientras que con las empresas de agua no ganan nada. Si alcanzáramos un buen acuerdo, el agua nos saldría gratis en aquellos lugares en que soplara viento... —Hizo una ligerísima pausa antes de añadir casi malignamente—: Y por la cantidad de aerogeneradores que se están instalando por costas y montañas, debe de haber muchos.

—Bien mirado tiene sentido, y se basa en un viejo

precepto que se suele aplicar a menudo —admitió sin reparos Berta Muller, que se había mantenido expectante—. Ofrecerle al socio de tu competidor más de lo que le ofrece tu competidor, lo que tan solo es una variante de la estrategia del cangrejo.

Sus acompañantes parecieron desconcertados intercambiando miradas de extrañeza, por lo que al advertir que no sabían de qué hablaba, inquirió:

—¿Nunca habéis oído hablar de la estrategia del cangrejo?

—Pues no.

—¿O sea que tampoco sabéis por qué razón los cangrejos corren hacia los lados o hacia atrás pero casi nunca hacia delante?

—Pues tampoco, pero te besaremos el culo como a Sandra si nos lo explicas.

—Supongo que con menos entusiasmo pese a que dispusierais de mucho más espacio... —puntualizó la luxemburguesa tras servirse y apurar lo que quedaba de la segunda botella de champán—. Los cangrejos cazan al acecho, ocultos entre la arena o las rocas atrapando a las presas con sus enormes tenazas por lo que rara vez tienen que correr tras ellas. No obstante, cuando les atacan se desplazan velozmente hacia atrás o de costado, dando siempre la cara al enemigo con el fin de verlo bien, calcular las distancias e intentar esquivarlo.

—Nunca se me habría ocurrido, aunque debe ser porque nunca me había parado a reflexionar en profundidad sobre la vida de los cangrejos —admitió «La Divina»—. Pero tiene lógica.

—Su estrategia es simple: «Más vale estar preparado para huir que para atacar, porque si una gamba se te escapa pierdes una oportunidad, pero si un pulpo te atrapa lo pierdes todo.»

—Pues habrás aprendido mucho de los cangrejos, pero por lo que sé de ti siempre has sido más partidaria de la estrategia de los pulpos —sentenció la dueña de la casa—. Compras empresas como si fueran zapatos.

—En el mundo de la investigación a menudo se compran empresas, no para crecer, sino para evitar que descubran algo importante y crezcan demasiado. —Quien evidentemente sabía muy bien de lo que hablaba, añadió—: Pero ahora deberíamos volver al tema que nos ocupa... ¿Cuánto se necesita para empezar a incordiar a quienes especulan con el agua?

Salió al balcón a contemplar los millones de luces de las tiendas de campaña en que descansaban los peregrinos.

La noche aparecía estrellada, sin rastro de luna, sin una nube, tranquila y silenciosa, una de aquellas noches que invitaban a meditar sobre la propia vida, sobre cuánto se había ganado en sabiduría con el paso de los años y cuánto se había perdido de inocencia en el transcurso de ese mismo tiempo.

Era como observar una balanza en la que, en cuanto se colocaba en uno de los platillos el insoportable peso de la experiencia, se inclinaba irremisiblemente para no volver a equilibrarse nunca.

Suleimán Ibn Jiluy consideraba que perder la inocencia constituía una ley de vida tan inexorable como la de acabar muriendo, pero perder la fe era un acto contra natura, puesto que se suponía que la fe debía ser algo consustancial a la naturaleza humana.

O al menos así lo aseguraba la historia.

Según ella el ateísmo no era solo un pecado, era un error, puesto que colocaba al hombre al nivel de perros, burros o camellos, cuyo único destino era pudrirse sin ninguna esperanza de acceder a una segunda vida.

Y sin una segunda oportunidad cada equivocación conducía a otra aún mayor, hasta que la fosa era tan profunda que ni las más fuertes paladas conseguían que la tierra removida alcanzara los bordes.

Volvía a caer sobre el excavador.

El nieto del tuerto se sentía como un hombre con una pala que se esforzaba por abrir un camino pese a saber que estaba profundizando en dirección opuesta.

Aquella era una inequívoca muestra de que continuaba siendo un ser humano, puesto que ni perros, ni burros, ni camellos erraban el rumbo a conciencia.

Él lo estaba haciendo.

Cinco días antes se había visto obligado a asistir a la ejecución de cuarenta reos acusados de terrorismo, entre los que se encontraban un respetado imán chiita y un sobrino de su esposa por el que siempre había sentido un gran afecto.

Algunos merecían haber sido ahorcados por sus horrendos crímenes, de eso estaba seguro, pero también estaba seguro de que si al hablar de horrendos crímenes se hablaba de terrorismo, un gran número de quienes les habían condenado deberían compartir su patíbulo.

Le asqueaba que el terrorismo en el exterior mereciera ser financiado, mientras el terrorismo en el interior mereciera ser castigado.

Tan repugnante e injusto concepto no aparecía escrito en el Corán, ni en ningún libro de leyes, ni en cuanto dejó dicho el rey Saud, pero quienes se proclamaban descendientes directos de Saud, fieles seguidores de Mahoma y hombres de leyes, hacían escarnio de ello porque lo que en realidad pretendían era enfurecer a los chiitas y provocar un enfrentamiento entre las grandes potencias de la región.

Cundía el pánico debido a que el precio del petróleo había descendido casi a la tercera parte, la economía china se tambaleaba por culpa de la especulación y en los primeros días del año las bolsas mundiales habían perdido cuatro billones de euros.

¡Cuatro billones!

Como estudios fiables aseguraban que el uno por ciento de la población poseía el noventa por ciento de las riquezas mundiales, resultaba evidente que ese uno por ciento que estaba padeciendo tan lacerantes pérdidas debería encontrarse terriblemente furioso y asustado.

Su tío Hassan sin ir más lejos.

Se atusaba las barbas y se secaba el sudor que le chorreaba frente abajo, sollozando sin recato y rogando al cielo que le inspirara a la hora de comprar o vender acciones, visto que en la tierra nadie parecía tener ni la menor idea de cuáles subirían y cuáles continuarían hundiéndose.

Tan desesperado se encontraba que incluso mencionó la posibilidad de poner a la venta uno de sus tres yates.

Suleimán Ibn Jiluy presentía, e incluso cabría asegurar que lo sabía por experiencia, que cuando Hassan empezaba a perder los estribos una nueva Tormenta del Desierto se aproximaba, puesto que el viejo acaparador consideraba imprescindible lograr que el precio del crudo remontara.

¿Y qué mejor solución que un enfrentamiento armado entre los mayores productores de Oriente Próximo?

El nieto de un héroe tuerto y sobrino de un canallesco especulador que había amasado su fortuna lamiendo los culos de todos los príncipes y gobernantes a que tuvo acceso, ¡y fueron legión!, contemplaba las incontables luces de la Ciudad Santa, no con el alma vacía, puesto que si había renunciado a creer en Dios había renunciado a tener un alma inmortal, sino con la tristeza propia de quien se siente traicionado.

Su abuelo no había perdido un ojo ni padecido todas las penas del infierno conviviendo con los murras en la Tierra Vacía para que una pléyade de ineptos casi analfabetos se comportaran como plañideras por el mero hecho de ver cómo se desplomaban sus acciones y tendrían que pensárselo a la hora de encargar el último modelo de Lamborghini.

Para que el precio del petróleo subiera sería necesario derramar mucha sangre, pero era siempre sangre ajena la que pagaban los Lamborghini.

La propina ni siquiera bastaba para un utilitario.

Se sentó a esperar.

Algo iba a ocurrir y sabía que iba a ocurrir porque él había ordenado que ocurriera.

Mucho le había costado y mucho más le costaría, pero al fin y al cabo el dinero provenía de cuantos no habían dudado a la hora de pagar un chantaje ni dudarían a la hora de seguir pagándolo.

La idea original había sido dedicar las ingentes sumas de dinero acumulado en una cuenta a nombre de Rub-al-Khali, a contratar sicarios que fueran eliminando uno por uno y con infinita paciencia a todos aquellos a los que se suponía candidatos al martirio en nombre de un Dios que jamás había exigido ni deseado semejante sacrificio pero tras comprobar que matar extremistas no daba resultado y le convertía en otro tipo de extremista, había decidido cambiar de táctica.

El «ojo por ojo» había desembocado en un «vida por vida», lo que desembocaría a su vez en una masacre, que era lo que venían buscando desde tres mil años atrás los adictos a los Lamborghini, pese a que tres mil años atrás no existiesen Lamborghinis.

Siempre había existido algo muy semejante: aquello que tan solo podían poseer los elegidos.

Fuera lo que fuese, valía la pena que otros murieran por ello.

Y Suleimán Ibn Jiluy había comprendido que asesinar a terroristas tan solo servía para seguirles el juego.

Consultó el reloj y continuó esperando mientras contemplaba aquella hermosa noche, sin rastro de luna, sin una nube, tranquila y silenciosa; una de aquellas noches que invitaban a meditar sobre la propia vida.

Debían faltar pocos minutos para que acudiese a la cita.

Aguardó paciente.

Al fin llegó del cielo una música que fue despertando poco a poco a los peregrinos.

Sus notas metálicas recorrían el valle como si se hubieran apoderado del espacio, y más que una amenaza constituían una advertencia, ya que se trataba de nuevo de un solo de trompeta, «El Toque de Silencio» que tenía la virtud de poner los vellos de punta.

Fueron momentos de pánico e impotencia; una escena en cierto modo dantesca, y lo fue más aún cuando en tierra comenzaron a encenderse potentes focos que escudriñaban las tinieblas en busca de tan invisible enemigo.

No era invisible, pero nadie conseguía verle.

Tan solo se escuchaba.

La incansable trompeta insistía y las electrizantes notas aún sonaron durante largo rato.

Luego sobrevino el auténtico silencio.

Al nieto del tuerto le hubiera gustado sonreír, e incluso reír abiertamente, pero desde que había perdido la fe había perdido las ganas de alegrarse o de sentirse satisfecho.

Y razones tenía para sentirse satisfecho, puesto que el dinero de quienes financiaban a terroristas estaba bien empleado.

Sobre una veintena de capitales del mundo resonaría a medianoche la misma música, y lo seguiría haciendo tres veces por semana mientras cuantos se dejaban chantajear continuaran pagando.

Seguía siendo una clara advertencia: todas ellas eran igualmente vulnerables, todas ellas habían caído en manos de fantasmales centinelas que les vigilarían desde un cielo muy negro.

Y alimentaba una hermosa esperanza: tal vez cientos de hombres y mujeres, cansados ya de tanto odio, decidieran imitarle llenando el cielo de una música que recordara a sus gobernantes que no deseaban continuar por el camino del terror, la violencia, la guerra y la muerte.

XV

Se levantó temprano, nadó unos diez minutos algo desconcertado porque el agua fuera salada, lo cual le hacía suponer que pronto o tarde la propietaria de la inmensa piscina tendría que pedir que modificaran el sistema de filtración, y tras desayunar únicamente una enorme rodaja de melón y una manzana se tumbó en su hamaca predilecta dispuesto a recuperar las horas de sueño robadas a tan agitada noche.

Habían hablado mucho, habían bebido en exceso y Sandra había fumado demasiado, lo cual le hacía temer que la espeluznante ficción de *Días de humo* pudiera acabar convirtiéndose en realidad.

Odiaba la idea de envejecer cuidando a una anciana que apestaría a tabaco, pero aceptaba que aquel sería un justo precio por los años de increíble felicidad que le había proporcionado.

Tal como «La Divina» solía decir, «La vida es como

una cena en el «Thoumieux» de París; te engorda, te hastía y acabas pagando un precio escandaloso».

No le importaría abonar esa factura aunque fuera con recargo por la demora, puesto que incluso vieja y envuelta en humo la siciliana seguiría siendo infinitamente más fascinante que la mayoría de las desangeladas actrices y modelos que anunciaban perfumes o maquillajes.

La prueba estaba en que siempre se había negado a convertirse en la imagen representativa de una marca de cosméticos, y aun se comentaba la respuesta que le había dado al presidente de la más famosa y exigente:

—Si dijera en público que usando tus potingues me siento mas guapa estaría admitiendo que sin ellos no lo soy tanto, y eso no es cierto —le había espetado con su descaro habitual—. Yo como en verdad me siento hermosa es con la cara lavada y en pelotas, o sea que al que le gusten tus cremas que se compre un tarro y se masturbe con ellas.

El perplejo magnate, acostumbrado a que rutilantes estrellas le besaran los pies en cuanto ofrecía un contrato de siete cifras, reaccionó, no obstante, como un auténtico caballero:

—Te creo... Llamaré a la Campbell o la Kidman.

Roman Askildsen, que sin lugar a dudas era quien en más ocasiones había visto a «La Divina» con la cara lavada y en pelotas, experimentó siempre una gran admiración por aquel sincero «fabricante de potingues» que jamás se negó a reconocer que, «viviendo como vivía de la belleza de las mujeres», Sandra Castelmare era la única que le había impedido ganar aún más dinero.

La noche anterior, cuando Berta Muller había preguntado cuánto se necesitaría para empezar a incordiar a quienes especulaban con el agua, la respuesta de la actriz había sido tan desconcertante como de costumbre:

—Nada.

—¿Cómo que nada?

—Nada porque la verdad es gratuita mientras que la mentira cuesta mucho y hay que alimentarla continuamente... —había sonreído como tan solo ella sabía hacerlo al añadir—: Lo cual no quiere decir que vayamos a conseguir algo más que tocarles un poco los cojones mientras ellos pueden jodernos como hicieron con ese desgraciado.

—Pero nosotros sabemos a quién nos enfrentamos.

—¿Realmente lo sabemos...?

Aquella era la pregunta que les había mantenido en vela y la que Roman Askildsen se repetía mientras permitía que el suave sol de la mañana comenzara a calentarle.

¿Realmente sabían a quiénes se enfrentaban?

Comenzaba a sospechar que se trataba de una pandilla de astutos malnacidos que en un momento dado habían comprendido que controlar el mercado del agua resultaba mucho más beneficioso que controlar el mercado del petróleo puesto que la mitad de los seres humanos nunca necesitaban petróleo mientras que todos necesitaban agua para sobrevivir, regar, abrevar su ganado o mantener unas mínimas condiciones higiénicas.

Pocas personas estarían dispuestas a matar por un litro de gasolina, pero muchas habían matado y seguirían matando por un litro de agua puesto que nadie soportaba la sed durante tres días y mucho menos soportaba la sed de sus hijos.

Pueblos, ciudades, civilizaciones e incluso especies animales habían desaparecido a causa de las sequías, pero de momento no se sabía de ninguna ciudad, civilización o especie animal que hubiera desaparecido por falta de petróleo.

Se trataba por tanto de una sencilla elección entre lo esencial o lo superfluo.

Y alguien con evidente sentido común había comprendido mucho tiempo atrás que muy pronto la industrialización provocaría un éxodo de las zonas rurales hacia unas grandes urbes que no estarían preparadas a la hora de proporcionarles «lo esencial» ya que habían sido fundadas por quienes nunca imaginaron que llegarían a ser tan populosas.

A principios del mil novecientos el problema acabó por simplificarse; o se trasladaban las grandes ciudades industriales a la orilla de los ríos, o se desviaban los ríos hacia las grandes ciudades industriales, y tal como comentara esa misma noche Mark Reynols en el momento de irse a la cama:

—Los ríos no son de fiar; un día amanecen secos, al otro te ahogan y tienen la mala costumbre de arrojar la mayor parte de su riqueza al mar.

Las tres aseveraciones eran ciertas, pero la última la más dolorosa visto que, en efecto, tan solo el Amazonas permitía que el océano se tragara cada segundo trescientos millones de litros de agua; es decir, lo suficiente como para apagar la sed de los siete mil millones de hombres, mujeres y niños que poblaban la Tierra.

El gran Amazonas desperdiciaba cada día la quinta parte del agua dulce del planeta.

¡Pero estaba tan lejos...!

Roman Askildsen, que había pasado los últimos meses obsesionado con la idea de buscar una forma sensata de ayudar a quienes tanto sufrían por falta de agua, sabía muy bien que el simple hecho de intentar remediar sus problemas constituía una disparatada osadía ya que nadie podía enfrentarse a los caprichos de la naturaleza, sobre todo si a ellos se sumaba la desorbitada avaricia de los hombres.

Tras la Segunda Guerra Mundial, los franceses, especialistas en implantar modas a pazguatos provincianos a base de hacerles creer que todo cuanto llegaba de París elevaba su nivel cultural y social, les lavaron el cerebro a millones de descerebrados con una absurda premisa: por el simple hecho de beber agua de Vichy, Evián o Perrier se distinguirían de la plebe y se volverían mucho más sofisticados, inteligentes, atractivos, esculturales y saludables.

Aquello fue como el nacimiento de una nación; la próspera y cada día más poderosa «Nación del agua embotellada».

Cuando llegó un momento en que resultó evidente que Vichy, Evián o Perrier no podían proporcionar tanta agua ni aun recurriendo a la varita mágica de Moisés, los inescrupulosos empresarios franceses compraron manantiales de medio mundo y se expandieron como una sucia mancha de aceite en un lago cristalino.

Setenta años de ascenso imparable e ingentes beneficios habían dado como fruto una industria firmemente asentada.

«Inexplicablemente» —aunque cuando circula suficiente dinero casi todo acaba resultando explicable—, al poco tiempo el agua que abastecía a las grandes ciudades comenzó a deteriorarse, lo que obligaba a las amas de casa a cargar con pesados «botellones de agua de manantial» si no querían que cuanto cocinaran supiera a rayos o su familia sufriera vómitos y diarreas.

Las tradicionales fuentes de gran número pueblos dejaron de manar, los expendedores automáticos proliferaron y se denunció a funcionarios que aceptaban sobornos por añadirle al agua demasiados productos químicos innecesarios con la disculpa de que resultaba imprescindible «depurarla al máximo».

En un gran número de países continuaba siendo una práctica común pese a que era cosa sabida que los niños no debían consumir un agua tan «maltratada».

Que el calentamiento global estuviera o no provocado por la acción del hombre era algo que, al igual que el rabino Samuel, Roman Askildsen no se sentía capaz de afirmar o negar pero resultaba evidente que cada año la nieve de las cumbres disminuía, los polos se derretían con inusitada rapidez y los glaciares se derrumbaban sobre el mar provocando que millones de toneladas de agua dulce pasaran a convertirse en salada.

Naturaleza y empresarios sin conciencia conformaban por tanto un tándem tan poderoso que enfrentarse a él equivalía al suicidio puesto que los delincuentes de chaqueta y corbata que se enriquecían especulando con la esencia de la vida habían demostrado ser capaces de aplastar a cuantos intentaran hundir un negocio que generaba miles de millones.

Quienes osaran intentar poner fin a un maquiavélico sistema meticulosamente diseñado y protegido por un ejército de eficaces abogados y políticos corruptos, acabarían siendo borrados del mapa puesto que aquellos cuya codicia solía multiplicarse de forma exponencial, continuarían contaminando cada vez más las aguas sabiendo que lo que no ganaran y gastaran en esta vida, no lo conseguirían ganar y gastar en la siguiente.

Si es que la había.

Mark Reynols había admitido que no le importaría vender sus fábricas y dedicar ese dinero a la lucha por el derecho de todo ser humano a vivir, y de igual modo Berta y Sandra se mostraban dispuestas a aportar a tan difícil empeño cuanto estuviera en sus manos, pero quien en aquellos momentos tomaba el sol sobre una hamaca empezaba a sospechar que se enfrentaban a una hidra de mil cabezas que acabaría devorándoles.

Siempre se había considerado un hombre equilibrado y con una mente analítica pero admitía que durante los últimos meses se había vuelto atrabiliario, tal vez debido a que el mundo en que naciera había cambiado tanto y con tal rapidez que pocas personas de su edad y su entorno se encontraban en condiciones de adaptarse al vertiginoso ritmo de los tiempos.

Se diría que los cimientos de la nueva sociedad ya no se asentaban sobre cemento y rocas, sino sobre arena o barro, y que cuanto más inestables parecieran mayor admiración despertaban.

Tras los asombrosos milagros de una informática

que había barrido con gran parte de los principios básicos del pasado, la humanidad parecía estar esperando nuevos milagros tecnológicos que arrasaran definitivamente con lo poco que quedaba de tan caducos principios.

A menudo, cuando al detenerse en un semáforo advertía que quienes cruzaban ante él no eran seres pensantes sino máquinas que parecían estar recibiendo órdenes a través de un teléfono móvil, se sentía perdido, y sin duda esa era la causa por la que de improviso tomara decisiones erróneas.

Empezaba a comprender que infinidad de personas ya no vivían su propia vida en el momento y el lugar en que se encontraban, sino la vida de otros que estaban muy lejos.

Y a su modo de ver tan curiosa forma de comportamiento tan solo podía atribuirse a una razón: resultaba mucho más sencillo mentir mirando a una pantalla de plasma que mirando a los ojos aunque presentaba un notable inconveniente; sus mentiras podían quedar registradas lo cual significaba que los adictos a la tecnología permitían que su pasado, su presente y su futuro transcurriera frente a unos impasibles notarios que cuando se lo exigieran darían fe de cada una de sus palabras.

La memoria personal, aquella que recordaba algunos hechos con absoluta nitidez a la par que difuminaba otros, ya no pertenecería a cada cual, pertenecería a un gigantesco ordenador oculto en cualquier sótano de cualquier lugar del planeta y que cuando se lo exigieran escupiría datos y fechas con implacable ecuanimidad.

Para Roman Askildsen aquel no era un mundo agradable por lo que estaba considerando seriamente la posibilidad de retirarse a una isla desierta para no continuar formando parte de él, pero de improviso experimentó una estremecedora sensación: ese mundo comenzaba a tambalearse mientras una violenta fuerza le empujaba.

Se escuchó un ruido chirriante y la hamaca se desplazó a gran velocidad sin darle tiempo más que a cerrar los ojos, aferrarse a la colchoneta y lanzar un desesperado grito de terror.

Cayó al agua, el respaldo le golpeó en la nuca provocándole una brecha por la que comenzó a manar sangre, y el primer pensamiento que le vino a la mente fue que *el Gran Terremoto*; el definitivo cataclismo que California llevaba años esperando, se había desencadenado y la tierra se abría.

Llegó hasta el fondo de la piscina, se enredó con la toalla, tragó agua y cuando tras desesperantes momentos de angustia consiguió emerger y aferrarse al bordillo se enfrentó al desencajado rostro de Sandra Castelmare.

—¿Qué ha ocurrido? —inquirió casi sin aliento.

La respuesta fue un violento bofetón.

—¡Maldito hijo de puta!

Le costó un enorme esfuerzo reaccionar tan confundido como jamás imaginara que pudiera estarlo.

—¿A qué viene esto?

La nueva respuesta fue un nuevo bofetón por lo que optó por alejarse piscina adentro al tiempo que inquiría furibundo:

—¿Pero qué coño te pasa? ¿Te has vuelto loca?

—¿Loca, pedazo de cabrón? ¡Tú sí que estás loco! —le lanzó con inusitada furia un cenicero que tenía al alcance de la mano y que a punto estuvo de golpearle en la frente—. ¡Te voy a matar!

—¿Pero por qué...?

—¿Cómo se te ha ocurrido hacerlo?

—¿Hacer qué...?

—Volver a volar un dron sobre La Meca.

El cada vez más aturdido Roman Askildsen la observó estupefacto, sacudió la cabeza como si intentara recordar algo o colocar en su sitio sus ideas, y tras unos momentos de duda acertó a balbucear en el tono de un niño injustamente acusado:

—¡Pero si yo no he sido...!

Madrid, enero de 2016

Epílogo

Hace diecinueve años patenté un sistema integral de desalar agua de mar que no producía salmuera y reducía radicalmente los costes.

La empresa gubernamental Tragsa se interesó por la nueva tecnología, firmé un acuerdo con su director general, Miguel Cavero, y se realizaron estudios que, con un coste de doscientos millones de pesetas, pagados a medias, demostraron su eficacia.

El único político que en esos momentos se opuso al sistema fue el ministro de Medio Ambiente, Jaume Matas, que pretendía hacer una obra faraónica desde el Ebro hasta Almería con una inversión multimillonaria. En estos momentos está en la cárcel imputado por incontables delitos.

Por fortuna, Tragsa dependía del Ministerio de Agricultura y de igual modo colaboró en el proyecto de un trasvase entre el mar Rojo y el mar Muerto que, aprovechando el sistema integral y los cuatrocientos metros de desnivel entre ambos mares, desalaba seis mil millones de litros de agua diarios, suficientes para abastecer Jordania, Israel, Siria y Palestina.

Un alto funcionario del gobierno israelí —Gustavo Kronemberg— vino a Madrid con intención de adquirir los derechos de patente, aunque puntualizando que únicamente proporcionaría agua a Israel.

Como es lógico, no se llegó a ningún acuerdo.

Poco después, sir Edmund Rothschild —judío y presidente de la banca del mismo nombre— me invitó a Londres con el fin de comentarme que estaba en desacuerdo con el gobierno israelí, ya que a su modo de ver el agua debía ser para todos.

Su abuelo había sido mentor de Theodor Kerzl, considerado el padre de la patria israelí, y un siglo más tarde sir Edmund opinaba que, aprovechando las enseñanzas de Kerzl, el nuevo sistema de desalación y la experiencia agrícola de Almería había llegado el momento de buscar asentamientos dignos para los hambrientos y refugiados de todo el mundo.

El 23 de abril de 1998 le escribió al primer ministro inglés, pidiéndole que se implicase en el proyecto, y el 17 de mayo Tony Blair le respondió que su ministro de Asuntos Exteriores, Robin Cook, se pondría en contacto con los gobiernos de Jordania, Siria e Israel.

El 2 de octubre del 2002, sir Edmund envió una carta al ministro de Agricultura, Miguel Arias Cañete, solicitando que continuara colaborando conmigo, y el 14 de noviembre este le aseguro que lo haría.

La Oficina de Expansión Exterior asumió los gastos de viaje tanto a Jordania como a Siria, donde mantuvimos reuniones con sus ministros, que dieron luz verde al proyecto.

Durante un almuerzo en Lanzarote al que asistieron José Saramago, premio Nobel de Literatura, Bernardo Bertolucci, Oscar por su película *El último emperador*, el eurodiputado Manuel Medina, el más tarde ministro de Justicia, Juan Fernando López Aguilar, y José Luis Rodríguez Zapatero, este me prometió que si llegaba a la presidencia continuaría cofinanciando ambos proyectos.

Cumplió su palabra y tras dos años de trabajo y una nueva inversión de millón y medio de euros, se diseñó la primera planta del sistema integral que proporcionaría diariamente cien mil metros cúbicos de agua de bajo coste al poniente de Almería.

No obstante, en junio de 2006, la semana que debían comenzar los trabajos, la ministra de Medio Ambiente, Cristina Narbona, ordenó «archivar los estudios» y construir desaladoras de alto consumo.

Incomprensiblemente, nueve años de trabajo y dos mil páginas de planos, fórmulas y presupuestos se «traspapelaron».

La disculpa que se publicó en el *Boletín Oficial del Estado* fue que con el sistema integral se podían electrocutar las gaviotas.

El Ministerio invirtió tres mil doscientos millones de euros en cincuenta y tres desaladoras de alto consumo, pero tan solo se terminaron seis que funcionan al diez por ciento de su capacidad.

La ministra fue cesada, el Ministerio se desmanteló y la Comunidad Europea reclamó los mil millones que había concedido de antemano, pero nadie sabía dónde estaban.

Cuando denuncié que el mayor escándalo económico de la era socialista beneficiaba a las empresas que especulan con el agua pero perjudicaba a los consumidores, entro en acción la Agencia Tributaria, que en lugar de intentar recuperar el dinero perdido, declaró por escrito, sin el menor fundamento y sin confirmarlo, «Que no existía ni había existido nunca un mandamiento judicial» que me autorizase a abonar una pensión alimenticia a mi ex esposa y mis hijos.

Cuando se demostró que dicho mandamiento existía desde el 5/6/95, firmado por la juez Marina López de Lerma, la Agencia Tributaria alegó que ya había dictado resolución y no procedía revocarla, por lo que se me confiscaban todos mis bienes, patentes y derechos de autor.

Fue como condenarme a cadena perpetua por matar a alguien pese a que una juez certificaba que seguía con vida.

Al presentar la documentación que demostraba que mi ex esposa había abonado sus impuestos por la pensión recibida, la Agencia Tributaria replicó «que lo habría hecho porque le apetecería».

Los justificantes de pago figuran en sus archivos —Ref. 9999.00815858.80 pero nunca le devolvieron los casi ciento cincuenta mil euros abonados.

Es más, Hacienda se lo apropió, y por si fuera poco exige que vuelva a abonarlos con multas y recargos.

Presenté innumerables recursos, pero el jefe de Gabinete del Secretario de Hacienda, Jose María Buenaventura, insistió en que «El mandamiento judicial se había presentado fuera de plazo», pese a que nunca había sido solicitado.

Poco después fue cesado por haberse gastado sesenta mil euros con las tarjetas *black* de Caja Madrid que le habían proporcionado Rodrigo Rato y Miguel Blesa.

En enero del 2015, el director de Gabinete de la Secretaría de Estado de Hacienda, Manuel José Díaz Corral, me telefoneó con el fin de comunicarme que había revisado mi expediente y admitía que se habían cometido «graves errores» que daban pie a su revocación o nulidad de pleno derecho.

Pero aún no lo ha revocado ni anulado.

Con ayuda de mi familia y la familia Serrano, que puso a mi disposición un lugar para trabajar, continué haciéndolo, y años después la Universidad Politécnica de Madrid completó un estudio según el cual, aplicando el sistema integral, se conseguía equilibrar la curva eléctrica nacional reduciendo de forma muy notable los costes de la energía.

Se remitió al ministro de Industria, pero pese a estar firmado por tres catedráticos no se tuvo en cuenta, puesto que iba en contra de una política que preconiza que cuanto más costosa sea la energía —una de las más caras de Europa— más ganan las eléctricas y más recauda Hacienda.

Muerto sir Edmund, «traspapelados» los planos y duramente vapuleado por partidarios de uno y otro bando, me di por vencido hasta que hizo su aparición una tesis doctoral firmada por Alejandro Ortega y David López.

Cuenta con el material que necesito, por lo que ha llegado el momento de volver a empezar, confiando en que algún día los políticos no sean tan corruptos, los directivos no sean tan avariciosos y los creyentes no sean tan fanáticos.

DOCUMENTOS

NEW COURT
ST. SWITHIN'S LANE
LONDON EC4P 4DU

ELdeR/fal/April

The Rt. Hon. Tony Blair, MP,
Prime Minister,
10 Downing Street,
London, SW1A 2AA.   23rd April, 1998.

Dear Prime Minister,

Following your great success in putting heads and
minds together in Ireland we should perhaps not be
surprised to see you looking as if you may achieve the same
in the Middle East. We certainly hope so.

In that connection you will know that my family has
always taken a strong but not one sided interest in Israel. I
myself have been focusing for many years on the
importance of water in territorial arguments of which I have
considerable practical experience. I have sent a letter to the
Foreign Secretary with some of the details, but the only
addition is the letter the late Rt. Hon. Harold Wilson when
Prime Minister, wrote to me on the 4th August 1967.

I attach recent correspondence with the Foreign Secretary and also a copy of Prime Minister Harold Wilson's letter to me dated 4th August 1967. I hope that these letters may be useful to you in your quest for peace.

The Foreign Secretary in his excellent reply to my letter of the 31st October draws attention naturally to the cost of the Dead Sea/Red Sea plan which however is accepted by Jordan and therefore entails two separate countries. There are many such large schemes envisaged in helping for the peace in Ireland and I feel sure that the World Bank, the United Nations, the European Communities and the Middle East Development Banks could help supply some of the funds necessary as well as there is the private sector. To establish the peace is of such importance that whilst there may be great difficulties in seeking what one could term grave differences of opinion, the fact that a desperate need was being considered as a priority, could take some of the heat out of these problems as it would be the giving of a great boon both to the Arabs and the Israelis in Israel for the supply of potable water and the undertaking of which would require much labour which could enrich those indigenous populations to take part.

I know you are surrounded by young and well
qualified advisers but if you think my efforts and experience
could be useful in your endeavours, please do not hesitate
to contact me.

Warm personal regards

Yours sincerely,

Edmund de Rothschild.

P.S. I know you will not have any time to read my
autobiography which I am enclosing which has been
published by John Murray. I have lead a most unusual and
interesting life, and have been much involved in water.

c.c. The Rt. Hon. Robin Cook, MP

H.E. The Ambassador of Israel, Mr. Moshe Raviv.

1O DOWNING STREET
LONDON SW1A 2AA

17 May 1998

THE PRIME MINISTER

Dear Edmund,

Thank you for your letter of 23 April and your expression of support for our effort to contribute towards the search for peace in the Middle East. Thank you also for sending me a copy of your memoirs. I shall try to find time to read them over the Summer.

As you know, I recently made my first visit to the Middle East since becoming Prime Minister. The visit reinforced my appreciation of the complexity of the situation in the region and the wide range of issues involved. You are right to flag up water as one of the most sensitive areas. You are right also to point out the potential that the water issue has to bring people together. I believe that it is only by cooperation that a just and equitable long-term distribution of water in the region will be achieved.

As Robin Cook told you in his letter of 24 November, we are currently helping both Jordan and the Palestinians with water projects. But I agree with you that much remains to be done and that goodwill on all sides is the key to the satisfactory management of the region's water issue.

yours sincerely

Tony Blair

Edmund de Rothschild Esq CBE

NEW COURT
ST. SWITHIN'S LANE
LONDON EC4P 4DU

ELdeR/fal/April

The Rt. Hon. Robin Cook, MP,
Secretary of State for Foreign and Commonwealth
  Affairs,
Foreign and Commonwealth Office,
Whitehall,
London, SW1A 2AH.   23rd April, 1998.

Dear Secretary of State

·   I am enclosing a copy of my letter to The Rt. Hon. Tony
Blair for your information. I have not included the
enclosures mentioned in my letter to the Prime Minister as I
have already forwarded these to you in my letter of 31st
October 1997.

Yours sincerely

Edmund de Rothschild

Telephone 0171-280 5000   Fax 0171-929 1643   Telex 888031

Foreign &
Commonwealth
Office

London SW1A 2AH

From The Secretary of State

24 November 1997

Dear Edmund de Rothschild,

Thank you for your letter of 31 October.

I fully agree with you on the importance of water to the peace and prosperity of the Middle east. As you suggest, all the peoples of the area are entitled to adequate supplies of water. This water must, moreover, be of acceptable quality (in many areas, such as Gaza, it is not) and supplied at a price that everyone can afford to pay.

You mention the proposal for a "Red-Dead" canal. I understand that Israel and Jordan are actively considering this idea. Given the enormous capital cost of such a project, however, it may be many years before it is implemented. Meanwhile, Israel and Jordan are pursuing other ways of increasing the volume of water available to them, or making better use of their existing supplies. With assistance from DFID (the Department for International Development), Jordan has completed the initial stages of a project to bring underground water from the south of the country to Amman.

In terms of the quantity of water available per person, the neediest people of the region are, of course, the Palestinians. In the Interim Agreement of 1995, Israel recognised the Palestinians' water rights, and the two sides undertook to include water in a final-status agreement. Since

Edmund de Rothschild Esq

the two peoples draw water from the same sources, some means
of jointly managing those sources will have to form part of
such an agreement. Through negotiations, it should be
possible to make arrangements that will improve the water
supply to the Palestinians without doing significant harm to
Israel's interests.

In the meantime, the international community has been
doing what it can to help the Palestinian water sector. For
its part, DFID has been assisting the Palestinians in
assessing the quantity and quality of their water resources,
improving their management of those resources and installing
small-scale water and sanitation systems. Projects of this
kind may lack the appeal to the imagination of huge projects
such as the "Red-Dead Canal", but can deliver an expeditious
solution to pressing local problems.

Finally, you may be interested to learn that the
Multilateral Water Resources Working Group (set up following
the Madrid Conference of 1991) is continuing its work. For
example, the group has set up a Desalination Research Centre
in Oman, and has brought Middle Eastern experts together to
share expertise in the collection and handling of water data -
both valuable initiatives.

Thank you for your good wishes. I am sorry to say that I
will not now be able to visit the Middle East before the end
of the year, but hope to do so in the first six months of
1998, during our Presidency of the European Union.

Yours sincerely,

ROBIN COOK

NEW COURT
ST. SWITHIN'S LANE
LONDON EC4P 4DU

ELdeR/ajs/December

His Excellency Mr. Fouad Ayoub,
The Ambassador of the Embassy
 of the Hashemite Kingdom of Jordan,
6 Upper Phillimore Gardens,
Kensington,
London, W8 7HB.   15th December 1998.

Your Excellency,

    Thank you very much indeed for the cordial reception
which you gave to me when I was accompanied by Mr.
Alexander Illingworth, who is preparing the necessary notes
for you.

    I have contacted Desaladores AVF, S.L. in Madrid and
will be sending you with this letter a 35 pages fax of what
his company is able to undertake, together with their plan
which they had prepared for the Jordan-Israel Project "Red
Sea, Dead Sea".

    Since the drop from the Dead Sea is far in excess of
the big chamber that they were intending to use, this could
make the whole of the desalination plant less costly, as the
element concerned would probably be on dry ground and
the resultant fresh water would be passing through the
reverse osmosis smallish membranes into another tank
containing potable water which would be available to be

piped anywhere in the area concerned, and as the salt
water which comes from the Red Sea would be continually
poured through the element for desalination, this salt water
could be extracted probably by means of overflow from the
Red Sea and thus start the process of rectifying the danger
as outlined in the Sunday Telegraph International news
article dated October 18, 1998 (copy enclosed).

I hope that what you have received and this outline of
the Du Pont Permasep Products letter and the 35 pages of
the main equipment details of the Spanish company
Desaladores AVF can be of use to you.

I will of course make myself available if you want to
discuss this further.

I remain, Your Excellency,

Yours sincerely,

Edmund de Rothschild

بسم الله الرحمن الرحيم

The Hashemite Kingdom
Of Jordan
Ministry Of Water & Irrigation
Jordan Valley Authority

المملكة الأردنية الهاشمية
وزارة المياه والري
سلطة وادي الأردن

Ref.No. د.س.س.A / ١٢/٥٥/ 33 65

Date ... 2 1 5 1 2001

الرقم ....
التاريخ ....
الموافق ....

Mr. Alberto Vazquez Figueroa
Desladoras AVA
MADROD-SPAIN
Fax: 0034915707199

Dear Mr Figueroa

Subject : SEAWATER DESALINATION PROJECT (RED SEA-DEAD SEA)

We would like to inform you that the Ministry of Water and Irrigation is interested in receiving a feasibility study of the above mentioned project, as had been presented and proposed by you during your last visit to Amman on Feb.18th,2001.

The Ministry of water and Irrigation will not take any financial or technical responsibility or any commitment towards this study.

Best Regards

Eng. Hatem AL-Halawani
Minister of Water & Irrigation

Tel : 5689400/410/419   Fax:5689916
P.O.Box : 2769 Amman   Telex : 21692 JVC JO.
Cable : JOVACO

فاكس : ٥٦٨٩٩١٦   تلفون : ٤١٩/٤١٠/٥٦٨٩٤٠٠
تلكس : ٢١٦٩٢   ص.ب ٢٧٦٩ عمان
العنوان البرقي : جوفاكو
قرار رقم ٧٤/٤٠٠٠

DRAFT

EldeR/fms

3 October 2002

Excelentisimo Senor Don Miguel Arias Canete
Ministro de Agricultura, Pesca y Alimentacion
Paseo de la Infanta Isabel, 1
28071 Madrid
SPAIN

Your Excellency

I am writing to you in connection with a Spanish company
called Desaladoras AVF who are developing a breakthrough
technology with a desalination plant, which could be of
immense value in the parts of the world which do not have
sufficient fresh water. I have known the Desaladoras
management team for some years, and have been most
impressed by the company.

At the recent World Congress in Johannesburg an
agreement was signed between the governments of Jordan
and Israel for water to be piped from the Red Sea to the
Dead Sea. This will have three benefits. Firstly, the water
level of the Dead Sea is at presently dangerously low, and
this will replenish it. Secondly, as the water passes across
the Arava Mountains it will generate hydro-electricity which
can be used by the surrounding region. Thirdly, this hydro-
electricity can be used to power desalination plants at the
Dead Sea, and Jordan can be supplied with the resulting
fresh water, which it so desperately needs.

I have been deeply involved for many years in helping to
solve the water problems in the Middle East. I believe it is
possible that the Desaladoras technology would be the most

suitable for this major project. However it is necessary for a final feasibility study to be carried out, and I understand this is being done by TRAGSA, a part of your Ministry, in Southern Spain.

In view of this, I would be very interested to learn how the feasibility study is progressing, and to have Your Excellency's views on the technology and the possibility of its application to the Red Sea – Dead Sea project.

I look forward to hearing from Your Excellency.

Yours sincerely

Edmund de Rothschild

Copies to: Excelentisimo Senor Don Jaume Matas Palou
Ministro de Medio Ambiente
Excelentisimo Senor Don Josep Pique I Camps
Ministro de Ciencia y Tecnologia

MINISTERIO
DE AGRICULTURA, PESCA
Y ALIMENTACIÓN

El Ministro

Madrid, 14 de noviembre de 2002

Sr. Edmund Rosthchild
Edmund Rosthchild CBE TD
New Court, St. Swirhin's lane
London EC4P 4DU
England

Pear Sir:

Tragsa, empresa pública y medio propio de las Administraciones General del Estado y Autonómicas, tutelada por el Ministerio de Agricultura, Pesca y Alimentación del Reino de España, en sus programas de I+D, cooperó con AVF en el proyecto de viabilidad del sistema de desalación de agua de mar mediante presión hidrostática.

La escasez de agua y su desigual distribución por territorios de nuestro país constituye un importante problema nacional. La Administración y Departamentos con competencias en el tema, están llevando a cabo el Plan Hidrológico Nacional (Ministerio de Medio Ambiente) y el Plan Nacional de Regadíos (Ministerio de Agricultura, Pesca y Alimentación) en colaboración con las Comunidades Autónomas afectadas y agentes sociales implicados.

La responsabilidad y trascendencia de la escasez de los recursos hídricos en nuestro país nos obliga a estudiar todos los sistemas capaces de obtener agua para el uso humano y de regadíos. En este sentido, y dentro de una actuación de I+D, los Ministerios de Ciencia y Tecnología, Medio Ambiente y Agricultura, Pesca y Alimentación formalizaron, el 22 de noviembre de 2001, un protocolo de intenciones en el que se acordó la necesidad de establecer un Convenio tripartito para definir el marco de la colaboración y financiación para realizar en su caso un Proyecto de Ejecución de una planta desaladora de agua de mar mediante presión hidrostática y su posible construcción en el Poniente Almeriense, territorio en el que el Plan Hidrológico Nacional prevé una desaladora como única solución para paliar la escasez de agua en la zona.

Tragsa está desarrollando en estos momentos los preparativos, toma de datos y trabajos previos necesarios para la redacción del Proyecto Ejecutivo de la citada desaladora.

Respondiendo a su petición de conocer los trabajos que está desarrollando Tragsa en el tema de referencia por su posible utilización en otros proyectos, le comunico que estaríamos complacidos en recibirles y en tal sentido se lo transmito al Presidente de Tragsa.

Yours sincerely.

TOTAL P.02

MINISTERIO
DE CIENCIA
Y TECNOLOGÍA

SECRETARÍA DE ESTADO DE
POLÍTICA CIENTÍFICA Y
TECNOLÓGICA

GABINETE

M° de Agricultura, Pesca y
Alimentación.
Registro Auxiliar del P° de
la Castellana

Entrada N°. 200200005126
01-02-2002 9:26.53

Siguiendo las indicaciones del Secretario de Estado de Política Científica y Tecnológica, adjunto se remite borrador de convenio relativo al estudio de viabilidad de una planta desaladora por ósmosis inversa en Almerimar, con el ruego de que sea informado tan pronto como sea posible.

Madrid, 31 de enero de 2002

LA DIRECTORA DEL GABINETE DEL SECRETARIO DE ESTADO DE
POLÍTICA CIENTÍFICA Y TECNOLÓGICA

P. A.

JOSE A. SANCHEZ QUINTANILLA

Isabel Sánchez García

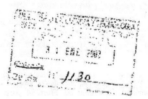

3 1 ENE 2002

1130

☐ S.G. Producción, Participación y
   Fomento Asociativo
☐ S.G. Mejora de Aprovechamiento de
🗶 S.G. Regadíos e Infraestructuras A copia
☐ S.G. Recursos y Ahorro de FXGASIÓ
☐ S.G. Modernización de Explotaciones

original Director

ILMO. SR. DIRECTOR GENERAL DE DESARROLLO RURAL DEL
MINISTERIO DE AGRICULTURA PESCA Y ALIMENTACIÓN.-Madrid

CORREO ELECTRÓNICO:

isg1@mcyt.es

Subdirección Gral. de Regadíos
e Infraestructuras Agrarias

Entrada N° 125

Madrid 1-2-02

Paseo de la Castellana,
160
TELEFONO 913494587
FAX913494501

T00

PRESIDENTE

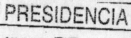

SALIDA Nº: 212

FECHA: 26.07.02

D. Alberto Vázquez-Figueroa Rial
Desaladoras A.V.F. S.L.
Pº de la Castellana, 141
28.046.- Madrid

Madrid, 24 de julio de 2002

Estimado Alberto :

En relación con el Convenio de Colaboración suscrito por Desaladoras A.V.F. S.L. y TRAGSA con fecha 27 de julio de 2000 y cuyo período de vigencia finaliza el próximo el 27 de julio de 2002, te comunico lo siguiente:

En nuestra opinión, el Convenio ha funcionado correctamente y se ha materializado en el desarrollo de los planes de viabilidad y en la redacción del proyecto ejecutivo de la Desaladora del Poniente Almeriense, considerada por la Administración como una actuación de I+D y con serias posibilidades de poder llevar a cabo su construcción y explotación.

Como es evidente, la demostración palpable de las posibilidades de estas tecnologías, está supeditada a la realización de un prototipo de la suficiente importancia y capacidad, que pueda ser considerado como un éxito experimental y convenza para la elección de este sistema, en aquellos casos en que sea de aplicación.

Habida cuenta de que el Acuerdo de Colaboración de 27 de Julio de 2000, caduca próximamente, creemos oportuno suscribir un nuevo convenio, focalizado en la realización de la Depuradora del Poniente Almeriense, ya que es en esta actuación, donde debemos concentrar todos nuestros esfuerzos, tal y como viene expresado en el punto 4 del exponendo del Acuerdo mencionado.

En el nuevo Convenio quedarían reseñadas las relaciones de AVF S.L. y TRAGSA a los efectos de esta actuación, así como la formulación del abono de los recursos económicos invertidos por TRAGSA en este tema, que respondan a los programas de I + D que, dentro de su objeto social, Tragsa ha desarrollado y desarrolla actualmente.

TRAGSA es una empresa pública, medio propio y servicio técnico de las Administraciones, (General del Estado y Autonómicas), no siendo un operador económico en el mercado y en consecuencia, en todas sus actuaciones, debe seguir las directrices y pautas marcadas por las mismas.

Te sugiero, que, a la mayor brevedad posible, contactéis con D. Gabriel Leblic, Director de Desarrollo Corporativo y Actuaciones Especiales de TRAGSA para proceder a la redacción del futuro Convenio.

Recibe un fuerte abrazo!

Fdo.: Roque J. Manresa Mira

Maldonado, 58
28006 MADRID

En Madrid, a veintisiete de julio de 2000

REUNIDOS

DE UNA PARTE, D. Alberto Vázquez-Figueroa Rial, con D.N.I. nº 41.828.294, como Presidente y D. Luis Chicharro Ortega, con D.N.I. nº 51.320.209, como Consejero, actuando ambos en nombre y representación de DESALADORAS AVF, S.L., C.I.F. B-81/577629, con domicilio en la calle Quintana nº 2 de Madrid, debidamente facultados según escritura de Poder otorgada ante el Notario de Madrid, D. Francisco Echávarri Lomo el 24 de junio de 1997, al nº 1646 de su protocolo, (en adelante AVF), que no ha sido modificada ni revocada según manifiestan.

Y DE OTRA, D. Miguel Cavero Moncanut, mayor de edad, con DNI núm. 00.243.715-F, como Director General y en nombre y representación de la Empresa de Transformación Agraria S.A., TRAGSA, empresa domiciliada en Madrid, calle de Maldonado, nº 58, con C.I.F. A-28/476208, en virtud de las facultades conferidas según escritura de Poder núm. 4882, otorgada ante el Notario de Madrid, D. Valerio Pérez de Madrid y Palá, en fecha 11 de Noviembre de 1999, (en adelante TRAGSA), que no ha sido modificada ni revocada según manifiestan.

Los comparecientes reconociéndose mutuamente la capacidad necesaria para otorgar el presente documento

EXPONEN

1. Que AVF y TRAGSA suscribieron un Acuerdo de Colaboración , con fecha 28 de Octubre de 1998, para el desarrollo y explotación de sistemas de tratamiento y desalación de agua marina y salobre en su caso, a partir de una tecnología básica patentada en diversos países por AVF y con el soporte de ingeniería y conocimiento del medio rural y agrario de TRAGSA. A tal efecto AVF concedió a TRAGSA un Derecho de exclusividad para la elaboración de los proyectos técnicos de sus plantas desaladoras cuyo agua-producto fuese consumido en una gran parte en usos agrícolas.

2. Que como consecuencia de este Acuerdo de Colaboración, TRAGSA ha realizado los siguientes trabajos relacionados con la desalación de agua de mar.

   a) Proyecto Básico de Planta Desaladora, mediante el sistema patentado por AVF, en las Palmas de Gran Canaria. Se realiza a petición del Ayuntamiento de Las Palmas a AVF, pero con cargo a AVF.

   b) Proyecto Básico de Planta Desaladora en el Poniente Almeriense. Se esta realizando a petición del Presidente de la Comunidad de Usuarios del Campo de Dalias, a TRAGSA.

3. Que TRAGSA ha prestado a AVF los apoyos que se indican en la estipulación primera del Acuerdo de Colaboración de 1998, en relación a tecnología y promoción, cuando fueron solicitados. No obstante, en relación a las contraprestaciones a percibir por TRAGSA por los trabajos realizados, ambas partes deciden posponerlas a la realización de algún trabajo de proyecto ejecutivo, ejecución de obra o explotación de la planta que pudiera llevarse a cabo en un futuro inmediato y generase recursos para atender esas prestaciones realizadas por TRAGSA.

MINISTERIO
DE AGRICULTURA, PESCA
Y ALIMENTACIÓN

Manuel Lamela Fernández
SUBSECRETARIO

Madrid, 14 de octubre de 2002

Sr. D. Alberto Vázquez-Figueroa
Presidente de Desaladoras AVF
Paseo de la Castellana, 141
28046 - MADRID

MINISTERIO DE AGRICULTURA,
PESCA Y ALIMENTACION
Subsecretaría
Gabinete Técnico
SALIDA - Núm. 0592
Fecha 17 OCT. 2002

Contesto a su escrito dirigido al Excmo. Sr. Ministro del Departamento por el que manifestaba el gran interés expresado por el Presidente de la Región Autónoma de Sicilia, Doctor Salvatore Cuffaro, por visitar las instalaciones de la empresa TRAGSA, en las que se desarrolla el sistema de desalación por presión natural.

Le comunico que tendré una gran satisfacción en poder recibir a la delegación siciliana y acompañar a su Presidente a visitar las instalaciones de TRAGSA, siempre que las disponibilidades de agenda lo permitan. Para ello, agradecería conocer las fechas previstas de su visita y, de este modo, poder concertar previamente una entrevista con el presidente de TRAGSA y los responsables del proyecto.

Pº DE LA INFANTA ISABEL, 1
28071 - MADRID
TEL: 913475182
FAX: 913474528

CORREO ELECTRÓNICO
gabinete.subsecretaria@mapya.es

Madrid, 15 de junio de 2004

Sr. D. Alberto Vázquez-Figueroa
Quintana, 2
28008 MADRID

Estimado amigo:

Siento el retraso en contestar a tu escrito de 24 de abril en el que, aparte de felicitarme por el éxito electoral, que te agradezco, me hacías partícipe del proyecto de "Desalación por Presión Natural" para abordar los desafíos que tenemos en la costa Mediterránea, en donde te consta estamos proponiendo en algunos casos el recurso a la desalación como alternativa para aportar recursos adicionales y contando sobre todo con que la energía requerida se supla con energías renovables.

Según me informan, el estudio del proyecto y de la documentación adicional aportada puede llevar algún tiempo más del previsto, razón para este retraso y para algún tiempo más de plazo que te pido nos concedas para estudiar la propuesta. Entiendo que Domingo Jiménez Beltrán, Asesor en mi Oficina Económica, está en contacto contigo para analizar el proyecto.

Te agradezco una vez más tu ocupación y preocupación por este tema de mi máximo interés.

Aprovecho la ocasión para mandarte con mis mejores deseos, el saludo más cordial.

José Luis Rodríguez Zapatero

מספר:	
1 1 4 8 4 0 /2 Number	

תאריך:
Date

0 4 -08- 1995

תקדם/נרחה
Ante/Post-dated

בקשה לפטנט

Application for Patent
C: 22783

אני, (שם המבקש, מענו – ולגבי גוף מאוגד – מקום התאגדותו)
I (Name and address of applicant, and, in case of body corporate-place of incorporation)

Alberto VAZQUEZ-FIGUEROA RIAL
Penas Blancas 3
35340 TIAS (Lanzarote)
SPAIN

IDE
technologies ltd.

Hamatechet St., P.O.B. 5016
Hasharon Industrial Park,
Kadima 60920, Israel
Tel: +972-9-892-9790
Fax: +972-9-892-9715
E-Mail: gustavok@ide.co.il
www.ide-tech.com

Gustavo Kronenberg
V.P. Business Development &
Partnerships

ICL Group   Delek Group

שהנני Being the Inventor
an invention, the title of which is

רזה הפוכה ע"י לחץ טבעי, ושיטה להתפלת מי-ים

(עברית) (Hebrew)

ANT TO DESALINATE SEA WATER BY REVERSE OSMOSIS, BY NATURAL PRESSURE AND
THOD TO DESALINATE SEA WATER BY REVERSE OSMOSIS, BY NATURAL PRESSURE

(באנגלית)
(English)

ly for a patent to be granted to me in respect thereof.

מבקש בואת כי ינתן לי עליה פטנט

בקשת חלוק tion of Division	בקשת פטנט מוסף – Application for Patent Addition		דרישת דין קדימה Priority Claim		
	לבקשת/לפטנט to Patent/Appl.	מספר/סימן Number/Mark	תאריך Date	מדינת האמנה Convention Country
מבקשת פ... Application				
מס'.	No. מס'			
מיום	dated מיום			
	יפוי כח: כללי/מיוחד – רצוף בזה / individual – attached / to be filed later –			
	הוגש בענין.			
	המען למסירת הודעות ומסמכ... Address for Service in Israel ...o.			

חתימת המבקש
Signature of Applicant

1995 שנת August בחודש 4 היום
of the year of This

לשימוש הלשכה
For Office Use

Sanfo... Co....Co.
C: 227

Delete whatever is inapplicable * מחק את המיותר

وزارة الصناعة والتجارة

مديرية السجل التجاري وحماية الملكية الصناعية

THE HASHEMITE KINGDOM OF JORDAN
MINISTRY OF INDUSTRY AND TRADE

DIRECTORATE OF TRADE REGISTRATION, INDUSTRIAL PROPERTY PROTECTION,

THE OFFICE OF THE REGISTRAR OF
PATENTS & DESIGNS

مكتب مسجل امتيازات الاختراعات والرسوم

AMMAN : 20/5 /19998

عمان في : ۲۰/ ٥ /۱۹۹۸

MESSERS : .... : السادة

P. O. BOX : .... : ص.ب

AMMAN — HASHEMITE KINGDOM OF JORDAN

عمان ـ المملكة الأردنية الهاشمية

احيطكم علماً بانني تسلمت طلبكم بتاريخ ۲۰/ ٥ /۱۹۹۸

I ACKNOWLEDGE THE RECEIPT OF YOUR APPLICATION ON 20 / 5 /1999 8

لتسجيل اختراع عنوانه : ....

....

محطة ..لتحلية..مياه..البحر...

FOR REGISTRATION OF A PATENT TITLED : ....

..PLANT..FOR..DESALINATING..SEA~.WATER.....................................

IN THE NAME OF THE APPLICANT :

باسم طالب الامتياز :

VAZQUES-FIGUERROA RIAL.. ALBERTO

فاز كوبس ..فيجيروا.ر.ب.ال.. .البيرتو

....

....

وسنعمل على دراسة الطلب حسب الاجراءات القانونية المتبعة

مسجل امتيازات الاختراعات والرسوم

THE REGISTRAR OF PATENTS & DESIGNS

...En este desorden nacional, otro despilfarro son las desaladoras...

HACER AGUA DULCE HACE AGUA

PACO REGO

Derroche. Improvisación. Locura... La Unión Europea —la misma que ha pedido a la Generalitat de Valencia que devuelva los 265 millones de euros de subvenciones que dio para su fracasada Ciudad de la Luz— ha enfocado las desaladoras y pide cuentas a España. Quiere saber cómo y dónde se han invertido los 1.500 millones enviados como ayuda para construir 51 fábricas de agua dulce, previstas en 2004. El resultado, a día de hoy, hace aguas: de 19 de ellas no hay nada, 15 están sin terminar y 17 con las obras concluidas y un aprovechamiento ridículo. La que más rinde lo hace al 15-20% de su capacidad. ¿El último despilfarro?

«Son un fracaso hoy, y ya lo eran en 2004, cuando se proyectaron», alza la voz Antonio Cerdá, consejero de Agricultura y Agua de la región de Murcia, una de las zonas más castigadas de Europa por sequía. Cerdá, profesor de investigación del Consejo Superior de Investigaciones Científicas (CSIC), incluso va más lejos y aboga por «dejar una o dos desaladoras para emergencias, y las otras desmantelarlas y vender la tecnología a países árabes». Muchas de estas desaladoras nacieron al calor del *boom* inmobiliario, para abastecer a miles de viviendas en urbanizaciones y regar extensos campos de golf próximos a la costa mediterránea. Pero el parón del ladrillo congeló la demanda del líquido (el de desaladoras es, además, más caro) condenando las instalaciones. Millones de euros se han escapado por las tuberías. ¿Y ahora, qué?

«Estamos examinando las instalaciones —en construcción— una a una y viendo cuál será la decisión final a la vista de su eficiencia económica. No vamos a empezar ninguna nueva, bastante tenemos con poner en marcha lo que haya». Palabras del nuevo secretario de Estado de Medio Ambiente, Federico Ramos. Hay desaladoras que no tienen ni luz, otras incumplen la normativa ambiental, las hay incluso sin tuberías para distribuir el agua a las casas y a los campos o que carecen de la potencia eléctrica necesaria para funcionar. Y lo principal: ¿estamos dispuestos a pagar el agua desalada a un precio mayor que la de los pantanos?

A 1,10 euros sale el precio de 1.000 litros de agua desalada frente a los 0,83 que cuesta la misma cantidad de agua normal. «Esto es así», tercia el presidente de la Asociación Española de Abastecimiento, Roque Gistau, «aunque habría que afinar más todos los cálculos». La desaladora de El Prat, una de las más grandes, se llevó una inversión de 230 millones de euros. Pero sólo produce 60 hm³ de agua para los hogares frente a los 360 que consume el área metropolitana de Barcelona.

«Si algún día conseguimos obtener agua dulce del agua salada, de forma competitiva y barata, redundaría en el bienestar de la humanidad del modo que empequeñecería cualquier logro científico». Pero esta utopía, lanzada por un entusiasta J. F. Kennedy en 1961, hoy sigue siendo eso, utopía pura. Y en España, a juicio de algunos entendidos, una «barbaridad» que ya ha costado cientos de millones. Éstas son las grandes cifras del *derroche*:

2.426 millones €. Es lo que ha costado hasta ahora el plan de desaladoras. La mayoría de ellas está parada o trabaja a muy bajo rendimiento

17. Son las únicas plantas que se han construido, de las 51 previstas en 2004 por el Gobierno de Zapatero. Otras 15 están sin terminar o sin permisos de apertura

16%. Capacidad a la que están funcionando las desaladoras construidas. Todas son ruinosas

254 millones €. Costó la de Carboneras (Almería). Funciona sólo al 20%

762 millones €. Gasto que tendría que hacer el Gobierno para poder terminar y poner en marcha las 15 desaladoras de ZP en construcción

450 millones €. Crédito que España ha tenido que pedir al Banco Europeo de Inversiones para ayudar a concluir las obras pendientes

1.500 millones €. Dinero enviado por la UE. Ahora quiere saber en qué se ha invertido

55 millones €. Costó la desaladora de Oropesa (Castellón). Construida en 2009, podría abastecer a 150.000 personas. No funciona

297 millones costó la planta de Torrevieja. Está parada desde el año 2007

55,2 millones es la inversión en la desaladora de Moncófar (Castellón). No funciona

268 millones €. Lo que se ha invertido en construir la desaladora de Águilas (Murcia). Su explotación es una incógnita

4.000 millones €. Costaría terminar el «plan desalador» del anterior Gobierno

57,5 millones es el presupuesto de una nueva fábrica de agua dulce en la Costa del Sol

224 millones costó la de Valdelentisco (Cartagena). Construida en zona natural protegida

ADMINISTRACION
DE JUSTICIA

Fauto d la Plaza Gutierrez
Secretario del JUZGADO DE 1ª INSTANCIA E
INSTRUCCION Nº 1 DE ARRECIFE
... Que se dara fe de que se hará
mención, consta lo siguiente:

JUZGADO Nº 1 ASUNTO CIVIL. DIVORCIO M. A. Nº 579 /94.

SENTENCIA Nº

En ARRECIFE, a ONCE de MAYO de MIL NOVECIENTOS NOVENTA Y CINCO, la Señora Doña MARINA LOPEZ DE LERMA FRAISOLI, LA JUEZ del Juzgado de Primera Instancia e Instrucción número UNO de esta Ciudad, ha visto los presentes autos de Juicio de divorcio, seguidos ante este Juzgado bajo el número 579 /94, a instancia de los cónyuges ALBERTO VAZQUEZ FIGUEROA-RIAL Y MARIA CLAIRE MATHIAS GUITAY, representados por el Procurador MILAGROS CABRERA PEREZ, dirigido por el Letrado F. J. GORDO DOMINGUEZ, versando el litigio sobre DIVORCIO de comun acuerdo. Y,

ANTECEDENTES DE HECHO

PRIMERO: Que por el citado Procurador en la representacion dicha se formuló demanda de común acuerdo en base a los hechos que expone que afectan al matrimonio referido y a su descendencia conforme a la documentación que aporta, subsumibles en los supuestos y circunstancias del vigente Código Civil, y cita de los fundamentos de derecho oportunos, terminando suplicando del Juzgado se dicte sentencia de conformidad con lo interesado.

SEGUNDO: Que ratificadas ambas partes en la petición de ducida en su nombre y en el convenio regulador presentado, se admitió a trámite la demanda habiéndose informado por el Ministerio Fiscal en el sentido que consta en autos.

TERCERO: Que en la tramitación de este procedimiento se han observado las prescripciones legales establecidas para los de su clase.

FUNDAMENTOS JURIDICOS

PRIMERO: Que procede decretar el divorcio ya que de la documentación y demás elementos probatorios obrantes en los autos se desprende la existencia de la causa tercera y cuarta del artículo 86 del Código Civil y los demás requisitos y condiciones que prescribe el aludido precepto y concordantes del mismo.

SEGUNDO: Que en las causas de nulidad, separación o divorcio, exista o no convenio entre las partes, el Juez ha de determinar las medidas economicas que procedan sobre el matrimonio, sus garantias o cautelas, pudiendo acordar igualmente, si así conviene a los hijos, que el cuidado de éstos quede a cargo de alguno de ellos o de su distribución temporal, así como los derechos de visita, todo ello conforme a los artículos 91, 92 y 94 del Código Civil, por lo que procede decretar las medidas adecuadas para el cumplimiento de estos fines.

TERCERO: Que no procede hacer declaración sobre costas.

VISTAS las disposiciones legales citadas y demás de general aplicación

F A L L O

Que estimando integramente la demanda interpuesta en nombre y representación de ALBERTO VAZQUEZ FIGUEROA-RIAL Y MARIE CLAIRE MATHIAS GUITAY, por el Procurador MILAGROS CABRERA PEREZ, debo decretar y decreto el DIVORCIO del matrimonio contraido por ambos el día 16 de febrero de 1.972 en Caracas, aprobando el convenio regulador presentado e instando a las partes a que den al mismo su más exacto cumplimiento.

Contra esta Sentencia podrá interponerse en este Juzgado recurso de apelación, en ambos efectos, en el plazo de cinco días a contar desde su notificación, y que se resolverá ante la Iltma. Audiencia Provincial.

Firme que sea esta resolución procedase de oficio a su inscripcion en el asiento matrimonial de las partes y en su caso a la toma de notas complemetarias en el de los nacimientos de los hijos.

Asi por esta mi Sentencia, definitivamente Juzgando en primera instancia, lo pronuncio, mando y firmo.

Concuerda bien y fielmente con su original a que me remite y para que conste y en cumplimiento de lo ordenado, expido el presente en Arrecife, a 5-6-95